대설주의보

대설주의보

윤대녕 소설

문학동네

차례

보리

1

　청명(淸明)을 사흘이나 앞두고 수경은 그와 만나기로 돼 있는
온천으로 내려갔다. 먼저 도착해 그를 기다리기 위해서만은 아
니었다. 실은 그럴 만한 여유가 손톱만큼도 없는 처지였다. 진료
실 대기 모니터에 들어와 있는 자신의 이름을 피딱지처럼 노려
보다 수경은 발작적으로 몸을 일으켜 병원에서 빠져나왔다. 단
지 두려움 탓이었을까?
　오랜 옛날 발목을 다친 학이 논에 날아와 몸을 회복하고 다시
소나무숲으로 날아갔다는 데서 유래한 유서 깊은 온천. 수경은
그와 해마다 청명에 만나 하루나 이틀을 보내고 헤어졌던 호텔에
투숙했다. 방에 들어 수경은 커튼을 열어젖혔다. 호텔 뒤편 개울

을 사이에 두고 있는 보리밭은 올해도 푸릇한 빛으로 가득했다.

수경은 옷을 벗고 욕실에 들어가 거울을 노려보았다. 요즘 들어 하루에도 몇 번씩 되풀이하는 일이었다. 너 누구지? 라고 습관적으로 자문하면서 수경은 왼쪽 가슴을 둥그렇게 거머쥐었다. 이제는 마치 타인의 가슴을 더듬는 기분이었다. 보나 마나 유방이 공처럼 부어오른 상태에서 젖꼭지가 점점 안으로 오므라들고 있었다. 살이 튼 부위를 손가락으로 힘주어 누르자 자갈처럼 단단한 멍울이 잡혔다. 통증은 느껴지지 않았다.

미지근한 물에 샤워를 하고 나와 수경은 속옷 차림으로 손톱부터 깎았다. 신문지에서 날카롭게 튀어나간 손톱 몇 개가 방바닥에 길게 드리워진 햇살 속으로 떨어졌다. 집에서 나올 때 가방에 짐을 꾸리면서 손톱깎이부터 챙긴 이유를 지금도 알 수 없었다. 드라이어로 대충 머리를 말리고 옷을 갈아입은 뒤 수경은 밖으로 나갔다. 축축하게 물기가 밴 호텔 뒷마당을 벗어나 개울가에 이르자 오후 녘의 물안개가 자욱이 피어오르고 있었다.

식탁에 엎질러진 물처럼 봄이 오고 있어. 황사를 동반한 꽃샘바람이 불어가던 환절기에 수경이 아침마다 되뇌던 말이었다. 그러나 청명을 앞둔 온천 주변은 신혼의 이불보처럼 그 빛이 포근했다. 목울대로 빨려들어오는 서늘한 공기 속에 온갖 비릿한 생명의 냄새가 독하게 스며 있었다. 발목까지 부풀어오른 보리밭에 드문드문 심어놓은 복숭아나무 가지에 맺힌 꽃봉오리가 이

내 터질 듯 위태로워 보였다. 혼자 답청(踏靑)이라도 하듯 보리밭 둑을 네모나게 돌아 수경은 오래된 콘크리트 다리를 건너 큰길로 나갔다. 차츰 땅거미가 드리워지며 온천지대에 환하게 불이 들어왔다.

저녁을 먹어둬야겠기에 수경은 옥이네로 갔다. 수경이 이곳 온천에 내려올 때마다 들르는 식당으로 집에서 먹듯 김치찌개나 된장찌개로 끼니를 면할 수 있는 곳이었다. 문을 열고 들어서자 주인 아주머니가 올해도 또 왔네? 라는 표정으로 알은체를 했다. 그러나 부러 반가운 내색은 하지 않았다. 동네 청년으로 보이는 사내 서넛이 문을 열어둔 채 방에서 떠들썩하게 소주를 마시며 화투를 치고 있었다. 스무 살쯤 된 여자애 하나가 그들 사이에 비좁게 끼어앉아 젓가락으로 삼겹살을 뒤집고 있었다.

냉이가 들어간 된장국에 밥을 말아먹다 수경은 소주를 시켜 두 잔을 거푸 마셨다. 요즘 저녁마다 이상하게 술이 당겨 자주 반주를 겸하곤 했다. 그리고 초저녁에 잠이 들었다 눈을 뜨면 대개는 자정 무렵이었다. 냉수로 입가심을 하고 일어나 수경은 주방에서 설거지를 하고 있던 아주머니를 불러 밥값을 계산했다.

“몸이 어디 안 좋아? 1년 새 얼굴이 많이 상했네.”

잔돈을 건네받으며 수경은 벽에 걸려 있는 뿌연 거울을 마주보았다.

“혼자 온 모양이지?”

눈을 피한 채 아주머니가 넌지시 물어왔다.

"그냥 모른 척하세요. 온천 하러 온 거잖아요."

"어련하겠어."

6년째 봄만 되면 도깨비처럼 나타나 수상쩍은 남자와 함께 사라지는 서른 중반의 여자를 보며 그녀인들 무슨 짐작을 못 하겠는가. 대꾸할 기력조차 없어 수경은 식당에서 나와 등 뒤로 문을 닫았다.

'내년 봄에는 안 올지도 몰라요.'

논에서 벌써 개구리 울어대는 소리가 들려왔다. 수경은 호텔 옆에 있는 가게에 들러 맥주를 사들고 방으로 올라갔다. 불을 켜두고 나갈걸. 아직도 어둠에 익숙지 않은 자신을 공연히 탓하며 수경은 벽을 더듬어 형광등 스위치를 눌렀다. 커튼이 그대로 열려 있었다. 어두운 창에 일긋거리는 자신의 모습이 그 어느 때보다 낯설어 보였다. 아찔하게 엄습하는 현기증을 추스르며 수경은 겉옷을 벗어 옷장에 걸고 소파에 주저앉았다.

그에게 전화를 걸어볼까? 몇 달 동안 그와 통화조차 제대로 하지 못했다. 늘 안달을 하면서도 수경은 그가 생각날 때마다 되레 고집스럽게 버텼다. 그러다 보름 전쯤에야 휴대폰에 문자메시지를 넣어 고작 이렇게 물었다.

'잘 지내시죠?'

'그래…… 그날 온천에서 봐.'

수경이 서른두 살이 되던 봄에는 그가 밤늦게 허겁지겁 도착해 새벽 바람에 먼저 서울로 올라갔다. 그렇듯 기대하거나 의지할 구석이 없다는 것을 번연히 알면서도 수경은 막상 그를 뿌리치지 못했다. 애초에 이쪽에서 극구 매달린 탓이리라. 굴뚝에 갇힌 새처럼 결국 스스로 파놓은 함정에 빠져 몸부림치는 꼴이 되고 만 것일까. 그럼에도 수경은 더이상 상처받을 마음이 남아 있지 않다고 짐짓 태연한 태도를 취했다. 그 속에 도사린 독기와 절망까지도 남의 일인 듯 옹골차게 외면했다.

'지금 어디서 뭐하고 있어요?'

그에게는 왜 늘 절박한 질문을 던지게 되는 걸까. 문자메시지를 넣어보았지만 그에게서는 좀처럼 대꾸가 없었다. 자정까지 맥주를 마시며 기다리다 수경은 텔레비전을 끄고 다시 밖으로 나갔다. 보리밭 위에 보름달이 떠 있었다. 한밤중에 웬 노인네가 자전거를 타고 콘크리트 다리를 건너가고 있었다.

방금 자전거가 지나간 다리를 건너 수경은 보리밭 고랑으로 들어갔다. 보리밭 한가운데에서 퍼드득 꿩이 날아간 뒤, 어둠 속에서 개울물 흘러가는 소리가 들려왔다. 수경은 눈을 감고 개울물 소리에 한참이나 귀를 기울이고 있었다. 그래, 언제나 저 스스로에게 몸을 맡기고 자유롭게 흘러가는 물의 성품(性品)을 깨닫고 살아가야 할 텐데. 먼 하늘에서 별들이 희미하게 눈을 비벼 뜨고 있었다. 내일 아침엔 발톱을 깎아야겠다.

2

그가 오기까지는 이틀을 더 기다려야 했다.

수경은 아침에 눈을 뜨기가 무섭게 욕실에 들어가 다시 가슴부터 살폈다. 왼쪽 젖꼭지에 습진처럼 보이는 진물이 배어나와 있었다. 수경은 이를 악문 채 비누를 칠해 차갑게 얼어붙은 몸을 여러 번 닦아냈다.

빈속에 아침부터 왜 자장면이 먹고 싶은지 몰랐다. 다름 아닌 '영화은마차'의 자장면 말이다. 작년에 내려왔을 때 수경은 옥이네 식당 아주머니를 통해 그 집을 알게 되었다. 그가 온천에서 목욕을 하고 나와 갑자기 자장면이 먹고 싶다기에, 수경이 옥이네 식당에 전화를 걸어 근처에 갈 만한 중국집이 있는지 물어보았다. 그러자 아주머니가 온천에서 차로 10분쯤 가면 화교가 운영하는 식당이 있는데, 그 집 자장면과 유산슬이 맛있다고 했다. 물어물어 찾아가보니 시내 변두리 뒷골목에 있는 다 허물어져가는 슬레이트 집이었다. 문 옆에 세로로 걸려 있는 하얀 목간판에 '중화요리-영화銀마차'라는 붉은 글자가 적혀 있긴 했으나 더도 덜도 아니고 꼭 무당집 분위기였다. 께름칙한 느낌이 들어 돌아서고 싶었으나 그가 수경의 팔목을 끌고 안으로 들어갔다.

"겉모양만 보고 속단하면 안 되는 게 음식점이야."

천장이 낮은 어둑한 내부에 여관방처럼 생긴 방이 몇 개 있었고 다행히 밖에서 짐작한 것만큼 칙칙하거나 더럽지는 않았다. 문간방을 차지하고 앉아 그가 유산슬과 자장면을 주문했다. 주방 옆에 놓인 기다란 식탁에서는 그 집 일가로 보이는 열 명 남짓한 중국인들이 무표정하게 마주 앉아 볶음밥을 먹고 있었다.

"묘한 집이로군."

곳곳에 걸려 있는 화려한 미인도(美人圖)를 일별하고 나서 그가 나직한 소리로 말했다.

"하지만 소문대로 유산슬이 썩 괜찮군. 누구나 다시 찾아올 만한 집이야."

"분위기가 어둡고 침침해요."

"그래, 어둡군. 이방인들의 표정이야 늘 그렇지."

"……"

두 사람은 영화은마차에서 나와 주차장 앞 다방에서 잠깐 커피를 마시고 헤어져 각자 차를 몰고 서울로 올라왔다. 늘 그렇듯 그는 언제 다시 만나자는 말은 하지 않았다. 지킬 수 없는 약속은 하지 않을 만큼 약속에 인색한 사람이었다. 화요일이니 문은 열어놓았겠지. 수경은 재래시장 옆 주차장에 차를 대고 구멍가게와 미장원 사이로 난 비좁은 골목으로 들어섰다. 작년에 찍은 사진을 보듯 골목은 눈곱만큼도 변한 게 없었다.

철공소 앞에서 담배를 피우고 있던 사내 둘이 핏발 선 눈으로 수경을 돌아보았다. 수경은 그들의 시선을 피해 재빨리 영화은마차 안으로 들어갔다. 오전이었으므로 손님은 아직 없었고 오십대의 주방장 겸 주인이 식탁에 혼자 앉아 주전자에 든 차를 따라 마시고 있었다. 그 많던 식구들은 어디로 간 걸까. 오래 기다린 끝에 자장면이 나왔으나 수경은 그릇을 반도 비우지 못하고 밖으로 나왔다.

재래시장 입구로 들어서다 수경은 버스정류장 옆에 있는 육십년대풍의 2층짜리 콘크리트 건물을 발견했다. XX극장. 그 지방의 이름을 딴 극장은 영화은마차만큼이나 오래돼 보였다. 작년에는 미처 보지 못했던 건물이었다.

"이 극장에서 아직도 영화를 하니?"

수경은 정류장에 서 있는 여고생에게 다가가 물었다. 생뚱한 얼굴로 수경을 바라보던 여학생이 옆으로 몸을 피하며 고개부터 가로저었다.

"문 닫은 지 한참 됐어요."

"언제 닫았어?"

"그건 저도 몰라요."

수경은 손으로 이마를 가리고 다시 극장 건물을 올려다보았다. 고딕체로 커다랗게 돋을새김된 'XX극장' 밑에 '최신 돌비 스테레오 시스템 판매'라는 간판이 가로로 길게 걸려 있었다. 극장 옆은 신발 가게였다. 건물 외벽에 붙어 있는 철계단을 올라가자 곧 녹슨 철문이 앞을 가로막았다. 담배꽁초가 수북이 쌓인 계단에서는 오줌 지린내가 풍겼다.

다시 정류장으로 내려가자 이번엔 지팡이를 든 노인네가 서 있었다.

"할아버지, 뭐 하나 여쭤볼게요. 이 극장이 생긴 게 언제죠?"

노인은 실눈을 뜨고 속으로 한참을 헤아렸다.

"한 40년은 되지 않았겠어?"

말끝에 그가 덧붙였다.

"살기 고단한 시절이었지. 하지만 그래도 그때가 좋았어."

40년 전이라면 노인은 팔팔한 청년이었을 것이다.

"그럼 문을 닫은 건 언제죠?"

"그건 한 10년쯤 됐나? 저쪽 길 건너편에 신식으로 지은 극장이 생기는 바람에 하루아침에 망했지."

그가 가리키는 곳을 보니 5층짜리 'XX시네마' 건물이 들어서 있었다. 노인에게 인사를 하고 수경은 약국에 들러 소화제를 사 먹고 재래시장으로 들어가 이곳저곳을 기웃거리다 과일과 칼을 사서 주차장으로 돌아왔다. 그리고 온천으로 돌아오는 길에 소나무숲에 들러보았으나 학은 한 마리도 눈에 띄지 않았다. 재두루미 한 쌍이 논에서 먹이를 찾다 인기척에 놀라 호텔 뒤편으로 유유히 날아갔다.

수경은 방으로 돌아와 발을 씻고 발톱을 마저 깎았다. 진물이 흘렀던 왼쪽 젖꼭지에 하얗게 딱지가 앉아 있었다. 온천수 때문일까? 밤중에 깨어날 때까지 소파에서 까무룩 잠든 사이 수경은 그가 과도로 자신의 가슴을 도려내는 꿈을 꾸었다. 그게 누구든 과일과 칼의 관계가 되어서는 안 되리라.

3

그해 4월로 접어든 날에 수경은 삼청동에 있는 카페에서 그와 처음 만났다. 준호와 함께였다. 그는 준호의 먼 친척뻘이자 고등 학교 선후배 사이였고 광화문에 회계사 사무실을 가지고 있었 다. 준호와는 아홉 살 차이라고 했다. 그날 오후에 수경은 동숭 동에서 준호와 만나 영화 시사회를 보고 이른 저녁을 먹은 뒤 오 피스텔로 들어가려던 참이었다. 다음날 출판사에 넘길 삽화 마 무리 작업 때문이었다.

갑자기 할 일이 없어진 준호가 어디론가 전화를 걸었다. 준호 는 그를 형이라고 불렀다. 자주 만나는 사이는 아니라고 했다. 근처에 나올 일이 있으면 전화를 걸어 가끔 술이나 마시고 헤어 지는 정도였다.

휴대폰 폴더를 닫고 나서 준호가 후렴조로 중얼거렸다.

"관(冠)이 향기로운 사람이지. 시인 노천명이 노래했던 그 사 슴처럼 말이야."

"……"

두 사람은 동숭동에서 택시를 타고 삼청터널을 통과해 총리공관 쪽으로 구불구불 내려갔다. 준호를 카페 앞에 내려주고 수경은 내처 마포로 가리라 생각했는데, 준호가 약속 시간이 한 시간이나 남았다며 차나 마시고 가라고 붙들었다. 외아들이자 응석받이 막내로 자란 준호는 그녀보다 한 살 어린, 가끔은 애인 노릇까지 하려 드는 남자친구였다. 쿨한 척 이기적이면서 속내는 한없이 나약하고 참을성이 부족한 게 흠이었다. 대학을 졸업하고 세 군데의 직장을 두어 달 간격으로 전전한 뒤 아버지가 경영하는 출판사의 기획실장으로 발령을 받았으나 그것도 1년을 다 채우지 못하고 그만두었다. 수경이 준호를 만난 것은 그가 출판사를 그만두기 얼마 전이었다. 그후 준호는 영화 시나리오 작업을 한다고 여기저기 쏘다니며 2년째 한량처럼 살고 있었다. 그러나 놀라우리만치 순수한 면이 있는데다 어쩌다 기분이 내키면 여자를 감동시키는 재주까지 있어 그럭저럭 관계를 유지하고 있었다.

그를 기다리는 동안 통유리창으로 내다보이는 삼청동 좁은 거리에 뽀얗게 이슬비가 뿌리기 시작했다. 오후 7시 정각에 카페 건너편에 택시가 와 멎었고 수경은 그가 도착했음을 직감적으로 깨달았다. 이어 뒷문이 열리면서 감색 양복 차림의 그가 차에서 내렸다. 미처 우산을 챙겨오지 못한 듯 그가 깍지 낀 손으로 머리를 가리고 하늘을 올려다보았다. 일순 바람이 불어갔던

가. 머리칼이 흩어져 그의 이마 위에서 부드럽게 흩어졌다. 어깨
위에 하얗게 이슬비가 듣고 있었다. 회색 물방울 무늬가 점점이
찍힌 붉은 넥타이가 수경의 눈을 찌르듯 압박해왔다. 산짐승처
럼 고요히 사위를 살피고 나서 마치 풀숲을 지나오듯 그가 도로
를 가로질러 찻집 앞으로 다가왔다. 준호의 말이 옳았다. 수경은
저도 모르게 지그시 혀를 깨물었다.

그리고 뒤미처 불가해한 일이 벌어졌다. 통유리창을 사이에
두고 수경은 그와 눈이 마주쳤다. 준호는 그녀와 마주 앉아 있
었으므로 사정을 알 수 없었다. 그가 이마를 찌푸린 채 순간 머
리를 갸웃했다. 왜? 그러나 곧 눈빛을 거두고 카페 안으로 들어
와 준호와 악수를 나눈 뒤 그의 옆자리에 앉았다. 수경이 주섬
주섬 일어날 채비를 하자 어리석게도 준호가 다시 손목을 잡아
끌었다.

두 남자는 맥주를 마시고 수경은 한 시간 동안 커피를 두 번
리필해 마셨다. 준호가 눈치채지 못하는 사이 수경은 그와 세 번
이나 눈길이 마주쳤다. 수수께끼라도 풀듯 찌푸려 있던 그의 이
마가 일순 부드럽게 펴졌다. 그가 무언가를 기억해낸 것이다.

'저 남자가 어디서 나를 본 적이 있구나.'

수경은 커피를 마시는 척하며 호흡을 가다듬었다. 그리고 두
사람의 눈이 가까운 허공에서 다시 뒤엉켰다. 찰나 그의 눈동자
에 잔물결 같은 파문이 일었다. 낮게 숨을 몰아쉬고 나서 그가

준호를 돌아보며 말했다. 대개의 남자들이 그렇듯, 여자가 들으라고 일부러 꾸며낸 말이었을까.

"나 같은 사람은 봄비가 내리는 날이면 고향의 보리밭이 그리워져. 아까 사무실에서 나오기 전에 사전을 뒤져보니, 봄 춘(春)자가 햇빛을 받아 풀이 돋아나는 모양을 나타낸 거라고 하더군. 일본어 발음으로는 '하루'라고 하는데 뜻은 역시 같다지?"

유치한 느낌이 들어 수경은 속으로 피식 웃어넘겼다. 그나마 거북한 정도는 아니어서 수경은 무심한 듯 그의 말에 귀를 기울였다.

"전 서울에서 자라서 그런지, 그런 말을 하는 사람들을 보면 낯설게 느껴져요. 저네들끼리만 주고받는 암호처럼 들린다는 거죠."

준호가 고등학생처럼 되받았다.

"전 산이나 바닷가에 가면 오히려 두려움을 느낄 때가 많아요. 말하자면 동화가 되지 않는다는 거죠."

"흠, 무엇이든 그 속성을 모르면 두렵게 마련이지. 나도 사춘기 때 서울로 올라오긴 했지만 아직도 깊은 잠을 못 자."

"형수는 잘 계시죠?"

"그녀야말로 서울 사람이지. 환절기에 조금 힘들어하는 눈치더니 아스피린 같은 걸 먹고 금방 좋아졌어. 알고 보니 매일 백화점에 드나들며 쇼핑으로 해결했더군."

준호가 웃으며 대꾸했다.

"그만하면 무난하고 세련된 처방 아니에요? 남한테 매달리지 않고 어쨌든 스스로 해결하잖아요."

"뭐라고 하는 건 아니야."

그 틈을 타 수경은 자리에서 일어났다.

"전 이만 들어가볼게요."

"그래, 이제 그만 가봐."

그는 별말 없이 수경이 앉아 있던 의자로 자리를 옮겼다. 카페 앞에서 택시를 기다리는 동안 수경은 그의 시선이 등에 머물다 사라지는 것을 느꼈다. 택시 안에서 수경은 주머니에 있던 그의 명함을 꺼내 지갑에 챙겨넣었다. 그리고 이틀 후에 그에게 전화를 걸어 만나자고 말했다. 그는 태산처럼 침묵하고 있었다.

"우선 용건을 알아야 하지 않겠소?"

신중한 목소리로 그가 말했다.

"물어볼 게 있어요."

"무엇을 알고 싶은 것이오."

"전화로 할 얘기가 아니란 거 아시잖아요."

"글쎄, 나는 모르겠는걸."

"아뇨, 알고 계세요."

"……"

"엊그제 만났던 삼청동 카페에서 나오실 때까지 기다릴게요."

수경은 숟가락을 이빨로 깨무는 심정으로 말했다. 말을 마치고 수경은 서둘러 전화를 끊었다. 밤 9시에 그가 왔다. 마치 화가 난 듯한 얼굴이었다. 사무실 모임에 들렀다 오는 길이라고 했다. 다시 광화문으로 돌아가야 한다며 그가 다그치듯 용건을 물어왔다.

"언젠가 저를 본 적이 있으시죠?"

그가 피곤한 눈빛으로 뚫어져라 수경을 바라보았다.

"저에 대해 알고 계신 걸 말씀해주세요."

그가 짐짓 시치미를 뗐다.

"모른다고 하지 않았소."

"아니, 틀림없이 알고 계세요."

그가 눈을 부릅떴다.

"설혹 그렇다 하더라도 굳이 들을 필요가 있을까?"

"네, 알아야겠어요."

그가 담배를 피워물며 종업원을 불러 마티니를 주문했다.

"비록 자신에 대해 모르는 바가 있더라도 그걸 다 알아야만 하는 건 아니오. 다름 아닌 자기 자신을 위해서 말이오."

"그래도 저는 알아야겠어요."

"어리석은 사람이로군."

그가 담배를 끄고 칵테일 잔을 비운 뒤 거침없이 입을 열었다. 불과 2주 전의 일이었다. 수경이 준호가 아닌 다른 남자와 남산

힐튼호텔 객실용 엘리베이터에서 나오는 것을 기억력이 유별난 그가 목격했다. 그때 그는 엘리베이터 앞을 지나쳐 지하 중식당으로 내려가던 길이었다. 거래처 간부와 저녁 약속이 있었던 것이다.

수경은 침착하게 대꾸했다.

"말해줘서 고마워요. 왠지 그런 일일 거라고 짐작했어요."

피하려 들지 않는 수경의 태도에 그는 다소 놀란 듯했다. 수습하듯 그가 말했다.

"남자든 여자든 자신조차 납득하기 힘든 일을 가끔은 경험하게 마련이오. 그러니 구태여 준호에게 얘기할 필요는 없겠지."

"그건 아무래도 상관없어요."

"그게 무슨 뜻이오?"

"실은 뵙고 싶어서 전화드린 거예요."

이렇게 내뱉고 나서 수경은 바늘에 찔린 듯 스스로 놀랐다. 너무나 쉽사리 그에게 고백을 해버린 것이다.

"당돌한 여자로군."

움푹 팬 눈으로 그가 재차 수경을 노려보았다.

"준호는 장차 당신과 결혼까지 생각하고 있던데."

수경은 코웃음을 쳤다.

"그러느니 차라리 500년쯤 묵은 느티나무 옆에 혼자 집을 짓고 살겠어요."

그가 몸을 꿈지럭거리더니 다시 담뱃갑을 집어들었다. 라이터 불빛 속에서 그의 이마가 대리석처럼 빛났다.

"도대체 왜 내게 그런 말을 하는 거요."

"어리석기 때문이에요."

수경은 주저 없이 말했다. 이미 돌이킬 수 없는 국면에 이르렀다고 스스로 생각했다.

"그리고?"

"가난하기 때문이에요."

"……"

"그리고 하루하루 살아가는 게 너무도 무섭기 때문이에요. 문을 열고 함부로 밖으로 나갈 수 없을 만큼 말예요."

왼쪽 팔꿈치를 테이블에 기댄 자세에서 손으로 입을 가린 채 그가 길게 눈을 감았다 떴다.

"가끔이라도 매달려 울 수 있는 태산 같은 남자가 필요해요. 가난이 죄는 아닌 거죠?"

그가 오른손에 들고 있던 담배를 재떨이에 비벼 끄며 말했다.

"가난한 사람들이 죄를 많이 짓긴 하지."

얼굴을 붉히며 그가 재빨리 사과했다.

"당신에게 이런 말을 하다니, 미안하게 됐소. 내 사과하리다."

수경은 잠자코 미소를 지어 보였다. 이쪽에서 원하는 바를 그가 분명히 알아차린 것이다. 그는 현숙한 부인을 둔 한 가정의 가장이었고 강하고 섬세한 성격의 소유자였다. 슬하에 자식이 없기에 가까운 이들에게 때로 공허함을 호소했으나 평소엔 일에 매달려 그런 자신을 잊고 지냈다. 그날 준호의 입을 통해 엿들은 말이었다. 그날 수경은 깨달았다. 단 한 번 만난 사람에게 한순간 마음이 완전히 기울 수도 있다는 사실을.

그는 이렇다 저렇다 말이 없었다.

"여기서 저녁마다 당신이 올 때까지 기다리겠어요."

그가 손목시계로 눈길을 가져가다 말고 되물었다.

"나더러 나 자신을 배반하라는 거요?"

깊숙이 고개를 숙인 채 수경은 또박또박 말했다.

"죄송하게 됐습니다. 부디 살펴주세요."

사흘째 저녁에 그가 왔다. 그가 카페의 문을 거칠게 밀고 들어와 자리에 앉더니, 거푸 두 개비의 담배를 피우고는 벌떡 몸을 일으켜 밖으로 나가버렸다. 그러나 수경은 알고 있었다. 그가 곧 돌아오리라는 것을. 5분 후에 그가 돌아와 수경의 팔목을 거머쥐고 끌다시피 밖으로 데리고 나갔다.

"하늘에서 다들 내려다보고 있겠지."

버즘나무 가로수 아래 수경을 세워놓고 그가 턱을 떨며 말했다.

"지금 준호에게 전화해서 사정을 전하시오. 거기까지는 당신이 할 일이야."

수경은 그가 시키는 대로 했다. 준호는 웅크린 아이처럼 숨죽인 채 들고 있다가 먼저 전화를 끊었다. 같은 일을 겪더라도 더욱 강해지는 남자가 있고 거꾸로 더욱 나약해지는 남자가 있다. 수경은 속으로 빌었다. 그가 지금보다 강해지면 좋으리라고.

"준호는 언젠가 너를 용서할 거야. 하지만 나는 죽을 때까지 증오하겠지."

그것은 장담할 수 없는 일이었다. 어찌될지 아직은 아무도 모르는 것이다. 그는 승용차에 수경을 태우고 곧바로 평창동에 있는 호텔로 갔다. 그리고 그답지 않게 몹시 서두르면서 사랑을 끝낸 뒤, 충혈된 눈으로 수경의 벌거벗은 몸을 짐승처럼 탐욕스럽게 내려다보았다.

"그래, 바로 너였군."

수경은 알고 있었다. 그가 아직도 자책감에 떨고 있다는 것을. 그의 시선에 온몸을 맡긴 채 수경은 봄비가 흘러내리는 창으로 얼굴을 돌렸다.

"청명에 내가 보리 같은 여자를 만났군."

그가 수경의 다리를 크게 벌리고 다시 안으로 쳐들어왔다. 이번에는 무예를 하듯 유연하고 민첩하게 그리고 길게 몸부림을 쳤다. 자신의 몸 위에서 거친 숨을 몰아쉬는 그가 수경은 돌연 측은한 생각이 들었다. 그래서 덜컥 이런 말을 내뱉고 말았다.

"1년에 그저 몇 번만 만나주면 됩니다. 저는 저대로 살아갈 테니까요."

그가 문득 몸을 멈추고 수경의 입술을 내려다보았다.

"고작 그걸 바라서 이랬던 거요?"

"제게 막상 해줄 것도 없으시잖아요. 안 그래요?"

"훗날 바위를 치며 서로 후회하게 될 거요."

무엇을 믿고 그러는지 수경은 계속 허세를 부리듯 말했다.

"그건 남자들의 일이고 여자들은 결코 후회하지 않아요. 아직 모르셨어요?"

그가 집요하게 수경에게 원하는 바를 물어왔다. 딱히 원하는 바가 없었으므로 수경은 농담조로 그에게 앞으로 일을 하지 않고도 먹고살 수 있는 돈을 매달 보내달라고 했다. 당황할 줄 알았는데, 그는 묵묵히 고개를 끄덕였다. 그리고 그렇게 했다. 아차 싶었으나, 이미 때가 늦어 있었다. 그러므로 그녀도 자신이 한 말을 지켜야만 했다. 그가 받아들이는 경우에만 그가 원하는 장소에서 그를 만날 수밖에 없게 된 것이다.

그는 수경에게 보리라는 이름을 지어주었다.

4

수경이 몸에 이상을 감지한 것은 보름 전쯤이었다. 특별한 자각증세는 없었으나 거울에 비친 가슴의 크기가 어느 날 비대칭

으로 달라 보였다. 갈퀴처럼 손으로 쥐어보니 단단한 멍울이 잡
혔다. 또 젖꼭지 아랫부분이 엉덩이처럼 살이 터 있었다. 당장
백과사전과 관련 인터넷 사이트를 뒤져 자가 진단 방법을 찾아보
았다. 임신 출산 경험이 적고 피임약을 과다 복용하는 독신여성
에게 분포가 높은 병…… 모계 쪽으로는 5년 전에 셋째 이모가
유방암 진단을 받고 쉰셋의 젊은 나이에 사망한 가족력이 있었
다. 아닐 거라고 한사코 우겨댔으나 산부인과에 가서 엑스선 촬
영을 해봐야 상태를 알 수 있다는 것쯤은 수경도 알고 있었다.

　다음날 진료예약을 했으나 도무지 병원에 갈 엄두가 나지 않
아 두 번이나 전화로 예약을 변경했다. 모든 병의 예후가 그렇듯
확률은 반반이었다. 환절기의 밤과 낮처럼 매 순간 감정이 극단
적으로 교차했다. 유방을 절제하지 않고 종양 적출술로 완치될
가능성도 물론 없지는 않았다. 어쩌면 기적처럼 염려에 불과한
상황일 수도 있었다. 이런저런 가능성을 염두에 두고 수경은 마
침내 병원을 찾아갔다.

　그런데 데스크에 접수를 시키고 진료실 앞에서 대기하는 동
안, 왜 그의 얼굴이 커다랗게 눈앞을 가로막았는지 모른다. 야속
하고 서운한 감정이 막막한 가슴을 매섭게 가르고 지나갔다. 잠
시 그러고 말 줄 알았는데, 뒤미처 밑도 끝도 없이 그에 대한 원
망과 분노의 감정이 목울대까지 가득 치밀어올랐다. 그 와중에
도 진료실 옆에 걸려 있는 달력으로 시선이 간 것은 또 무슨 심

사였을까. 대기번호 세번째 칸에 자신의 이름이 올라왔을 때 수경은 자리를 차고 일어나 도망치듯 택시를 타고 집으로 돌아왔다. 7년간 그가 매달 통장으로 보내온 돈으로 적금을 들어 작년에 분양받은 24평형 아파트였다. 그동안 그는 어쩔 수 없이 배가 나오고 머리숱이 적어지며 이마가 벗어지는 마흔셋의 중년 남자로 변해 있었다. 그보다 더 큰 변화는 뒤늦게 자식을 봐서 그 아이가 벌써 세 살이 되었다는 기막힌 사실이었다.

집으로 돌아와 수경은 준호에게 전화를 걸었다. 간혹 소식을 전해 듣긴 했으나 통화를 한 것은 7년 전 그날 이후 처음이었다. 준호는 물론 당황한 눈치였다. 그러나 곧 현실감각을 되찾고 담담한 태도를 유지했다. 당연한 일이겠으나 그에 대한 언급은 서로 하지 않았다.

"요즘도 계속 그림책 그려?"

알고 있을 텐데도 준호는 그렇게 물어왔다. 아니, 모르고 있는 건가? 그럴 수도 있겠다고 수경은 생각했다. 용서하지 않음이 반드시 관심의 지속을 뜻하는 건 아니다. 수경은 그의 질문에 굳이 대답하지 않았다. 궁금해서 물어온 게 아니지 않은가. 소식을 들어 알고 있으면서도 수경은 준호에게 비슷한 질문을 던졌다.

"준호씨는 요즘 뭐하고 지내?"

그는 담담하다 못해 당당했다. 왜, 모르고 있었냐는 투였다. 아직도 이쪽을 용서하지 못한 게 분명했다.

"다시 아버지 회사에서 일한 지 오래됐어. 작년에 상무로 진급했는데 내년쯤 자회사를 만들어 독립할 생각이야. 출판계가 불황이라고 다들 떠들어대지만 수경이 너도 알다시피 아동물 시장은 기복 없이 탄탄한 편이잖아. 물론 규모에 따라 차이는 있겠지."

준호는 수경과 헤어지고 이듬해 아버지의 대학 동기인 대기업 간부의 딸과 결혼해 두 살 터울의 아들딸을 두고 있었다. 경부고속도로 진입로가 내다보이는 분당의 고층아파트에 산다고 했다. 4억인가에 분양을 받았는데 몇 년 새 13억으로 매매가가 올랐다고 했다. 그가 옹졸한 말을 늘어놓고 있었기에 수경은 되레 안심이 되었다. 전화를 끊기 전에 수경은 준호에게 이렇게 말해보았다.

"언제 만나서 나한테 저녁 한번 사줄래? 나 요즘은 옛날처럼 바쁘지 않거든."

기다렸다는 듯 그가 후후거리며 웃었다. 그리고 별다른 대꾸가 없다가 덜컥 수화기를 내려놓았다. 그래, 비록 용서는 못 하더라도 이제 더이상의 미움은 남지 않겠지. 부자는 가난한 사람을 쉽게 멸시하긴 하지만 힘들여 미워하지는 않는 것이다. 그리고 보니 준호보다 나이가 많은 그가 조금은 관대했던 것 같다. 준호와의 통화를 끝내고 수경은 온천으로 내려가기 위해 짐을 꾸렸다.

5

그가 오기까지 하루가 남았다.

눈 깜짝할 사이에 논배미에 물이 차올랐다. 온갖 여린 풀들이 흙을 비집고 올라와 논두렁과 들판을 카펫처럼 뒤덮고 있었다. 그 생명의 기세가 시간이 흐를수록 두려운 심정을 자극했다. 복숭아나무 가지에 달린 꽃봉오리도 이틀 만에 완전히 벌어져 있었다.

오전에 수경은 다시 영화은마차에 가서 유산슬을 먹었고 극장 앞 정류장에 서 있는 사람들을 붙잡고 무의미한 질문을 되풀이했다. 여기서 아직 영화를 하나요? 문을 닫은 게 언제죠? 몰라요, 모른다고 했잖아요. 혹시 영화은마차의 주인은 알고 있지 않을까? 그러나 군이 되돌아가 묻고 싶은 마음은 없었다. 어쩌면 그곳에 다시는 갈 일이 없을지도 모른다.

오후 2시쯤 온천으로 돌아와 방으로 올라가려다, 수경은 차에 올라타 다시 시동을 걸었다. 주차장에서 보니 온천을 병풍처럼 둘러싸고 있는 산맥 사이로 고갯길이 보였다. 마침 거기서 트럭이 내려오고 있었다. 저 산 너머엔 무엇이 있을까? 수경은 불현듯 산을 넘어가보고 싶은 소녀 같은 충동에 사로잡혔다.

'난 너무 오랫동안 익숙한 길로만 다녔어.'

수경은 고갯마루 휴게소에 도착해 물줄기처럼 하얗게 아래로 이어진 길을 내려다보았다. 저 아래에도 사람이 살고 있겠지. 느리게 차를 몰아 십여 분을 내려가자 분지 같은 지형에 면(面) 단위의 마을이 나타났다. 마을 입구 커다란 바윗돌에 '학암(鶴岩)'이라는 검은 글자가 해서체로 깊게 음각돼 있었다. 학바위?

우체국 옆에 차를 세우고 수경은 도로 양쪽으로 형성된 마을 끝까지 걸어가보았다. 중국집, 슈퍼라는 간판을 단 구멍가게, 정육점 겸 식당, 다방과 미장원, 철물점과 약방과 농협과 파출소가 딱 하나씩밖에 없었다. 그리고 마을 끝에는 초등학교가 있었다. 좁은 도로로 차들이 먼지를 날리며 드문드문 오갔다. 수경은 학교 앞에서 발을 멈춘 채 방금 지나온 길을 돌아보았다. 참으로 조용한 마을이었다. 부드러운 하오의 햇살이 학교 마당에서 식빵처럼 부풀어오르고 있었다. 발길을 돌려 수경은 다방으로 들어갔다. 자장면을 먹고 있던 부스스한 몰골의 삼십대 여자가 젓가락을 내려놓고 두루마리 화장지를 풀어 입을 닦아냈다.

커피와 설탕과 프림이 똑같은 비율로 섞인 진득한 커피를 마시며 수경은 다방 여자에게 물었다.

"옆에 미장원 문 열었어요?"

여자가 나른한 표정으로 되물었다.

"머리할 거예요?"

"커트만 조금 하려고요."

"그럼 커피 드시고 옆으로 오세요."

그녀는 미용사이자 다방 주인이었다. 미용사의 몸에서 아직도 자장면 냄새가 났다. 수경은 거울에 비친 자신의 얼굴을 보며 또 습관적으로 물었다. 너, 누구니?

"네?"

미용사가 가위질을 멈추고 거울을 바라보았다.

"아뇨, 그냥 혼자 해본 소리예요. 그런데 마을이 왜 이렇게 조용하죠?"

"젊은 사람들이 없으니까요."

글쎄, 단지 그 때문일까? 환한 물속처럼 너무도 고요한 것이다. 커트를 마칠 때까지 수경은 거울에서 한순간도 눈을 떼지 않았다. 이제는 그 사람과 헤어져야 되겠지?

"샴푸 하실래요?"

"아뇨, 집에 가서 할게요."

수경은 미용실에서 나와 차를 세워둔 곳으로 걸어가다 우체국 옆에 서 있는 느티나무 고목을 발견했다. 바야흐로 가지마다 파릇한 새싹이 움트고 있었다. 노인과 아이들이 나무 아래 옹기종기 모여 앉아 얘기를 나누는 모습이 보였다. 그제야 수경은 알 것 같았다. 저 커다란 나무가 정령처럼 마을을 지켜주고 있기에 다들 소리내지 않고 살아갈 수 있는 것이다. 날마다 나무에 와서 절하고 의지하면서 말이다. 수경은 오래전에 자신이 내뱉었던 말을 떠올리고 있었다.

'차라리 500년쯤 묵은 느티나무 옆에 혼자 집을 짓고 살겠어요.' 아무리 함부로 내뱉은 말일지라도 언젠가는 자신에게 돌아오게 마련인가보다.

저녁을 먹기에는 아직 이른 시각이었으나 수경은 옥이네 식당에 들렀다. 온천 앞 논두렁에서 동네 아낙네들이 수건으로 얼굴을 가린 채 나물을 캐고 있었다. 안개 같은 물기가 자욱이 서린 논배미 건너편 소나무숲에 그날은 학들이 떼 지어 날아와 있었다.

식탁 의자에 앉아 텔레비전을 보고 있던 아주머니가 옆집 처녀 대하듯 수경을 돌아보며 말했다.

"미장원 갔다 온 모양이네?"

수경은 의자를 끌어내 그녀의 맞은편에 가 앉았다.

"밤에 비가 오려는지 날씨가 축축해지네요."

"봄 날씨처럼 변덕스러운 게 또 있을라구. 공연히 심란할 때야."

텔레비전으로 눈길을 돌리며 아주머니가 에둘러 물었다.

"저쪽에서는 여태 연락이 없는 모양이지?"

신경이 바짝 곤두섰으나 수경은 말없이 벽에 붙어 있는 차림표를 살폈다.

"혹시 보리밥 좀 먹을 수 있어요?"

"애 가진 여자처럼 춘삼월에 웬 보리밥은 찾어?"

"낮에 중국 음식을 먹었더니 속이 더부룩해서 그래요. 강된장에 무생채 넣어 비벼 먹고 싶네요."

"뒤주에 보리쌀이 남아 있나 모르겠네."

자리에서 일어나며 아주머니가 또 귀에 거슬리는 말을 했다.

"늦기 전에 비슷한 사람 만나 애 낳고 살림 차려. 어쩌니 저쩌니 해도 결국 여자가 가질 수 있는 건 그게 다야. 조금만 늙어 봐, 누구 하나 쳐다봐주는 사람이 있는 줄 알어?"

수경은 식탁에 놓인 신문을 집어들었다. 청명인 내일 전국에 천둥번개를 동반한 비가 내릴 거라는 예보가 나와 있었다. 뿌옇게 김 서린 창을 화장지로 닦아내고 논배미를 내다보니 그새 나물 캐던 아낙네들의 모습이 보이지 않았다. 어쩌면 이번에도 그가 안 올지 모른다는 생각이 종일 마음을 괴롭혔다.

재작년 봄에는 그가 오지 않았다. 밤늦게야 그에게서 휴대폰으로 문자메시지가 도착했다.

'엊그제 아이가 태어나 병원에 와 있어. 주말께나 시간이 날 거야. 미리 연락 못 해서 미안해.'

'오실 때까지 기다릴게요.'

라고 답장을 보내려다, 수경은 삭제 버튼을 눌렀다. 그리고 곧장 가방을 싸서 서울로 올라갔다. 그리고 주말에 그와 삼청동에서 만나 저녁을 먹고 밤늦게 평창동 호텔에서 헤어졌다. 그날 수경은 알았다. 그를 놓아줄 때가 왔다는 것을. 몇 달 후 그에게서 만나자는 연락이 왔으나 수경은 다시금 숟가락을 이빨로 깨무는 심정으로 약속 장소에 나가지 않았다. 그런데 이듬해 봄이 닥치자 웬일인지 그가 못 견디게 그리워졌다. 보리밥을 먹다 수경은 입덧이라도 하듯 울컥 구역질을 했다. 이어 눈시울이 뜨겁게 달아올랐다. 언젠가 그가 말했었지. 깜부기 안에 예쁜 보리쌀이 하나 숨어 있군.

바람에 보리밭이 파도처럼 쏠리고 있었다. 수경이 콘크리트 다리를 건너가는 동안 자전거를 탄 노인이 꿈결처럼 옆을 스치고 지나갔다. 바람 소리가 점점 거세졌다. 어둠을 틈타 수경은 보리밭으로 들어갔다. 그리고 엊그제 보았던 복숭아나무 옆에 이르렀을 때, 수경은 호텔에서 나올 때 손가방 안에 과도를 챙겨넣었다는 사실을 퍼뜩 깨달았다. 수경은 복숭아나무 아래 관(棺)처럼 몸을 뉘었다. 달콤쌉싸래한 보리 내음이 흙냄새에 섞여 콧속에 스며들었다. 올챙이가 헤엄치듯 별들이 밤하늘에서 이동하고 있었다. 아, 드디어 내가 여기까지 왔구나. 그때 그를 보내지 못해 결국 내가 나를 해치려 드는구나. 혀를 자르는 한이 있더라도 다시는 그를 붙잡지 않으리라. 수경은 몇 달째 입안에 담아두고 수없이 되풀이했던 말을 보리밭 고랑에 누워 읊조려보았다. 귓전에 개울물 소리가 들려왔다.

껍질 벗은 검은 거북이를 천마(天馬)인들 어찌 쫓겠는가!

옷을 벗고 욕조에 들어가 있는 동안 수경은 깜빡 잠이 들었다. 그사이에도 어김없이 어지러운 꿈을 꾸었다. 파편적인 장면들이 물살에 떠내려가듯 눈앞을 스치고 지나갔다. 영화은마차. 오래전에 문을 닫은 극장. 달밤에 자전거를 타고 콘크리트 다리를 건너가는 노인. 학암 마을의 느티나무. 다방 여자와 미용실. 삼청동 카페와 평창동 호텔. 보리, 보리밭, 보리밥. 학이 날아든 소나무숲.

온몸에 한기를 느끼고 수경은 눈을 떴다. 상처 입은 짐승인 양 몸을 떨며 수경은 욕조 밖으로 나와 거울에 비친 자신의 모습을 망연히 바라보았다. 살기 위해 가슴을 도려낼 용기가 아직은 없었다.

6

오후 5시에 그가 왔다. 재래시장에 들러 늦은 점심으로 김치전을 먹고 과일 가게에 들렀을 때 주머니에서 휴대폰 벨이 울렸다. 비바람이 몰아치고 있을 때였다. 그는 온천장 호텔 앞에서 전화를 걸며 담배를 피우고 있었다.

"데스크에 물어 방에 올라갔더니 문이 잠겨 있더군. 어디야?"

그가 퉁명스럽게 물어왔다. 하지만 수경은 그가 왔다는 사실에 일단 안도감을 느꼈다.

"시내에 나와 있는데 곧 들어갈게요."

"서둘러 와."

"네, 그럴게요."

"운전 조심하고."

그는 온천장 호텔로 들어가는 길목에 나와 우산을 든 채 수경을 기다리고 있었다. 수경이 옆으로 차를 세우자 그가 우산을 접고 조수석에 올라탔다. 그에게서 익숙한 로션 냄새가 풍겨 왔다.

"날씨가 꽤나 사납군. 잘 지냈지?"

옆을 돌아보며 그가 물어왔다. 수경은 그가 늘 가던 숯불갈빗집으로 차를 몰았다.

"저번보다 얼굴이 안됐군. 몸부터 챙겨야지."

"……"

"누가 밟아줬는지 올해도 보리가 잘 자랐군. 겨울방학이 되기 전에 다들 나가서 보리밭을 밟아주곤 했지. 아마 봄방학 때도 그랬던 것 같고."

양복 소매로 창을 닦아내며 그가 중얼거렸다. 아직도 그에게 소년이 남아 있었음을 기억하리라고 수경은 생각했다. 궂은 날씨 탓에 고기 굽는 냄새가 역했으나 수경은 그가 젓가락으로 앞접시에 옮겨주는 소고기 등심을 한 점 한 점 입으로 가져갔다.

그가 따라주는 소주도 모두 받아 마셨다.

"포도주에서 영영 헤어나지 못할 줄 알았는데, 소주가 점점 좋아지는 걸 보면 나도 어쩔 수 없이 나이를 먹나봐. 몸은 괜찮은 거지?"

그가 재차 묻기에 수경은 마지못해 고개를 주억거렸다. 그에게는 사실대로 말할 수 없는 것이다. 그렇다면 사실대로 말할 수 있는 관계란 무엇일까.

"비용은 신경 쓰지 말고 곧 가까운 일본에라도 다녀오지그래. 4월 다 가기 전에 말이야. 난 교토가 좋더군."

핏물이 밴 등심 조각을 우물거리며 그가 말했다.

"혼자서 무슨."

"여행은 혼자 하는 거야."

"그런가요?"

"여럿이 어울려 가면 놀기밖에 더 하겠어? 가끔들 생각도 하며 살아야지."

한우 등심 3인분에 소주를 두 병 비우고 식당에서 나오자 바람은 여전했으나 비가 웬만큼 잦아들어 있었다.

"달이 떴으면 한결 운치가 있었을 텐데. 어서 가서 뜨거운 물에 몸부터 담가야겠어. 여기저기 온천이 많지만 여기가 그중 내 몸에 맞아."

그는 작년에도 똑같은 말을 했었다. 수경은 엊그제 학암이라는 마을에서 커다란 느티나무를 보았던 일과 미용실에서 머리를 손질한 일과 영화은마차에 다녀온 얘기를 하고 싶었으나 그가 묻지 않기에 그만두었다.

그가 대중탕으로 내려간 사이 수경은 욕실에서 씻고 나와 속옷 차림으로 침대에 들어가 누웠다. 온몸에 나른하게 술기운이 번져 잠이 올 것 같았으나 그를 기다려야만 했다. 잠들어 있는 자신을 그가 깨우는 게 싫었다. 밖에서 개구리 우는 소리가 가뜩이나 요란하게 들려오고 있었다. 수경은 어서 그가 와서 잠을 잘 수 있었으면 좋겠다고 생각했다. 이 밤이 지나면 늘 조바심치던 그 알량한 패배의식에서 벗어날 수 있겠지.

그가 돌아와 이불을 들추고 침대 속으로 들어왔다. 불을 꺼달라고 했으나 그는 들어주지 않았다. 그가 커다란 두 손으로 수경의 양쪽 무릎을 잡고 다리를 벌리려 했다. 수경은 입술을 깨문 채 한사코 다리를 안쪽으로 오므렸다. 그러자 그가 고개를 번쩍 들어 수경의 표정을 살폈다. 얼굴을 옆으로 돌리며 수경은 눈을 감았다. 수경이 끝내 거부하자 그의 태도가 조금씩 거칠어지기 시작했다.

"남자가 생긴 모양이군."

수경은 칼에 찔린 듯 깊은 상처를 받았다. 그가 그런 말을 해서는 안 된다고 생각했다. 그에게 이제 그의 집을 돌려주리라 생각했는데, 그러기가 싫어졌다. 어렵사리 잠든 틈을 타서 그가 다시 수경을 깨웠다. 그때 수경은 알았다. 그가 더이상 자신에게 관대하지 않다는 것을. 제풀에 절정에 이르러 그가 보리! 라고 밭은소리로 외쳤으나 수경은 응대하지 않았다.

'저는 지금 자고 있어요.'

새벽녘에 그가 수경의 귀에 대고 말했다.

"남자가 생긴 게 틀림없어. 그렇지?"

'저 지금 자고 있다니까요.'

"그래, 보내주지. 하지만 지금은 아니야."

'그건 또 왜 그런 거죠?'

"아직 널 사랑하고 있으니까. 우린 7년이나 만나왔어."

'하지만 남들처럼 사실을 사실대로 말할 수 없는 관계잖아요. 그리고 이제는 나에 대해 아무것도 묻지 않잖아요. 지금이라도 집을 돌려드리고 싶어요. 실은 그 집에서 함께 살고 싶었어요. 단 한 달이라도 말예요. 그런데 당신은 결코 기회를 주지 않았죠.'

"네 마음대로 왔다가 네 마음대로 가는 게 아니야!"

그 말을 듣는 순간 수경의 얼굴에 그토록 오래 기다렸던 미소가 번졌다. 그에게 더이상 미련이 남지 않게 된 것이다. 그가 다시 보리! 라고 머리맡에서 그녀의 이름을 외쳤다. 마침내 수경의 눈에 참았던 눈물이 고였다. 그와 동시에 그녀는 스스로 구원받았음을 깨달았다.

그러니 이제 혼자여도 살아갈 수 있게 되었다.

　수경은 몸을 돌려 차갑게 식은 그의 등을 부드럽게 끌어안았다. 그리고 자신에게 애타게 속삭였다. 아침이 오면 당신과 헤어져야겠지만, 내 어찌 너를 미워할 수 있겠는가. 또한 보리라는 이름을 내 평생 어찌 잊을 수 있겠는가.

풀밭 위의 점심

1

인터넷에서 다운받은 약도만 가지고는 찾기 힘든 곳이었다. 사거리를 중심으로 오른쪽 아래 흥인지문이라고 표기된 곳은 물론 동대문이 되겠지만, 그의 전시회가 열리고 있는 '대안공간'의 위치는 짐작하기 어려웠다. 주위에 약국과 한의원들이 집중적으로 몰려 있는데다 골목이 갈래갈래 얽혀 있었다. 눈에 띄는 건물이라야 이대 동대문병원 정도였는데 대안공간 반대편에 멀찌감치 떨어져 있어 기준으로 삼기엔 무리였다. 지독한 지도 치인 아내가 무슨 약도에 방위조차 표기돼 있지 않냐고 집을 나서며 투덜거렸다.

3시까지 도착하겠다고 알려놨으므로 아내와 아이를 차에 태우고 서둘러 아파트 주차장에서 빠져나왔다. 오랜만에 보는 일요일의 맑은 날씨였다. 가족과 동행할 생각은 아니었으나 마침 결혼기념일이어서 전시회에는 얼굴만 비치고 빠져나올 작정이었다. 어차피 그와 길게 마주 앉아 나눌 얘기가 있으랴 싶었다. 아내에게는 대학 때 알고 지내던 친구라고 막연히 둘러댔다. 그와 마지막으로 만난 것도 10년 전 파리에서였다. 그는 작년 가을 서울로 돌아왔다고 했다.

역시 약도가 문제였다. 이화동 사거리에서부터 방향감각을 잃고 헤매기 시작해 몇 번이나 막다른 골목에서 차를 돌려 나왔다. 하는 수 없이 그에게 전화를 걸어보니 어눌한 말투로 금자탑학원과 소망의료기 건물 사이 골목으로 들어와 동산주차장까지 오라고 했다. 하지만 약도엔 그런 건물이 나와 있지도 않았다. 구멍가게에서 음료수를 사며 주인에게 약도를 보여주자 한참을 이리 돌려보고 저리 돌려보며 고개를 갸웃거렸다. 다행히 그가 금자탑학원을 알고 있었다. 학원 건물 앞에 도착해보니 어이없게도 이대 동대문병원 바로 건너편 골목이었다. 골목 입구에 '섬마을 길'이라는 표지판이 보였다. 꼬불하고 비좁은데다 군데군데 콘크리트 포장이 뜯겨나가 차체가 제멋대로 흔들렸다. 아내는 이미 눈빛이 굳어 있었다. 원래 계획대로라면 지금쯤 홍대 앞 산울림소극장에서 박정자가 출연하는 연극 〈엄마는 오십에 바다를 발견했다〉를 관람하고 있을 터였다.

'대안공간'은 일반 화랑에서 전시할 기회를 갖지 못한 화가들을 위해 무상으로 임대해주는 전시 공간이었다. 스물아홉 살에 심장병으로 요절한 사진작가의 부모가 자식을 기리기 위해 복지재단을 설립하고 동대문에 소유하고 있던 한옥을 개조해 3년 전부터 운영하고 있다고 했다. 그는 후배라는 남자 두 명과 마당가에 있는 하얀 테이블에 둘러앉아 대낮부터 캔맥주를 마시고 있었다. 후줄근한 하얀 와이셔츠에 감색 남방 차림이었고 어깨까지 내려온 긴 머리에 옅은 빛깔의 선글라스를 쓰고 있었다. 테이블 밑에 시든 화분과 꽃다발들이 아무렇게나 방치돼 전시회가 끝나가고 있음을 알려주었다.

2

어수선하게 수인사를 나눈 뒤 한옥 안에 설치된 그의 비디오아트 작품부터 둘러보았다. 대학에서는 서양화를 전공했는데 파리에 체류하는 동안 비디오아트 쪽으로 방향을 바꾼 듯했다. 방명록 옆에 놓인 작가 파일을 들춰보니 프랑스 국립고등예술학교에서 비디오아트와 퍼포먼스를 전공하고 예술사 학위를 취득한 것으로 돼 있었다. 귀국한 뒤에는 모 대학에 시간강사로 나가며 프리랜서 디자이너와 일러스트레이터를 겸하고 있었다. 아직 제대로 자리를 잡지 못했다는 뜻이었다.

전시회의 주제는 〈시간의 엄습〉으로 철거가 임박한 프랑스 남부 아비뇽의 서민임대주택과 경복궁 옆의 빈 여관을 소재로 한 작품들이 세 개의 방에 각각 다섯 점씩 전시돼 있었다. 그림, 더군다나 비디오아트에 관해서는 거의 문외한인 아내는 작품엔 그다지 흥미가 없는 듯했고 장차 화가가 꿈인 아이 역시 낯선 공간에 들어와 있는 것이 거북스러운 표정이었다.

그가 휴대용 버너에 모카 포트를 올려놓고 스타벅스에서 사 왔다는 커피 가루를 집어넣었다. 담배를 입에 문 채 지갑에서 명함을 꺼내 스푼 대용으로 쓰는 광경을 보고 아내가 슬쩍 이마를 찡그렸다.

"아이가 참 귀엽고 깨끗하네요."

그가 안주로 먹던 땅콩 접시를 아이에게 건네주며 말했으나 아내는 가만히 웃어 보일 뿐 별다른 대꾸는 하지 않았다. 이름과 나이를 묻자 아이는 뚱한 표정으로 마지못해 대꾸했다. 후배라는 사람들은 저네들끼리 열심히 밀담을 주고받고 있었다. 한 사람은 서양화 전공의 화가였고 다른 한 명은 사진작가라고 했다. 내가 도착하고 나서 30분쯤 후에 그들은 다른 볼일이 있다며 함께 자리에서 일어났다. 딱히 나눌 만한 얘기가 없었으므로 나는 전시한 작품들에 대해 그에게 물었다.

"기억, 빈집, 그림자 등이 최근에 내가 관심을 가지고 작업하

는 주제들이야. 사람이 머물다 떠난 곳에는 저마다의 묘한 울림
이 있잖아. 그것이 사적인 공간인 경우에는 더욱 울림이 크지.
낯선 곳을 경험하는 것은 실제로 낯선 사람을 만나는 것보다 더
낯선 일이거든. 말하자면 지나간 것의 흔적, 내 안에 가라앉아
있는 것, 흐름 위에 멈춰 서 있는 것, 이런 것들이 내가 지금 흥
미를 가지고 있는 것들이지."
　"일반인들이 수용하기엔 좀 어렵지 않을까?"
　"어차피 상업적인 목적을 가지고 하는 전시는 아니니까."
　"생활은 어때?"
　왜, 모르냐는 투로 그가 되받았다.
　"생활이 목적이면 이런 일을 하겠어? 귀국한 뒤에 일주일에
두 번씩 강의 나가고 짬짬이 아르바이트하며 버티고 있어. 하지
만 나쁘다고는 생각하지 않아. 파리에서는 더 힘들게 살았으니
까."
　파리 얘기가 나와 수연의 소식을 묻고 싶었으나 아내가 옆에
있었으므로 운을 뗄 수 없었다. 마당 구석에 헐벗은 배롱나무 한
그루가 설치작품인 양 외롭게 서 있었다. 나중에 가까이에서 살
펴보니 놀랍게도 가지 끝에 새 순이 움트고 있었다. 아이는 마당
에서 나뭇가지로 그림을 그리고 있었다. 종이컵에 든 커피를 마
신 아내는 그새 일어나고 싶은 눈치였다. 남산 벚꽃축제가 오늘
로 끝나는데다 서울타워 레스토랑에서 저녁을 먹기로 한 것이

다. 테이블에서 불과 서너 걸음밖에 떨어져 있지 않은 화장실에
서는 쉼 없이 악취가 풍겨나오고 있었다. 말이 뚝 끊겨 있는 상
태에서 나는 다시 화제를 돌렸다.

"한옥 구조가 좀 이상한 것 같지 않아? 남향은 남향인데 대청
마루가 있을 곳에 콘크리트 벽이 가로막고 있잖아. 전시 공간을
확보하기 위해 개조한 건가?"

"나도 처음엔 그렇게 짐작했는데 아니라고 하더군. 지금 우리
가 바라보고 있는 마당에 한옥이 한 채 더 있었다나봐. 이 벽을
사이에 두고 말이야. 그러니까 ㅁ자 형태로 두 집이 마주 보고
있었던 거지. 대문도 따로 있고 말이야. 그런데 마당에 있던 집
에서 사람이 자주 죽어나갔다나? 말하자면 흉가였던 셈이지. 그
래서 오랫동안 비워두다 이곳을 대안공간으로 만들면서 아예 철
거를 해버렸다는 거야."

그 흉가가 있던 마당은 현재 설치작품을 전시하는 공간으로
쓰이고 있었다.

"여긴 무료로 임대하는 공간이라 상주하는 직원이 없어. 그래
서 내가 하루 종일 나와 있어야 해. 열흘 내내 여기 앉아서 마당
을 바라보고 있으니까 묘한 느낌이 들더군."

"어떤 느낌?"

"이 공간 자체가 그대로 작품이더란 거지. 이번 내 전시회의
주제와도 딱 맞아떨어지잖아. 주변에 있는 건물들도 대개는 철

거 대상이야. 저기 대문 밖에 은성여관 보이지? 어제 저 여관에서 묵었는데 오늘 점심때 나오다보니 출입문에 휴업 간판을 내걸더라고. 투숙객이 한 명도 없는 날이 많다는 거야."

여관 출입문 옆에 서 있는 자목련꽃이 상기도 바닥으로 지고 있었다.

"여기선 안 보이지만 바로 아래에도 여관이 하나 있어. 간판만 남아 있고 지금은 단추를 만드는 공방으로 쓰고 있더군. 저기 외벽에 철계단이 나 있는 붉은 벽돌집은 지퍼 공장이고. 골목만 빠져나가면 바로 종로5가이고 동대문이 코앞에 보이는데 아직도 이런 공간이 남아 있다는 게 놀라워. 여기 주민들이 들으면 좋아하지 않겠지만 이 동네 자체가 하나의 거대한 미술품이야. 물론 아직까지 사람이 살고 있다는 사실이 중요하지."

"각자 사정들이 있겠지만 떠날 생각을 좀처럼 못 하는 거겠지."

옆에서 조용히 듣고 있던 아내가 지루한지 아이의 손목을 잡고 밖으로 나갔다. 5분 후에 아내에게서 휴대폰으로 문자메시지가 왔다.

'동대문 쇼핑센터에 다녀올게요.'

수연은 귀국하지 않았다고 했다.

3

　수연은 우리 두 사람의 친구, 아니 세 사람이 한 쌍의 연인이었다고 말해야 하리라. 대학에 입학하던 해 미학 연구 서클에서 만나 운명처럼 가까워졌다. 가입 환영 모임이 끝나고 세 사람은 학교 앞에 있는 연우의 오피스텔로 몰려가 술을 좀더 마시며 이야기를 나누다 내가 먼저 잠이 들었다. 옹색한 철제 침대 옆에는 마네의 〈풀밭 위의 점심〉을 복제한 그림이 커다랗게 걸려 있었다. 수연은 고향이 울산이었다. 햇빛에 그을린 중성적인 얼굴에 억센 경상도 사투리를 썼으나 몇 달이 지나지 않아 서울말을 익히면서 숨겨져 있던 여자티가 드러났다. 연우는 서울내기로 외과의인 아버지의 집요한 반대를 무릅쓰고 미대에 진학했노라고 했다. 그런 까닭에 부자가 서로 얼굴조차 보려 하지 않았다. 두 사람은 같은 과의 서양화 전공이었고 나는 장래 시인이 꿈인 문과대생이었다.

　목이 말라 새벽에 깨어보니 연우와 수연이 바닥에 웅크린 채 잠들어 있었다. 그날 세 사람은 강의를 빼먹은 채 고속버스를 타고 강릉으로 갔다. 정오쯤에 일어나 식당에서 해장국을 먹다 수연이 고향을 떠나온 지 얼마 되지 않았는데 그새 바다가 그립다며 눈시울을 붉혔다. 덧붙여 아직까지 동해는 가본 적이 없노라고 했다. 그렇다면 못 갈 것도 없지 않냐고 말한 건 연우였다. 두 사람이 숟가락을 든 채 나를 바라보기에 나는 고개를 주억거렸다. 저녁께 경포 해수욕장에 도착해 끼니를 대신해 술을 마시고 모래사장에서 불꽃놀이를 한 다음 세 사람은 여관에 들어 다시 하룻밤을 보냈다.

그날 밤 수연은 여덟 살 때 죽은 어머니 얘기를 들려주었다. 중학교 음악교사였다고 한다. 아버지는 현재 장생포에서 고래고깃집을 운영하고 있었다. 나도 홀어머니 밑에서 어렵게 성장했으나 구태여 그 말은 꺼내지 않았다.

그후 세 사람은 부모를 여읜 어린 남매들처럼 늘 붙어다녔다. 강의가 끝나면 대개 학교 앞 주점에서 만나 안주로 속을 채우고 곧잘 서로의 자취방을 전전하며 지냈다. 향수병을 앓고 있던 수연이 두 사람을 늘 곁에 두고 싶어했던 것이다. 그러다보니 연우와 수연이, 혹은 나와 수연이 단둘이 있는 경우가 생길 수밖에 없었다. 어느 날 밤늦게 수연이 절박한 투로 전화를 걸어와 내게 자취방으로 와달라고 했다. 연우와는 종일 통화가 되지 않는다면서. 새벽까지 술을 마시며 사소한 얘기를 나누던 끝에 수연이 불현듯 외롭다고 말했다. 수연은 그날따라 내내 쫓기는 모습이었다. 급기야 안아달라고 그녀가 말했다. 내가 가슴에 끌어안자 수연은 몸을 떨며 울먹이기 시작했다.

마치 도둑처럼 사랑을 나눈 뒤 돌아누운 자세로 수연이 말했다.
"어젯밤에 연우씨가 내 방에 왔다 갔어."

“……”

“내가 지금 무슨 일을 저지르고 있는 거지?”

불안하고 두렵다며 수연이 넋이 나간 소리로 중얼거렸다. 며칠 후 겨울방학이 되자 수연은 짐을 싸들고 울산으로 내려갔다. 그리고 이듬해 봄 학기가 시작되고 나서도 서울로 올라오지 않았다.

3월 중순에 연우와 나는 울산으로 수연을 데리러 갔다. 오전에 서울에서 출발해 오후 5시 무렵에나 터미널에 도착해 물어물어 장생포 식당으로 찾아갔다. 수연의 아버지는 팔십년대 중반 포경이 금지되기 전까지 고래를 해체하는 해부장이었다고 한다. 무쇠 같은 표정에 속내를 전혀 짐작할 수 없는 사람이었다. 그가 접시에 내온 고래고기와 함께 소주를 마시며 핼쑥한 모습의 수연과 얘기를 나눴다. 그녀는 그동안 고통을 겪은 듯했다. 추가 등록 기간이 남아 있으니 학교로 돌아오라고 우리는 수연에게 간곡하게 말했다. 고래고기에서는 산초 향 비슷한 냄새가 강하게 풍겼다. 수연은 아버지의 시선은 아랑곳없이 술을 많이 마셨다. 그녀는 끝내 대답을 하지 않았다. 식당 문을 닫을 시간이 되어 연우와 나는 밖으로 나왔다. 수연이 따라나와 가까운 여관을 잡아주었다.

자정 조금 못미쳐 수연이 여관으로 찾아와 내일 함께 서울로 올라가겠노라고 말했다. 아버지와 얘기를 나누고 온 모양이었다. 다음날 아침 세 사람은 식당 앞에서 만나 터미널로 갔다. 수연이 이왕 울산에 내려왔으니 반구대 암각화를 보고 서울로 올라가자고 했다. 연우와 나는 기꺼이 그 말에 동의했다. 수연은 어렸을 때 어머니의 손을 잡고 울주군 언양읍에 있는 반구대 암각화를 처음 보러 갔었노라고 했다. 그날 암각화 앞에서 어머니가 딸에게 동요를 몇 곡 불러주었다. 그리고 열흘쯤 뒤에 병원에서 조용히 숨을 거두었다고 한다.

세 사람은 버스를 타고 일단 언양으로 갔다. 그리고 다시 경주행 버스로 갈아탄 다음 35번 국도를 15분쯤 달려 반구대길 표지판 앞에서 내렸다. 좁고 가파른 길이었다. 한참을 걷자 안내소가 나타났다. 거기서부터는 도로가 포장돼 있었고 반구대까지는 30분을 더 가야 했다. 날씨는 꿈인 듯 화창했다. 갈수기인 11월에서 5월까지, 그것도 두세 달 정도만 암각화를 볼 수 있다고 수연이 알려주었다. 나머지 기간은 물속에 잠겨 있다는 얘기였다. 태화강의 물줄기가 휘감아도는 반구대길은 옛적인 양 풍광이 깊고 수려했다. 안으로 들어갈수록 사위가 차차 적막해지며 마치 아무도 들어와 본 적이 없는 깊은 산속을 걷고 있는 기분이었다. 가까운 곳에서 뻐꾸기가 울고 있었다.

이윽고 반구대에 도착하니 대형 사진이 안내판처럼 서 있었다. 바로 사냥 미술의 걸작으로 알려진 암각화 사진이었다. 그 앞에서 수연은 어렸을 때 암각화를 보고 나서 화가를 꿈꿨다고 고백조로 말했다. 선사시대 말부터 청동기시대에 걸쳐 조성된 것으로 추정되는 반구대 암각화에는 인물상, 동물상, 도구상을 포함해 각종 고래의 문양과 사냥 방법이 나타나 있었다. 뿐만 아니라 가축을 키운 흔적과 주술사의 모습까지 뚜렷이 새겨져 있다고 안내문에 나와 있었다. 세 사람은 출입이 금지되었음에도 불구하고 가장 가까운 곳까지 다가가 암각화를 살펴보았다. 발앞으로 물줄기가 흐르고 있었으나 약 3미터 앞까지 접근해 오랫동안 암각화를 들여다보았다. 명암은 흐릿했으나 온갖 문양을 두 눈으로 직접 확인할 수 있었다. 하지만 역시 흐릿했다. 특히 아랫부분은 자주 물에 잠겨 고래 문양이 마치 부식된 것처럼 서서히 사라져가고 있었다.

"이유는 모르겠지만 고래들이 가끔 해안으로 몰려와 죽어."

수연이 수수께끼 같은 말을 내뱉었다.

"원래는 고래가 육지에서 사는 동물이었대. 그래서 육지가 그리워 몰려왔다가 바다로 돌아갈 때를 놓쳐 죽는다는 거야. 오늘 아침에도 영덕 강구 앞바다에 여덟 마리가 몰려와 죽었다나 봐."

연우와 내가 출입금지구역 밖으로 나와 담배를 피울 때까지 수연은 암각화 앞에 그대로 서 있었다. 그리고 우리가 지켜보는 가운데 태화강 물줄기를 앞에 두고 두 손을 가슴에 모은 채 노래를 부르기 시작했다. 어머니를 위해 부르는 노래였을까? 학교 때 음악 교과서에서 배운 '돌아오라 소렌토로'라는 곡이었다. 그녀의 목소리는 암각화 벽에 울려 태화강 지류에 은은하게 퍼져 나갔다.

반구대를 떠나 세 사람은 신라시대 화랑들이 모여 심신을 수련했다는 근처의 천전리 각석에 들렀다. 가파른 숲길을 지나 역시 태화강의 지류인 대곡천에 다다르자 그때껏 나로서는 들어보지조차 못한 천전리 각석이 나타났다. 각석에는 선사인들이 남긴 신비로운 문양들과 삼국시대부터 통일신라시대에 걸쳐 제작된 드로잉 스타일의 선각화와 명문들이 새겨져 있었다. 각석 바로 앞으로 물이 흐르고 있었고 뒤편은 너른 풀밭이었다.

우리는 풀밭에 앉아 수연이 싸온 점심을 먹었다. 바야흐로 대곡천에 햇살이 부글부글 타오르고 있었다. 점심을 먹고 나서 수연이 발목을 걷고 물에 들어가 발을 씻었다. 농염한 햇살이 바람 속에 배어 있는 3월의 서늘한 기운을 날려보냈다. 정오의 숲속은 이루 말할 수 없이 은은한 향기로 만연했고 새 순이 돋아나는 나뭇가지들 사이로 스며든 빛이 풀밭 위에 비단결처럼 풀려 있었다.

그때 맨발로 돌아온 수연이 우리가 앉아 있는 뒤편에서 한 겹씩 옷을 벗기 시작했다. 미리 작정한 일이었을까. 연우와 나는 숨을 사린 채 햇살 속에 떠다니는 하루살이 떼들을 노려보고 있었다. 마침내 완전히 벌거벗은 수연이 연우와 나의 틈에 비스듬히 끼어 앉았다. 그날 수연은 우리에게 무엇을 전하려 했던 것일까? 기념사진을 찍어두자고 말한 것도 그녀였다. 목이 아픈 침묵의 시간이 흐른 뒤 연우가 가방에서 주섬주섬 카메라를 꺼내더니 각석 위에 올려놓았다. 그리고 자동촬영 버튼을 누른 뒤 제자리로 돌아와 앉았다. 수연은 천천히 한쪽 다리를 세우고 오른손을 턱에 괸 자세로 카메라 앵글을 돌아보았다. 이어 찰칵, 하고 셔터 여닫히는 소리가 선명하게 귀에 들려왔다.

서울로 돌아와 수연은 학교에 추가 등록을 하고 남의 집 차고를 빌려 화실로 개조한 다음 반구대 암각화를 모티브로 한 드로잉 작업에 몰두했다. 수연이 화실로 이사를 하던 날 연우가 천전리 풀밭에서 찍은 사진을 30호 크기의 액자에 넣어 수연에게 건네주었다. 그것은 잘 찍힌 한 장의 흑백사진이었다. 화면의 테두리는 어둑했으나 광선이 개울에서 강하게 반사되면서 세 사람을 환한 빛으로 감싸고 있었다. 수연은 그 액자를 결혼사진처럼 침대 위에 걸어놓았다. 훗날 그녀가 한 말에 따르면, 그 사진이 찍히던 순간으로부터 세 사람 모두 영원히 벗어날 수 없으리라는 것을 예감했다고 한다.

3학년을 마치고 연우와 나는 군에 입대했다. 연우는 김포로 나는 인제로 자대 배치를 받았다. 군에 있는 동안 수연이 내게 세 번 면회를 왔다. 졸업 후에도 수연은 계속 서울에 머물며 그림을 그렸다. 해마다 국전에 응모했으나 번번이 낙선해 실의에 빠진 나날을 보내고 있었다. 제대 말년에 연우와 휴가 기간이 겹쳐 세 사람은 반구대 암각화를 보러 울산에 한 번 더 내려갔다. 그러나 천전리에 들러보자는 얘기는 아무도 입 밖에 꺼내지 않았다.

연우는 졸업과 함께 파리로 유학을 떠났고 나는 신문사에 취직했다. 수연과 내가 연우를 찾아간 것은 1996년 여름 휴가 때였다. 그는 개선문에서 그리 멀지 않은 라 데팡스의 아파트에서 생활하고 있었다. 그의 아파트에서 일주일을 함께 지내며 세 사람은 주로 파리 시내에 있는 미술관을 돌아다녔고 기차를 타고 런던과 밀라노에 다녀오기도 했다.

서울로 돌아오기 전날 세 사람은 퐁피두센터 국립근대미술관에 들렀다 옥상 라운지에서 맥주를 마셨다. 저물녘의 파리 시내를 내려다보던 연우가 말했다. 퐁피두센터 앞 광장에서는 악사들이 집시풍의 음악을 연주하고 있었다.

"그림을 계속할 작정이면 파리에 와서 공부해보는 게 어때?"

당시 수연은 이런저런 갈등에 직면해 있었다. 생활고야 그렇다 치고 무엇보다 앞날이 불투명했다. 나는 파리에 오기 전에 수연에게 청혼을 했다 거절당한 일을 떠올리고 있었다. 결혼을 하면 사실상 그림을 포기해야 한다는 것쯤은 서로 알고 있었다. 그렇다고 내가 뒷바라지를 할 처지나 형편도 아니었다. 나는 홀어머니를 모셔야만 했고 아이를 키우고 사는 평범한 결혼생활을

원했다. 그것이 또한 일생의 꿈이기도 했다.

연우의 아파트로 돌아오는 길에 수연이 할 얘기가 있다며 내 손목을 잡아끌었다. 연우에게는 먼저 들어가 있으라고 내가 말했다. 수연과 나는 개선문 앞 샹젤리제까지 걸어가 영화배우 줄리 델피가 가끔 들른다는 카페에서 맥주를 마시며 얘기를 나눴다.

"아까 연우씨가 한 얘기 어떻게 생각해?"

잠시 생각한 뒤에 나는 말했다.

"나쁘다고 생각하지는 않아. 그림을 계속할 거라면."

"한국 화가들이 모여서 작업하는 '소나무'라는 아틀리에에 자리를 마련해주겠대. 물론 당분간은 연우씨와 함께 지내야 되겠지."

"나와 결혼할 생각은 아예 없는 건가?"

"왠지 자신이 없어. 내가 부족해서겠지만."

나는 마지막이라는 심정으로 수연에게 물었다.

"네가 서울로 돌아올 때까지 내가 기다려주길 바라? 그렇다면 기다릴게."

수연이 서둘러 되받았다.

"아니, 그러지 마. 그럴 만한 이유가 없잖아."

"그럼 오해하지 말고 들어. 이참에 연우와 결혼하는 건 어때? 난 수연이 네가 걱정이 돼서 그래."

"잘 모르겠어. 누구와 하든 어차피 결혼은 결혼이잖아."

그로부터 2년 뒤에 두 사람은 파리에서 아이를 낳았다. 나는 1999년 가을 은행에 근무하는 여자를 가까운 친척에게 소개받아 이듬해 그녀와 결혼했다. 그리고 그해 겨울에 아내를 빼닮은 사내아이를 낳았다. 그후 나는 차츰 파리를 잊어갔다. 젊은 날 세 사람 사이에 일어났던 일은 어쩌다 전설처럼 아득하게 기억될 뿐이었다. 가끔 차를 타고 세 사람이 다녔던 학교 앞을 지날 때가 있었다. 그런 날이면 나는 밤늦게까지 서재에 앉아 혼자 술을 마시며 천전리에서 찍은 사진을 물끄러미 들여다보곤 했다.

4

어쩌면 나는 수연을 만날 수 있다는 기대를 가지고 전시회에 온 게 아니었을까? 아마 그랬을 것이다. 하지만 연우가 내 이메일 주소를 수소문해 전시회 소식을 전해왔을 때도 막상 찾아갈 생각은 하지 않았다. 과거는 과거여서 아름다울 수 있겠으나 다시 그들을 만나 옛일을 떠올리고 싶은 마음은 생기지 않았던 것이다. 답장이 없자 그는 계속 메일을 보내왔고 엊그제는 휴대폰으로 직접 전화를 걸어왔다. 이번 주 일요일에 꼭 들러달라고 그는 간곡하게 말했다. 아내는 물론 세 사람의 관계에 대해서는 아는 바가 없었다.

연우는 열 살 난 딸아이와 함께 귀국했노라고 했다. 수연과 헤어진 것은 벌써 4년 전의 일이었다.

"파리에 와서부터 계속 우울증에 시달렸어. 그런 사람들이 없지 않지만, 이를테면 적응에 실패한 거지. 아이를 낳고 잠깐 괜찮아지나 싶었는데 결국 공황장애가 찾아와 늘 병원을 드나들었어. 예고 없이 가출도 하고 말이야. 인생을 미리 다 살아버린 사람처럼 극도의 허무감에 빠져 좀처럼 회복되지 않았어. 그래도 서울로 돌아가고 싶지는 않다고 버티더군. 그즈음에 울산 아버지까지 갑자기 돌아가셔서 연고가 없어진 탓도 있었겠지. 우리가 수연이를 너무 몰랐던 것 같아."

"무슨 뜻이지?"

"보호는 필요하되 가둬두면 하루도 못 견디는 성격이야. 그게 예술하는 사람들의 기질이기도 하겠지만 정도가 심한 편이었어. 잠시도 어디에 매이지 못하는 사람이야. 심지어는 자식한테도 말이야. 안타까운 얘기지만 오히려 불안이 그 사람의 존재 요소가 돼버리고 말았지."

"지금은?"

"작년에 아비뇽에서 작업할 때 찾아와 꿈같은 얘기를 하더군. 우리 셋이서 평생 친구나 연인으로 지낼 줄 알았대. 그런데 결과

적으로 파리를 선택하면서 자기가 머물 자리를 잃어버렸다는 거
야. 그대로 서울에 있었으면 언젠가 나도 귀국할 테고 자네나 나
의 결혼 여부와 관계없이 친구나 연인으로 계속 남았을 거라고
하더군."

"그야 그럴 수도 있겠지만, 이런 상황에서 들으니 정말 꿈같
은 얘기군."

"지금은 도서관에 근무하는 평범한 독일인과 결혼해 하이델
베르크에 살고 있어. 얼마 전에 통화했는데 파리에 있을 때보다
는 한결 나아진 것 같더군. 수연이는 그걸 '중립적 고요'라고 표
현하던데, 늦게나마 제3의 평화를 찾은 것 같아."

"그게 뭘까?"

"뜻밖에 찾아온 낯선 평화라는 뜻이겠지. 아비뇽에서도 한 말
이지만, 수연이가 자네 애기를 하면서 한번 보고 싶다고 하더
군."

마당에 덮여 있던 햇살의 농담이 사포로 문질러놓은 듯 거칠
게 변하고 있었다. 그와 함께 음영이 드리우면서 아이가 마당에
그려놓은 그림이 거대한 시계였음이 드러났다. 담배를 사오리라
말하고 나는 자리에서 일어났다. 한 시간이 넘도록 아내는 돌아
오지 않고 있었다.

구멍가게에서 돌아오다 보니 담을 대신해 막아놓은 합판 벽
에 온갖 그림들이 그려져 있었다. 고갱과 피카소와 고흐와 뭉크

와 모네…… 거기, 쓰레기가 뒹구는 골목에 비둘기 몇 마리가 내려와 먹이를 찾고 있었다. 인기척이 있어 돌아보니 옆집 아낙네가 대문을 열고 나와 건조대에 빨래를 널고 있었다. 낯선 사람이 있는데도 전혀 신경을 쓰지 않는 모습이었다. 그것은 비둘기들도 마찬가지였다. 햇살이 여러 조각으로 나뉘어 골목이 마치 피카소의 그림처럼 입체적으로 흔들리고 있었다.

나는 단추공방으로 변한 여관 안으로 슬그머니 들어가보았다. 육십대의 노부부가 방 안에 어둡게 웅크리고 앉아 스탠드 불빛에 의지해 조각칼로 단추에 꽃문양을 새기고 있었다. 귀가 어두운지 고개조차 들지 않았다. 사람이 더 있을 줄 알았는데 둘러봐도 노부부뿐이었다. 그 집 문 앞에도 자목련 한 그루가 허무하게 꽃잎을 떨구고 있었다. 그 폐허와 다름없는 골목에서 나는 무엇을 기다리고 있는 것이었을까?

아내가 오나 싶어 나는 골목을 벗어나 종로5가로 나가보았다. 일요일임에도 동대문 주변은 차들이 복잡하게 엉켜 있었다. 전화를 걸어보니 아내는 아이와 패스트푸드점에 앉아 있었다. 30분쯤 후에 돌아오겠노라고 아내는 말했다.

마당으로 돌아오니 연우가 보이지 않았다. 나는 화장실에서 오줌을 누고 나와 그가 올 때까지 전시된 작품들을 다시 꼼꼼히 살펴보았다. 모든 문이 사라진 아파트, 외치듯 흔들어대고 있는 아이의 손, 창문에 어른거리는 누군가의 그림자, 벽에 그려진 낙서, 사방에서 불어닥치는 바람에 날리는 종잇조각들, 누군가 떠나고 남은 흔적들…… 피우다 남긴 담배와 라이터, 이불로 꽉 차 있는 빈방.

연우가 웬 여자아이를 데리고 마당으로 들어섰다. 아이는 어깨에 가방을 메고 있었고 손에는 에비앙 생수병을 들고 있었다. 이름은 선희라고 했다. 파리에서는 지네트로 불렸다고 한다. 수연의 아이였다. 고모가 방금 지하철역까지 데려다주고 돌아갔단다. 여자아이는 한국어가 서툴렀다. 연우가 내게 인사를 시켰으나 아이는 뾰로통한 표정으로 버티고 있었다. 엄마를 닮은 것일까? 그 어린 나이에도 상대의 가슴을 녹일 듯한 염염한 눈빛을 담고 있었다. 청담동에 있는 할머니 할아버지 집에서 지내고 있는데 아이가 좀처럼 적응을 못 해 곧 프랑스인들이 모여 사는 반포동 서래마을로 옮겨갈 생각이라고 연우가 말했다.

10분쯤 후에 아내와 아이가 돌아왔다. 아내는 쇼핑 봉투를 의자 위에 내려놓고 조심스럽게 여자아이에게 다가가 무릎을 접고 나이와 이름을 물어보았다. 연우의 아이라는 것은 아내도 이미 알고 있었다. 여자아이는 끝내 대답을 하지 않은 채 옆에 있는 내 아이만 흘끗거렸다. 그만 가자고 할 줄 알았는데 아내는 웬일인지 서두르는 기색이 없었다. 한동안 서로의 눈치를 보고 있던 아이들이 과자를 나눠 먹다 어른들의 눈을 피해 마당 밖으로 빠져나갔다. 무슨 말끝에 연우가 아내에게 말했다.

"함께 저녁 식사 하면 어떨까요? 10년 만에 만났는데 이대로 헤어지기가 섭섭해서요."

그는 오늘이 우리 부부의 결혼기념일이라는 것을 알 리 없었다. 아내가 나를 돌아보았다. 어느덧 5시가 지나 있었다. 뜻밖에도 아내는 선선히 고개를 끄덕였다.

"그럼 아이들도 있으니까 혜화동에 가서 고기 구워 먹어요."

초조한 낯빛으로 연신 손목시계를 내려다보며 연우는 남은 캔맥주를 마저 비웠다. 마당에 슬슬 회색의 그림자가 덮이고 있었다. 아내는 무연히 마당을 내려다보고 있다 아이들이 돌아오지 않자 밖으로 나갔다.

5

수연은 전시회가 끝나가는 6시쯤에야 나타났다. 저녁 무렵의 햇살에도 바스라질 듯 화사한 목련빛 투피스 차림이었다. 테이블 의자에 앉아 있던 세 사람이 일제히 고개를 돌려 바라보자 그녀는 남의 집에 잘못 찾아온 사람처럼 마당 안을 기웃거렸다. 아이들은 배롱나무 아래서 흙장난을 하고 있었다. 연우가 의자에서 일어나 그녀를 데리고 마당으로 들어왔다. 서먹하게 딸과 마주 보다 수연은 와락 눈물을 글썽였다. 아내가 옆에서 조용히 한

숨을 내쉬는 소리가 들려왔다.

딸은 엄마를 잘 기억하고 있었다. 파리에서 귀국하기 전까지 수연이 독일에서 가끔 찾아왔었노라고 했다. 이번엔 6개월 만의 상봉이었다. 잔뜩 화가 난 표정으로 굳게 입을 다물고 있던 여자아이는 그러나 차에 올라탈 때 엄마의 손을 움켜쥐고 있었다. 혜화동 식당으로 옮겨 자리를 잡고 앉았다. 그쯤에서 아내는 대개의 정황을 눈치채고 있었다. 분위기가 더이상 어색하지 않았기에 그나마 다행이었다. 아이들은 옆 테이블에서 종이에 그림을 그리며 놀고 있었고 어른들은 어느덧 마흔이 가까워진 삶을 얘기했다. 서울이라는 이 거대한 욕망의 도시에서 매일 굶주림을 강요당하며 사는 일에 대해, 아비뇽과 동대문의 공통점에 대해, 파리와 하이델베르크에 대해, 그리고 젊은 날에 대해 두서없는 얘기들을 길게 주고받았다. 재작년에 나는 취재차 독일에 갔다가 하이델베르크에서 이틀간 머문 적이 있었다. 그러나 그곳에 수연이 살고 있다는 사실을 꿈엔들 내 어찌 알았으랴.

연우와 나는 술을 꽤 마셨다. 그리고 식당에서 나와 근처 카페로 옮긴 다음에도 맥주를 좀더 마셨다. 취중에 연우가 오래전 울산으로 수연을 데리러 갔던 얘기를 꺼냈다. 수연은 그저 못 들은 척했다. 아내도 역시 마찬가지였다. 그때 나는 반구대 암각화와 천전리 각석을 떠올리고 있었다. 그러자니 3월의 햇살이 비단처럼 풀려 있던 풀밭의 정경이 함께 떠올랐다. 그때 우리는 뜬눈으로 무슨 꿈을 꾸고 있었던 것일까?

10시쯤 카페에서 나와 서로 악수를 나누고 헤어졌다. 아내가 아이를 데리고 먼저 주차장에 가 있는 동안 수연은 사흘 뒤에 독일로 돌아갈 예정이라고 내게 말했다. 그러나 그 전에 다시 만나자는 얘기는 서로 나누지 않았다. 나중에 연우에게 들은 바로는 수연이 아이를 데려가고 싶어 서울에 왔었노라고 했다.

돌아서려는 참에 수연이 내게 다가와 말했다. 혜화동 밤거리에는 봄꽃 같은 젊은이들이 사방에서 몰려다니고 있었다.

"헤어지기 전에 나 좀 안아줄래?"

"……"

나는 둥그렇게 팔을 벌려 수연을 가슴에 끌어안았다. 그녀가 내 귀에 대고 나직이 속삭였다.

"고마워. 이제 됐어."

만나서 좋았다고 나는 수연에게 말했다. 그녀는 말없이 고개를 주억거렸다.

아내가 운전하는 차를 타고 집으로 돌아오는 길에 아이는 뒷자리 카시트에서 잠들어 있었다. 아파트가 가까워질 즈음 아내가 입을 열었다.

"자요?"

나는 눈을 떴다.

"당신한테 할 얘기가 있어요."

"오늘만큼은 아무것도 묻지 말았으면 좋겠는데. 부탁이야."

"그게 아니에요."

"……"

"벌써 몇 년 된 얘긴데, 서재를 정리하다 책상 서랍에서 금속으로 된 낡은 약통을 발견했어요. 일부러 그러려고 했던 건 아닌데, 우연히 그 사진을 보게 됐어요."

"……"

"미안해요."

나는 별다른 대꾸는 하지 않았다.

"선글라스를 쓰고 있어서 처음엔 몰라 봤는데, 그중 한 사람이 연우씨더군요."

풀밭에서 점심을 먹다 찍은 사진이라고 말하려다 나는 입을 다물었다.

"이상한 일이지만 결국 수연씨도 올 거라는 예감이 들었어요."

그제야 고맙다고 나는 아내에게 말했다. 아내가 나를 돌아보며 물었다.

"뭐가요?"

"아니, 그냥. 오늘이 우리 결혼기념일이잖아."

아내가 더는 묻지 않았기에 나는 그 사진에 대해 자세한 얘기는 하지 않았다. 다만 결혼기념일에 남산 벚꽃을 보러 가는 대신

동대문 근처 폐허에서 열리는 옛 친구의 전시회에 들렀고 혹은
옛 연인들과 만나 저녁을 먹고 헤어졌을 따름이었다.[*]

* 이 소설은 2007년 4월 '대안공간건희'에서 열린 박진호 개인전 〈시간의 구조〉를
소재로 했으나 내용은 순수한 허구임.

대설주의보

1

　버스가 원통에 도착한 것은 오후 6시 50분이었다. 이왕 거쳐 가는 길이니 백담사 입구에서 잠깐 세워주면 안 되겠느냐고 물었으나 운전기사는 퀭한 눈으로 돌아볼 뿐 별 대꾸가 없었다. 터미널 옆 슈퍼마켓 처마 밑에 휴가병들이 초조한 모습으로 몰려서서 담배를 피우고 있었다.

　화정발 속초행 직행버스가 정차하는 곳은 홍천과 원통 두 곳뿐이었다. 원통까지 표를 끊었으니 사정이 통하지 않으면 속히 내려야만 했다. 홍천을 지나오면서 대설주의보를 알리는 라디오방송이 흘러나왔으므로 운전기사는 가뜩이나 신경이 곤두선 기색이었다. 오는 길에 사고 차량을 견인하는 장면을 서너 차례 목격한데다 예정보다 30분 늦게 원통을 경유하고 있었던 것이다.

버스에서 내려 윤수는 곧장 매표소로 들어갔다. 군인과 학생들이 난롯가에 둘러서서 눈이 뿌얗게 내리는 밖을 지켜보고 있었다. 매표 창구는 닫혀 있었고 행선지 시간표를 보니 백담사 입구로 가려면 진부행 버스를 타야 했다. 막차가 떠난 것은 불과 10분 전이었다. 매표소 안에 있는 사람들은 인제로 나가는 버스를 기다리는 중이었다. 상병 계급장을 단 군인이 인근 주민으로 보이는 사내에게 물었다.

"버스가 뜰까요?"

"학생들이 집에 가야 하니까 뜨겠지. 서울로 나갈 거면 좀더 기다렸다 속초에서 넘어오는 막차를 타는 게 나을 거야."

그들의 대화를 귓전으로 흘려들으며 윤수는 낭패한 심정으로 매표소 밖으로 나왔다. 이미 어둠이 내린 터에 눈까지 퍼붓고 있으니 어찌어찌 백담사 입구까지 간다 해도 거기서부터 또 백담사까지는 걸어서 올라가야 할 형편이었다. 족히 두 시간은 잡아야 할 거리였다. 가끔 스쳐간 적은 있으나 원통에 발을 디딘 것도 이날이 처음이었다.

주머니에서 휴대폰 벨소리가 울렸다. 해란이었다.

"어디까지 왔어요?"

윤수는 일단 눈을 피하기 위해 슈퍼마켓 처마 밑으로 들어갔다.

"텔레비전 속보를 보고 있는데 눈이 많이 오네요."

날씨 탓인지 통화 상태도 불안정했다.

"방금 원통에 내렸는데 버스가 끊겼어. 택시를 알아볼게."

아침 녘에 전화를 걸어와 버스를 타고 오는 게 여러모로 편하고 안전할 거라고 말한 건 해란이었다. 얼마간 사이를 두었다 그녀가 말했다.

"여기까지 안 들어오려고 할 거예요. 원통부터는 길이 험한데다 수해복구작업이 아직 끝나지 않아 공사 구간이 많거든요."

"……"

"오늘은 그냥 원통에서 묵고 내일 아침에 들어와요. 여기서도 지금 차를 몰고 내려갈 형편이 못 돼요. 하늘이 무너지는 것처럼 눈이 내리고 있으니까요."

예정대로라면 백담사에서 하루 묵고 내일 오세암에 올랐다 해란의 차를 이용해 속초로 빠질 요량이었다. 해란은 3시 무렵에 백담사에 도착했다고 했다.

윤수는 터미널 앞에 미등을 켜고 서 있는 택시의 문을 두드렸다. 운전기사는 무심하게 고개를 가로저었다. 인제나 홍천 방향으로 나가는 손님을 기다리는 중이라고 했다. 아마도 군인들을 염두에 두고 있는 듯했다.

"아침에 제설차가 다닐 테니 일찌감치 여관에 들어가 쉬는 게 나을 거요. 요 앞 시장 골목으로 들어가면 아가씨 있는 술집이 두어 개 있는데 한잔 걸치고 들어가시든지. 여긴 밤이 길거든."

　점심을 거른 터여서 그보다는 속부터 채워야 할 것 같았다. 윤수는 캄캄하게 사위를 둘러보다 순댓국밥집 간판을 보고 그쪽으로 어기적거리며 내려갔다.

2

　2002년 1월 일본 아키타(秋田) 시내의 한 백화점에서 그녀는 윤수를 보았다고 했다. 당시 그는 여성지의 청탁을 받고 사진작가와 함께 일본 동북부의 눈 축제 현장을 취재하기 위해 그곳에 가 있었다. 하지만 아키타 시내에서 머문 것은 도착한 첫날 하루뿐이었다. 호텔에 체크인을 한 뒤, 아직 저녁 시간이 일러 근처에 있는 백화점에서 시간을 버리고 있을 때였다. 당시 취재수첩을 뒤져보니 1월 24일이었다. 그가 백화점에 머문 시간은 오후 5시에서 6시 사이였다. 말하자면 그녀도 같은 시각 같은 장소에 그와 함께 머물고 있었다는 얘기였다. 그것도 한국이 아닌 일본에서.

　해란에게서 전화가 걸려온 것은 그해 12월 초순의 어느 날 저녁이었다. 강원도 산간에 첫눈이 내리던 날이었다. 권태감이 묻어나는 건조한 말투로 그녀는 대뜸 이렇게 물어왔다.

"1월에 무슨 일로 일본에 갔던 거예요?"

"……"

"아키타 말예요."

1997년 봄에 헤어졌으니, 꽤나 오랜만에 듣는 해란의 목소리였다. 윤수는 대꾸를 못 한 채 그녀와 처음 만났던 태릉 근처를 떠올리고 있었다.

"그냥 생각나서 전화해봤어요. 그날 아키타에도 눈이 많이 내렸죠."

꿈을 꾸다 깨어난 심정으로 윤수는 술잔을 내려놓고 밖으로 나갔다. 그녀에게서 전화가 걸려왔을 때, 윤수는 막창구이집에 앉아 있었던 것이다. 나중에 해란과 통화를 끝내고 나서야 깨달았는데, 마침 그날 윤수는 아키타에 동행했던 사진작가와 만나 술을 마시고 있었다. 아무튼 스스럼없이 연락을 해온 것도 그렇거니와, 1월에 아키타에서 보았다면서 뒤늦게 전화를 걸어 해묵은 얘기를 늘어놓는 심사를 윤수는 도무지 알 길이 없었다.

"잘 지내나 궁금해서요."

그녀는 윤수와 헤어지고 2년 뒤에 큰오빠의 친구이자 육사 출신의 군인과 만나 결혼했다. 지금은 속초에서 약국을 하고 있었다. 남편이 근무하는 부대는 간성에 있다고 했다. 도무지 할 말이 떠오르지 않아 남편의 계급을 묻자 얼마 전에 대위로 진급했노라고 해란이 말했다.

“그렇게도 할 말이 없어요?”

“약국 이름은 뭐지?”

“그건 또 왜요?”

“그냥 궁금해서.”

그녀는 맥이 풀린 듯 망연히 웃었다.

“속초약국.”

“좀 특징이 없지 않아? 설악약국이나 동해약국이면 또 모를까.”

“내가 별로 특징이 없는 여자잖아요. 하지만 약국은 그럭저럭 잘되니까 염려 마세요.”

윤수는 왠지 모면하는 투로 말했다.

“그쪽으로 갈 일이 있으면 한번 들를까? 하지만 같은 이름의 약국이 수도 없이 많을 것 같은데.”

“아뇨, 속초에 속초약국은 딱 하나뿐예요.”

“해란인 무슨 일로 아키타에 갔던 거지?”

“약국 옆에 있는 여행사 직원이 거길 추천하더라고요. 남편이 휴가를 받아서 잠깐 다녀왔어요. 그만 끊어요. 손님 들어와요.”

윤수가 속초에 간 건 이듬해 가을이었다. 특별히 볼일이 있었던 건 아니었다. 그저 바다나 볼까 해서 차를 몰고 양평과 홍천과 원통을 거쳐 미시령을 넘어 속초로 갔을 뿐이었다. 가끔 답답할 때면 충동적으로 영금정 옆에 있는 동명항을 찾곤 했던 것이

다. 약사 가운을 입고 해란은 의자에 앉아 잡지를 넘겨보고 있었
다. 5분쯤 밖에서 그녀를 지켜보다 윤수는 유리문을 밀고 안으
로 들어갔다. 머리 위에서 방울 소리가 울리자 해란이 고개를 들
었다.

“정말 왔네요?”

눈가에 발그레한 빛이 보이는가 싶더니 곧 종적을 감췄다.

“간판 안 바꿨네?”

잠깐 생각하는 눈치더니 해란은 손목시계를 살폈다.

“오늘 서울로 돌아갈 건가요?”

“상황 봐서.”

“그럼 가서 바다 보고 올래요? 좁은 동네라서 같이 움직이면
남들 눈에 띄게 마련이거든요. 두 시간 후에 백담사 입구에서 만
나요.”

기껏 미시령을 넘어 속초까지 왔는데 내설악 백담사에서 만
나자고? 하려다 윤수는 문득 느껴오는 바가 있어 그러마고 고개
를 주억거렸다. 기억은 까마득하나 어느 해 여름인가 그녀와 함
께 백담사에 간 적이 있었던 것이다. 약국에서 나오기 전 해란은
온장고에서 홍삼 드링크 한 병을 꺼내 윤수에게 건네주었다.

윤수는 차에 올라 여객선 터미널 건너편에 있는 동명항 방파
제로 갔다. 바람이 심하게 불고 있었다. 윤수는 방파제의 중간쯤
에 휘날리듯 서서 동해와 설악을 앞뒤로 크게 마주 본 뒤, 다시

미시령 길을 넘어 백담사 입구로 갔다. 해란과 주차장에서 만난 것은 오후 6시 무렵이었다. 시간을 아껴야 할 것 같아 두 사람은 셔틀버스를 타고 구불구불 백담사로 올라갔다. 골이 깊어 산은 더욱 붉었다.

해란이 아미타불이 모셔진 극락보전에 들어가 향을 피우고 나오는 동안 윤수는 「나룻배와 행인」이라는 시가 새겨진 만해시비 앞에서 담배를 피우며 어슬렁거리고 있었다. 이어 두 사람은 개울가로 내려가 바위에 걸터앉았다. 개울은 핏물처럼 붉어 오래 들여다보고 있자니 마음이 되레 섬뜩했다.

"종무소에 가서 요사채 방을 잡아놓고 왔어요."

"묵고 가게?"

"왜, 오늘 서울로 올라가려고요?"

"일반인한테도 방을 빌려주나?"

코웃음을 치듯 해란이 되받았다.

"물론 합방은 안 되죠. 방 두 개를 나란히 빌려놨어요. 가끔 와서 하루나 이틀쯤 묵고 가요. 만날 아픈 사람들만 보니까 나도 힘들거든요."

"……"

"윤수씨는 요즘 뭐해요?"

"가끔 잡지사 일 거들어주고 청탁 오면 소설 쓰고 어쩌다 여유가 생기면 여행도 다니고 늘 그렇지, 뭐."

"별로 달라진 게 없네요. 그럼 결혼은?"

"관심은 있는데 청하는 여자가 없어."

"그럼 이쪽에서 청해야죠."

오랜만에 만나 주고받는 대화치고는 그 어떤 긴장감도 서려 있지 않았다. 헤어질 때와 달리 별 절차 없이 고분고분 해후했다는 느낌 때문이었는지도 모른다.

"96년 여름에 여기 왔던 기억 나요? 그때 내가 치마를 말아쥐고 개울에 들어갔는데 윤수씨가 뒤에서 몰래 사진을 찍었잖아요. 아까 약국에서 나오기 전에 앨범을 뒤져보니 아직도 그 사진이 있더라고요. 근데 왜 그때 내 뒷모습을 찍었는지 오늘에야 갑자기 궁금해지던데."

"대답이 필요한 말인가?"

"그건 아니지만."

"아마 자동반사 같은 거겠지."

"그만두죠."

해란이 핸드백에서 담배를 꺼내 피워물었다. 연기가 붉은 물결 위로 고요히 내려앉는가 싶더니 바람결에 흩어졌다.

"이 개울에 산메기가 많이 산대요. 밤에 동네 청년들이 횃불을 들고 올라와 몰래 잡아간다는 소문이 있어요. 개울을 건너 5분쯤 올라가면 산장이 있는데, 혹시 거기 산메기 매운탕이 있는지 가볼까요?"

그럴 리 있으랴 싶었으나 저녁참이었으므로 윤수는 그쪽으로 가보자고 했다. 금세 주위가 앏둑해지면서 경내에 서성이던 단풍객들의 모습도 자취를 감추고 있었다. 해란이 산장이라고 말한 곳은 2층짜리 돌집이었다. 하산에 미련이 남은 중년의 등산객 서너 명이 삼겹살을 구워놓고 왁자하게 술추렴을 하고 있었다. 산메기 매운탕은 물론 메뉴에 나와 있지도 않았고 주인은 들은 척도 하지 않았다. 동동주와 도토리묵을 주문하고 두 사람은 개울이 내다보이는 자리에 마주 앉았다. 개울에 물안개가 덮이는가 싶더니 동동주 한 병을 다 비울 즈음에 계곡은 완전히 어둠에 갇혀버렸다.

"우리가 왜 헤어졌는지 알아요?"

작심한 듯 물어온 말에 윤수는 우정 고개를 가로저었다.

"아직도 잘 모르겠죠?"

"그쪽에서 뭔가 오해를 하지 않았던가?"

"그럼 어떻게든 오해를 풀어줬어야죠."

여자들은 어떤 일에 있어서 저네들끼리 주고받는 말 외에는 결코 들으려 하지 않는다. 심지어는 서로 속고 있다는 걸 알면서도 말이다.

"역시 구차한 얘기지만 아무려면 내가 해란이 친구하고 그것도 대낮에 내 집에서 공사를 벌이겠어? 오랜만에 절집에서 만나 이런 낯 뜨거운 얘기를 늘어놓고 있다니."

"경서와 둘이 만난 건 어쨌든 사실이잖아요."

"모르지 또, 텔레비전 드라마에선 그런 일이 매일 지겹도록 되풀이되니까. 아무튼 나는 해란이 네가 내 얘기보다 친구 말에 더 귀를 기울인다는 걸 알았어. 결국 텔레비전이 문제라고는 생각하지만. 가령 드라마를 시청해 버릇하면 누구나 그럴 거라고 믿게 마련이거든. 그게 아니라고 한사코 읍하며 고해도 소용없더란 말이지. 그 경서라는 친구는 요즘 무고한가?"

"시집가서 이혼하고 지금은 대전에 내려가 술집 한다고 들었어요. 개가 얼굴이 좀 반반하잖아요. 근데 하필 고향에 내려가 술집을 차리는 건 뭐죠?"

"고향 사람 외에는 마침내 아무도 믿지 못하게 된 모양이지. 실은 자기 자신까지도 말이야."

"말씀이 좀 지나치네요."

"아직도 내 말을 못 믿는 눈치군. 왜, 그 친구가 샴고양이처럼 얼굴이 하얗고 몸매가 좀 미끈해서?"

"그만해요."

"그럽시다."

윤수가 그동안 몰랐던 얘기를 해란이 털어놓았다.

"저 윤수씨와 헤어지고 나서 스위스에 갔었어요."

"스위스라면 저 하얀 중립국 말인가?"

"네, 대학 선배가 호텔 경영학을 공부하러 스위스로 유학 가 있었거든요. 근데 가끔 서울에 나오게 되면 전화를 해서 결혼 얘기를 꺼내곤 했어요. 몸만 오면 된다고요. 학교 때부터 나한테 관심을 가지고 있었거든요."

"단지 그래서 스위스까지 날아갔단 말인가? 나라도 믿기 힘든 얘기군."

"우물에 빠진 심정이었다면 믿겠어요? 아무튼 갔더니 다른 유학생과 동거를 하고 있더군요. 그래서 그냥 놀러온 척하고 여기저기 기웃거리다, 독일과 덴마크를 거쳐 노르웨이의 노르드 곶까지 갔어요. 거긴 정말 어둡고 추운 곳이더군요. 너무나 어둡고 추워서 더이상 갈 데가 없다고 느낄 정도로 말예요. 내 딴엔 세상 끝까지 갔던 거죠."

"……"

그즈음 윤수는 거제도에 방을 얻어놓고 발표가 도저히 불가능한 장편소설 나부랭이를 쓰며 지내고 있었다. 그러니 해란이 어디 가서 무얼 하는지 알 길이 막연했다. 심정이 아득해 윤수는 그만 요사채로 내려가자고 말했다. 안 그래도 아까 등산객들이 빠져나가고 나서 주인이 줄곧 이쪽 눈치를 살피고 있었던 것이다.

요사채에 들어 윤수는 양치만 하고 들어와 요 위에 비스듬히 누웠다. 손목시계를 보니 고작 9시였다. 산장에서 나올 때 술을 챙겨오지 못한 것이 후회가 되었다. 읽을거리라도 없나 방 안을 둘러보니 철 지난 『불교문예』 몇 권이 구석에 쌓여 있었다. 책을 폈으나 좀처럼 눈에 들어오지 않아 도로 쌓아두려는데, 누군가 여백에 볼펜으로 끼적거려놓은 글자가 보였다.

　　능히 보낼 수 있는 자는 내가 아니요, 보내지 못하는 자는 이 또한 내가 아니고 누구인가? ─능엄경

　　윤수는 96년 여름 해란과 백담사에 들렀다 속초로 넘어가, 밤 늦게 대포항에서 저녁을 먹고 근처 호텔에서 보냈던 밤을 떠올리고 있었다. '그 배 호텔'이었던가.

3

　　자정께 옆방에서 전화가 걸려왔다.
　　"아까 산장에서 소주 챙겨왔는데 갖다줘요?"
　　불감청이언정 고소원이라고 윤수는 퉁명스럽게 되받았다. 잠시 후 맨발에 청바지 차림으로 해란이 살그머니 문을 열고 들어와 소주병을 바닥에 내려놓고 이내 나가려 했다.
　　"이왕 엎질러진 물인데 바닥이나 닦고 가지그래?"
　　"나도 그러고 싶지만 여긴 엄연히 절이잖아요. 옆방 사람들도 신경 쓰이고."

"전두환씨 내외는 저쪽 화엄실에서 줄곧 함께 지냈다던데?"

"연령에 따라 청규 적용이 달라요. 복용하는 약도 물론 다르고요. 금방 다시 전화할게요."

방문을 열고 나가던 해란이 고개를 꺾고 산짐승처럼 우두커니 하늘을 올려다보았다. 이어 어두운 모습으로 방 안을 돌아보며 중얼거렸다.

"와, 별들이 어쩜 저리도 많을까."

전화는 30분 후에 걸려왔다. 술기운이 감지되는 목소리였다. 옆방에도 소주가 존재했던 모양이었다.

"우리가 어떻게 만났었죠?"

"오늘?"

"아뇨, 처음 만났을 때."

알면서도 거듭 물어보고 확인하는 게 또한 그녀들의 일이다.

두 사람이 처음 만난 것은 1996년 3월이었다. 당시 해란의 나이는 스물일곱이었다. 그해 2월 일본에서 돌아와 윤수는 한동안 공황 상태에 빠져 지냈다. 아베 코보의 『모래의 여자』라는 소설에 나오는 돗토리 현의 사구(砂丘)를 취재하러 다녀온 후였다.

"거긴 일본에서 가장 큰 해안가의 모래언덕으로 알려진 곳이야. 어느 날 사구의 끝에 이르렀을 때, 나는 일군의 정체를 알 수 없는 사람들을 목격했어. 저마다 삿갓에 베옷을 입고 지팡이를 든 노인들이었지. 그들은 그림자처럼 묵묵히 해변을 따라 걷고 있었어. 저마다 얼굴을 감춘 채 말이야."

"베옷이라면 수의를 말하는 건가요?"

"다는 아니겠지만, 옛날 일본인들은 죽음이 가까워지면 대개 여행을 떠났다고 해. 그중 한 부류는 벚꽃이 필 때 남쪽에서부터 열도를 따라 북쪽으로 계속 올라가는 거야. 벚꽃을 따라 벚꽃이 질 때까지 말이야. 지금도 그런 사람들이 있다고 해. 또 한 부류는 베옷을 입고 죽음이 찾아오는 바로 그 순간까지 무작정 걷는 거야. 그날 내가 본 무리는 스님들 같았어. 순간 나는 무엇에 씐 사람처럼 나도 모르게 그들의 뒤를 따라갔지. 아마 반나절 정도는 걸었던 것 같아. 마치 죽음에 입문하듯이 말이야. 그때 난 겨우 스물아홉 살이었어."

해란은 숨을 죽인 채 듣고 있었다.

"서울로 돌아왔는데 모든 게 예전 같지 않더군. 말하자면 삶의 연속성이 결여돼 있었던 거야. 아침에 눈을 뜨는 것조차 두렵더군. 시간을 감당할 수 없었으니까. 모든 걸 처음부터 다시 시작해야만 하는 끔찍한 상황이었지. 한 달 정도 방에 틀어박혀 하는 일도 없이 밤낮이 바뀐 생활을 하고 있는데, 어느 날 옛 친구가 우체부처럼 집으로 찾아왔더군. 어디서 무슨 얘기를 듣고 왔는지, 친구는 나를 억지로 끌어내 차에 태우고 태릉으로 갔어. 아마 정신을 차리게 해주고 싶었던 모양이야. 거기서 너를 만나게 되리라고는 전혀 몰랐지. 3월의 태릉이 얼마나 쓸쓸한지는 해란이 너도 알겠지. 거긴 이상하게 봄이 늦게 찾아오는 곳이니까. 친구는 어둑한 카페로 나를 데리고 들어갔어. 두 여자가 창가 테이블에 앉아 있다 엉거주춤 몸을 일으키더니 인사를 하더군. 한 여자는 내 친구의 직장 후배였고 해란이와는 대학 때부터 친하게 지내는 사이라고 했어. 지금 대전에서 술집을 한다는 그 친구 말이야."

"나도 그날 친구의 전화를 받고 억지로 불려나갔던 거예요."

"맥주를 좀 마셨던 것 같지? 그리고 저녁참에 식당으로 옮겨 해물탕에 소주를 마셨던 것 같고 그다음엔 노래방으로 갔어."

"다들 어지간히 취해 있었는데, 누군가 윤수씨에게 노래를 시키자 불처럼 화를 내더군요. 마치 분노에 사로잡힌 사람처럼 말예요. 그리고 자리에서 벌떡 일어나 먼저 가겠다고 하더군요. 그 순간 나와 눈이 마주쳤죠. 솔직히 무섭더군요. 뭔가 이겨내기 위해 애쓰는 모습이 역력했는데, 결국 제풀에 폭발하고 말았던 거죠."

"퀴퀴한 냄새가 나는 지하 노래방으로 내려갈 때부터 뭔가 틀어진 것처럼 조짐이 좋지 않더군."

"나도 노래를 부를 기분은 조금도 아니었는데, 왠지 그래야만 할 것 같아서 마이크를 잡고 일어났어요. 왜 그랬는지는 아직도 모르겠지만."

"노래를 부르다 갑자기 소파에 주저앉아 흐느끼더군. 단지 무서웠기 때문이 아니야. 해란이도 뭔가 말할 수 없는 힘듦에 사로잡혀 있었던 거야. 그게 실연 때문이라는 건 나중에 알았지만."

"왜 그랬을 거라고 단정하죠?"

"그런 일은 저절로 알게 돼 있어. 지붕의 기왓장이 전부 날아간 기분으로 노래방에서 나왔을 때, 해란이와 나는 집으로 가는 방향이 같다는 걸 알았지. 그래서 우리가 먼저 택시에 탔고 남은 두 사람은 그후 어떻게 되었는지 모르지."

"택시에 타고 서로 한동안 말이 없었는데, 윤수씨가 불쑥 이런 말을 던져왔죠. 열흘 후에 전화해도 될까요? 그때 얼마나 당황했는지 알아요? 슬쩍 돌아보니 윤수씨는 죽은 듯 앞만 바라보고 있더군요."

"그때 나도 무슨 말을 하고 있는지 몰랐어. 잠시 후에 해란이가 왜 하필이면 열흘 후예요? 라고 묻더군."

"대답을 안 하려고 했는데, 윤수씨 목소리가 그때 얼마나 절박하게 들리는지, 내가 다 가슴이 내려앉더군요. 그날 내 심정도 뭐 비슷했지만. 이어 윤수씨가 이러더군요. 그때쯤이면 서로 상태가 좀 나아지지 않겠습니까? 처음 만난 여자한테 별소릴 다 하시네요. 전화하겠습니다. 손은 놓고 얘기하세요."

그녀의 손을 잡고 있었던가.

"전화가 걸려온 것은 보름 후였어요. 그다지 염두에 두지 않고 있었는데, 열흘째 아침부터 이상하게 전화가 기다려지더군요. 하지만 이틀쯤 지나자 또 잊어버렸어요. 그런데 결국 전화가 걸려온 거죠. 근데 왜 열흘 후에 전화하지 않았던 거죠?"

"실은 나도 잊고 있었거든. 그런데 어느 날 거울을 보고 그날 택시 안에서 했던 말이 떠오른 거야. 나는 비원에서 만나자고 했고 해란인 말없이 듣고 있다가 전화를 끊더군. 그날 오후에 난 비원 앞으로 나가 해란이를 기다렸지. 30분쯤 지나자 정장 차림으로 기웃기웃 나타나더군."

"올 줄 알았나요?"

"오면 좋겠다고 생각했지."

"비원은 바람이 불어서 제법 추웠어요. 게다가 윤수씨는 말없이 계속 걷기만 했죠. 가끔 뒤를 돌아보며 내가 따라올 때까지 기다리곤 했는데, 그때마다 집으로 돌아가고 싶은 마음이 굴뚝같더군요. 비원에서 나와 혜화동 쪽으로 걸어가는 동안 급기야 화가 솟구쳤지만 동시에 이상한 오기가 생기더군요. 아마 갈 데까지 가보자는 심정이었겠죠. 그때 윤수씨가 옆으로 다가와 이러더군요. 미안하오, 이렇게 걷게 만들어서. 이제 어디 가서 따뜻한 국이라도 듭시다."

그랬던가?

"그리고 골목 안에 있는 허름한 밥집으로 나를 데리고 들어갔죠. 이 집 미역국이 참 뜨겁고 시원하다며. 반주로 소주를 두어 잔 받아 마셨더니 속이 홧홧하게 달아오르더군요. 왠지 또 울컥

하는 심정이 되어 그만 미역국에 눈물을 떨구고 말았죠."

해란이 손수건으로 눈가를 닦는 동안 윤수는 어디선가 들려오는 희미한 종소리를 듣고 있었다. 그 종소리가 어쩌면 지침으로 작용했는지도 모르겠다. 윤수는 해란의 눈을 마주 보며 진지한 표정으로 말했다.

"마땅히 갈 곳이 없으면 나와 함께 갑시다."

그러자 퀭한 눈으로 해란이 윤수를 쏘아보았다. 눈가엔 아직도 눈물 자국이 말라붙어 있었다.

"결국 그래서 만나자고 한 건가요?"

"그건 아니지만 나도 갈 데가 없어서 하는 말이오."

"그래봐야, 냄새 나는 여관이나 싸구려 모텔 따위겠죠. 지겨워."

"누추하지만 내 집으로 갑시다. 편히 재워주고 아침밥도 해드리리다."

"왜 그러는 건데요?"

"언젠가 누가 내게도 그렇게 해주길 바라니까요."

두 사람은 소주 두어 병을 더 나눠 마시고 거리로 나와 택시를 타고 화정으로 갔다.

다음날 아침 해란은 어떤 남자의 잠옷을 입고 침대에 누워 있는 자신을 발견했다. 그나마 안심이 되는 것은 밤사이 누군가 자신을 다녀간 흔적이 감지되지 않았다는 것이었다. 뒤미처 해란은 어제 일이 주마등처럼 이마에 떠올랐고 밖에서 도마에 칼질하는 소리를 들었다.

"그날 아침밥까지 얻어먹은 게 화근이었어요. 서둘러 옷을 찾아 입고 빠져나왔으면 그냥 해프닝으로 끝났을 텐데."

"내 집에 데려온 사람을 빈속으로 내보낼 수야 없지."

"잠옷 차림으로 뿌연 안경을 쓰고 남의 집 식탁에 앉아 있자니, 지금 생각해도 참 내 꼴이 가관이더군요."

윤수와 만나고 나서 해란은 약국에 취직을 했다. 그리고 주말마다 만나 영화를 보거나 술을 마시고 혹은 짧게 여행을 다녀오고 가끔씩은 윤수의 집에서 함께 지내기도 했다. 1년 가까운 세월이 그렇게 강물처럼 따뜻하고 고요하게 흘러갔다.

그러던 어느 봄날 저녁 해란이 태릉에서 함께 만났던 친구를 윤수의 집으로 데리고 왔다. 이름을 잊고 있었는데, 오경서라고 했다. 그녀는 광화문에 있는 모 신문사의 여성지 부서에서 일하고 있었다. 그날은 마침 윤수의 생일이어서 가볍게 모여 와인을 나눠 마시기로 한 날이었다. 북적대는 것을 싫어하는 윤수는 집 근처에 사는 와인 애호가이자 선배인 사진작가만 불렀다.

케이크를 잘라놓고 각자 들고온 와인을 마시는 동안 대화는 중구난방이 되었고, 내남없이 뿜어대는 담배연기와 컴퓨터에서 계통 없이 흘러나오는 음악이 뒤섞여 왠지 문란한 분위기로 변해갔다. 윤수는 차츰 신경이 예민해져 욕실에 들어가 손을 씻은 다음 머리를 식히기 위해 서재로 들어갔다. 의자에 앉아 잠시 눈을 감고 있을 때, 누군가 노크도 하지 않은 채 문을 열고 안으로 들어왔다. 돌아보니 오경서였다. 그녀는 문 옆에 비스듬히 기대어 관찰하듯 이쪽을 살펴보았다.

"무슨 일이죠?"

담배연기에 눈을 찌푸리며, 그녀가 입을 열었다.

"저하고 인터뷰 안 하실래요? 이왕이면 여기 서재가 좋겠네요. 내일쯤 어떻겠어요."

"책이 나오려면 아직 멀었는데요."

피식, 웃고 나서 그녀는 이마 주위로 내려온 머리칼을 슬로모션으로 쓸어넘기며 윤수를 바라보았다. 어디서든 자주 목격하게 되는 장면이었다. 그녀는 남자들의 시선을 많이 받아본 여자에게서 흔히 나타나는 포기하기 힘든 오만함과 아슬아슬한 동요의 기미가 독거미처럼 몸에 달라붙어 있었다. 물론 패션 감각도 괜찮은 편이었다.

"사실 책하고는 별로 상관없어요. 단지 서재에 앉아 있는 어떤 작가의 사진이 필요한 거니까요. 나머지는 기자가 다 알아서 만드는 거죠."

"그럼 제목은 밀랍인형과의 인터뷰가 되겠군요."

"아무럼 무슨 상관이죠? 어차피 한 달만 지나면 재활용 수거함에 들어갈 텐데."

그녀가 비틀거리며 다가와 책상 위에 놓인 재떨이에 담배를 비벼 껐다. 그리고 팔짱을 낀 자세로 윤수 앞에 바투 섰다.

"해주실 거죠? 따지고 보면 서로 공생하는 관계 아닌가요? 한편 음지에서 일하고 양지를 지향한다, 이게 요즘 문학이나 예술하는 사람들의 구호 아닌가? 이를테면 노출이 필요하다는 얘기죠."

"말을 가려서 하시오."

오경서의 등 너머에서 해란이 문틈으로 안을 살피다 윤수와 눈이 마주치자 재빨리 얼굴을 숨겼다.

"그만 나가봐야겠는데요."

"인터뷰에 응하고 나서요."

"다음에 합시다."

"아시다시피 마감 때가 다 된걸요. 옷 갈아입고 사진만 몇 장 찍으면 되는데 크게 힘들 것도 없잖아요?"

"생각해봅시다."

"약속해주면 제가 먼저 나가죠."

"알았으니, 그만 여기서 나갑시다."

거실로 나오자 해란이 보이지 않았다. 어수선하게 자리가 파하고 나서 해란에게 전화를 걸어보았으나 그녀는 받지 않았다. 다음날도 그녀는 계속 전화를 받지 않았고 정오쯤 오경서가 집으로 찾아왔다. 사진작가와 동행하는 게 일반적인데 혼자였다. 혼자 온 것이다. '작가의 방'이라는 콘셉트였으므로 서재에서 사진을 몇 장 찍고 하나 마나 한 질문과 대답이 몇 마디씩 오갔다. 불과 30분 만에 그렇게 인터뷰라는 게 끝나고 난 뒤, 오경서가 주방에서 커피를 내리고 있는 윤수의 등 뒤로 다가왔다.

"내가 왜 이 너저분한 창고 같은 아파트에 자청해서 찾아왔는지 아직도 모르겠어요?"

"요즘도 촌지를 받습니까?"

신경이 곤두서 있던 터에 윤수는 날카롭게 대꾸했다. 그녀는 항상 여유가 있었다.

"그쪽이 매력 있는 남자여서가 아니라, 어쩌면 해란이를 질투하는 건지도 모르겠어요."

그 말을 듣는 순간 윤수는 자신이 실수했음을 깨달았다.

"친구 사이라고 들었는데, 왜 이러는 겁니까."

윤수는 되도록 침착하게 그녀를 밀어냈다.

"나보다 못난 애가 나보다 행복한 척하는 게 싫어서요."

그녀가 냉소적으로 속삭였다.

"우리 거래하죠."

"촌지나 챙겨 얌전히 돌아가시지."

"그딴 거 싫어요. 내가 원하는 걸 주세요. 해와 달 이런 거. 더 이상 무슨 절차가 필요하죠? 함구할게요."

"함구하면 기자가 아니지. 더군다나 당신은 그럴 사람이 아니오."

“선택의 여지가 없을 텐데요.”

빠져나갈 구멍이 없다는 걸 알고 윤수는 등에 식은땀을 흘리고 있었다.

“나는 협박을 받고는 타협하는 사람이 아니오.”

그래봐야 결과는 마찬가지라는 것도 윤수는 잘 알고 있었다.

“그럼 사는 게 힘들지. 이 불쌍한 아저씨야.”

그녀가 기습적으로 윤수의 얼굴에 입술을 갖다대더니, 돌연 아무 일도 없었다는 듯이 카메라 가방을 메고 거실을 가로질러 현관문을 열어둔 채 밖으로 나갔다. 그로부터 한 시간도 채 지나지 않아 오경서는 해란에게 전화를 걸어 방금 윤수의 집에서 나왔음을 알리고, 죽을죄를 지었노라고 짐짓 울먹이기까지 했다고 한다.

그후 윤수는 해란을 만날 기회가 없었다.

4

순댓국밥집에서 나와 윤수는 눈을 맞으며 터미널 주변을 서성였으나 택시는 좀처럼 보이지 않았다. 어디로 갔는지 군인들의 모습도 눈에 띄지 않았다. 휴대폰 벨이 울려 폴더를 열어보니 30분 전에 해란이 보낸 문자메시지가 이제 도착한 것이었다. 가끔 말썽을 부리는 이쪽 휴대폰에 문제가 있는 걸까.

'산속이라 전화가 더 안 터지는 것 같아요. 술 조금만 마시고 얼른 여관에 들어가 쉬세요.'

초저녁부터 여관에 들어가 처박힐 생각을 하니 윤수는 도망자 신분이 된 기분이 들었다. 아닌 게 아니라 술이라도 좀 마셔두자 싶어 윤수는 시장 골목을 기웃거렸다. 맥주, 양주를 파는 카페 두어 개가 낡은 입간판에 불을 밝히고 있었다. 문을 밀고 들어가자 대여섯쯤 돼 보이는 군인들 사이에 여자 둘이 끼어 앉아 있다 부스스 몸을 일으켰다. 그들의 눈치를 보며 앉아 있기가 뭣해 윤수는 몸을 돌려 밖으로 나왔다.

생맥줏집의 문을 열어보니 거기도 군인들이 삼삼오오 모여 앉아 있었다. 버스를 놓친 휴가병들인 모양이었다. 더이상 갈 데가 없다 싶어 윤수는 구석 자리를 차지하고 앉아 해란에게 메시지를 보냈다. 골목 안에도 하염없이 눈이 쌓이고 있었다.

'지금이라도 걸어서 백담사로 갈까? 아침 녘에 도착하겠지만.'

생맥주를 한 잔 다 마신 뒤에야 답장이 왔다.

'윤수씨가 오면 밤새 함께 있으려고 했는데.'

'함께라니?'

'바로 위에 산장 있잖아요.'

'거긴 음산한 느낌이 들던데.'

'하긴…… 지금 뭐해요?'

'군인들과 맥주 마시고 있어.'

'설마.'

'그만 터미널 앞에 있는 여관으로 들어가야겠다. 벌써 네 잔이나 마셨네.'

'그래요, 그만 들어가요. 잠들기 전에 통화할 수 있으면 좋겠다.'

계산을 하고 나와 윤수는 신문 가판대를 들여놓고 있는 슈퍼마켓에서 맥주를 사들고 여관으로 올라갔다. 혹시 몰라 터미널이 내려다보이는 방을 달라고 했다. 방으로 올라가 파카를 벗어 옷걸이에 걸자마자 인터폰이 걸려와 아가씨가 필요하냐고 문의해왔다. 방금 아래층에서 열쇠를 건네준 오십대의 경상도 아주머니였다.

"그럼 오죽 좋겠소."

"뭐라카노?"

"조금 있으면 술 취한 군인들이 몰려올 거요. 나보다 군인들한테 더 필요하지 않겠소?"

대꾸 없이 그녀는 신경질적으로 전화를 끊었다. 냉기가 감도는 욕실에 들어가 윤수는 겨우 얼굴과 발만 씻고 나왔다. 그리고 요 위에 이불을 쓰고 앉아 방바닥에 맥주병을 따놓고 텔레비전을 켰다. 속초로 넘어가는 미시령, 간성으로 넘어가는 진부령, 양양으로 넘어가는 한계령 모두 대설주의보가 내려져 있었다.

내일 오후 녘에나 눈발이 꺼끔해질 거라는 예보가 자막으로 흘러나왔다.

9시 저녁 뉴스가 끝나갈 무렵 윤수는 해란에게 전화를 걸었으나 통화가 되지 않았다.

'전화가 안 되네. 이따 다시 하리.'

5

늘 그리워하지는 않아도 언젠가 서로를 다시 찾게 되고 그때마다 헤어지는 것조차 무의미한 관계가 있다.

2003년 가을 백담사에서 일박을 하고 이튿날 아침 두 사람은 각자 차를 몰아 대포항으로 갔다. 그리고 점심으로 곰칫국을 먹고 주차장에서 자판기 커피를 마시며 바다를 일별한 후 서둘러 헤어졌다. 오후에 남편이 집에 올 거라고 했다.

그후 두 사람은 또 오랫동안 만나지 못했다. 가끔 문자메시지를 주고받은 적은 있지만 직접 통화를 한 적은 거의 없었다. 막상 통화가 돼도 서먹한 느낌이 되살아나 곧 심정이 무색해지는 것이었다.

그러다 2005년 비가 내리는 어느 봄날 저녁, 해란이 윤수에게 문득 전화를 걸어왔다.

“설 때 보낸 송이버섯 잘 받았어요?”

두 달 전쯤 받았으나 굳이 대꾸는 하지 않았다.

“그 얘기 하려고 전화했어?”

“지금 어딨어요?”

그녀의 목소리가 어쩐지 가깝게 들려왔다.

“집인데 약속이 있어 곧 나가보려고.”

“몇 시 약속인데요?”

윤수는 빗물이 주름져 내리고 있는 베란다 창을 돌아보았다.

“6시에 광화문에서 누굴 좀 만날 일이 있어.”

암만해도 느낌이 수상해 윤수는 베란다로 나가 주차장 쪽을 내려다보았다. 나 서울에 와 있어요, 라고 그녀가 말을 이었다.

“내일 일찍 속초로 돌아가야 하는데, 시간 나면 좀 볼까 싶어 전화했어요.”

“……”

“중요한 약속이에요?”

아마 그런 것 같다고 윤수는 에둘러서 말했다.

“나중으로 미루면 안 돼요?”

“그러기엔 너무 늦었잖아.”

해란의 목소리가 어쩐지 절박하게 들려왔다.

“나, 서울로 이사 올지도 모르겠어요. 그래서 약국 자리 알아보러 온 거였어요.”

“남편은?”

“작년 가을에 양구로 부대를 옮겼어요. 그 핑계로 요즘은 집에 잘 오지도 않아요. 여자와 살림을 차렸다는 소문도 있고.”

“……”

그녀는 한술 더 떠 이런 얘기도 했다.

“실은 그동안 혼인신고 안 하고 살았어요.”

“그건 또 무슨 소리야?”

“처음부터 평생 살 거라는 느낌이 들지 않았거든요.”

“그런데 왜 나한테 그런 말을 하는 거지?”

“……”

시계를 확인하고 나서 윤수는 입을 열었다.

“어디서 볼까?”

“약속 있다면서요. 다음에 봐요.”

“……미안해, 다음에 연락할게.”

윤수는 그날 광화문에 30분 늦게 도착했고 만나기로 약속한 여자는 그로부터 30분이 더 지나서야 나타났다. 여느 때 같았으면 그러려니 했을 텐데, 윤수는 여자가 앞자리에 와 앉자마자 버럭 화부터 냈다. 안 그래도 근래 결혼 얘기가 오가면서 서로 예민해져 있는 상태였다. 여자 집안에서 결혼을 반대하고 있었던 것이다. 여자도 이미 서른을 넘긴 나이였으나, 윤수와 나이 차이가 난다는 것과 직업이 불안정하다는 것이 반대 이유였다.

결혼 애기가 나올 때마다 비슷한 이유로 트집이 잡히곤 했던 터라, 윤수는 이번에도 적극적인 태도를 취할 수 없었다. 여자는 신용카드 회사에 다니는, 요즘 말로 하면 골드 미스 그룹에 속하는 커리어 우먼이었다. 그러므로 스스로 부족할 게 없다고 여겼고 세상물정에 대해서는 윤수보다 더 빨랐다. 결혼 애기도 술김에 잠자리를 같이하고 나서 여자가 먼저 꺼냈으나, 그다지 절박하게 다가서는 느낌은 없었다. 다만 결혼이 필요하다는 입장이었다.

여자가 윤수를 바라보며 왜, 화를 내는 거냐고 차분하게 반문했다. 빗길에 강남에서 차를 몰고 오다보면 늦을 수도 있는 게 아니냐며. 게다가 그녀는 광화문을 좋아하지도 않았다. 그녀의 태도가 너무 당당했기에 윤수는 마치 허점을 찔린 듯 허둥거렸다. 그제야 윤수는 여자가 결혼에 대해 여전히 의심과 회의를 품고 있음을 눈치챘다. 잠자리를 몇 번 같이했다는 것만으로 결혼의 전제나 조건이 될 수 없다는 것쯤은 윤수도 잘 알고 있었다. 군이 확인할 필요가 없음에도 윤수는 무언가에 쫓기듯 말했다.

"확신이 안 서면 여유를 갖고 다시 생각해봐."

그녀는 조금도 흔들리는 기색 없이 입가에 야릇한 미소를 띠고 커피잔을 집어들었다.

"잠자리에서처럼 굉장히 서두르네요."

커피향을 음미하며 그녀는 5초쯤 눈을 감고 있었다.

"왠지 오늘따라 불안정해 보여요. 그렇죠?"

눈을 뜨고 그녀가 말했다. 그렇다는 것을 윤수 자신도 깨달았다.

"알았어요. 그렇다면 정리를 하죠."

커피잔을 받침에 딸깍 내려놓고 그녀는 윤수의 눈을 멀찌감치 마주 보았다. 이미 거리가 생겨 있었다.

"윤수씨에게는 뭔가 애타게 느껴지는 부분이 있었는데, 방금 그게 뭔지 알아냈어요. 난 그게 지금까지 마음속에서 고요히 타오르는 숯불 같은 것인 줄 알았어요. 그런데 알고 보니 고작 불안함 때문이었어요. 어긋난 사춘기의 남자애들에게서 흔히 나타나는 불안 증세 말예요."

"그렇다면 나 역시 결혼에 대해 아직 확신이 없다는 거겠지."

"난 그런 말 한 적 없어요. 결혼 얘기도 물론 내가 먼저 꺼냈고요. 여자는 나이가 들면 연애 상대보다는 좋은 남자가 필요하거든요. 살림은 그럭저럭 꾸려갈 수 있다고 생각했으니까요."

"나도 혼자라면 별 걱정이 없는 사람이오."

윤수는 얼굴에 여드름이 잔뜩 난 사춘기 소년처럼 볼멘소리로 되받았다.

"그건 다 큰 남자가 할 소리가 아니에요. 최소한의 가장 의식은 있어야죠. 안 그래요?"

그 말을 듣는 순간 윤수는 무심코 웃어버렸고 이어 여자도 가볍게 따라 웃었다. 이로써 정리가 끝났다.

"그럼 헤어지기 전에 마지막으로 술이나 한잔할까요? 제가 사죠."

이번에도 여자가 먼저 제안했고 윤수는 그럼 그러자고 했다. 두 사람은 몇 달 전에 누군가의 소개로 처음 만났던 웨스틴조선 호텔 라운지로 자리를 옮겨 폭탄주를 몇 잔씩 돌려마신 뒤, 자정 무렵 밖으로 나와 각자 택시를 타고 헤어졌다. 뒤끝을 남기고 싶지 않다며 계산은 끝내 그녀가 했다.

6

2007년 1월에 윤수는 묵호에 갈 일이 있었다. 겨울 대구잡이 배를 취재할 일이 있었던 것이다. 이틀간의 취재를 마치고 서울로 돌아가려는 참에 윤수는 해란에게 전화를 걸어보았다.

"강원도에 왔다가 전화해봤어. 서울로 이사했어?"

"강원도, 어딘데요?"

"묵호에 와 있는데, 이제 서울로 돌아가려고."

한동안 말이 없다 해란이 되받았다.

"나 아직도 속초에서 약국하고 있어요. 여기에 정이 들어버렸는지 떠나려고 하니까 막상 발이 떨어지질 않더라고요."

"그럼 속초에 들렀다 갈까?"

"......"

"부담스러우면 그냥 서울로 올라가고. 목소리나 들을까 싶어 전화한 거니까."

그러자 해란이 짜증 섞인 목소리로 되받았다.

"그걸 지금 말이라고 해요? 두 시간 후에 묵호에 도착할 테니까, 어디 다방 같은 데 들어가서 기다려요."

"약국은 어떻게 하고?"

"닫아야지, 그걸 뭘 물어봐요."

해란이 묵호항으로 온 것은 저녁 6시가 좀 지나서였다. 바다에 어둠이 내리면서 희끗희끗 눈발이 휘날리고 있었다. 하얀 스키점퍼에 빨간 털모자 차림이었다. 근 4년 만의 해후였으나 세월이 무색하리만치 두 사람은 그저 싱겁게 마주 보며 웃었다.

"배고프지?"

윤수가 먼저 말을 건넸다.

"회에다 매운탕이나 먹을까?"

"아니, 그러지 말고 따라와봐요."

해란은 좌판을 걷고 있는 어시장으로 윤수를 데려갔다. 타원형의 갈색 양동이 안에 노래미, 미역치, 숭어, 광어, 감성돔, 청어, 전갱이 등속의 자연산 활어들이 싱싱하게 꾸물대고 있었다. 잠깐의 실랑이 끝에 해란은 5만 원을 주고 미역치와 감성돔을 사고 덤으로 멍게까지 두어 개 받아냈다. 그리고 슈퍼마켓에서 초장과 고추냉이 그리고 소주와 맥주 몇 병을 챙겨 트렁크에 실었다. 이걸 어쩌나 싶었으나, 윤수는 잠자코 있었다.

묵호항에서 해안도로를 타고 5분쯤 달리다 해란은 '동해민박' 앞에 차를 세웠다. 조수석에서 내려 무심코 바다 쪽으로 고개를 돌리자 짜디짠 포말이 윤수의 얼굴로 날아왔다. 눈발이 굵어지면서 바다도 거칠어지고 있었다. 간판은 민박이라고 돼 있으나 여관처럼 보였고 안으로 들어서자 창구 문이 드르륵 열리면서 할머니가 빠끔히 얼굴을 내밀었다.

"아까 전화로 예약한 203호실 주세요."

해란은 들고 있던 지갑에서 3만 원을 꺼내주고 열쇠를 받았다. 203호실은 계단을 올라가 오른쪽 끝에 있었다. 방문을 열고 들어가자 대번에 밤바다가 목전으로 밀려왔다. 미리 불을 넣어놓았는지 방은 따뜻했다. 겉보기와 달리 내부는 콘도식 구조였다. 스키점퍼를 벗어 옷걸이에 건 다음 해란은 비닐봉지를 들고 복도 왼쪽 끝에 있는 공동주방으로 갔다. 거들 게 없나 싶어 윤수는 그녀의 뒤를 따라갔다.

해란은 회칼을 집어들고 주저 없이 활어의 아가미에 칼끝을 깊숙이 박아넣었다. 곧 아가미에서 피가 솟구치며 활어 두 마리는 몸을 퍼덕거렸다.

"보기엔 흉하지만 여기 사람들이 제일로 치는 횟감이 바로 미역치예요. 바다 깊은 곳 바위에 붙어 산대요. 문을 닫을 때라 싸게 산 거예요."

익숙한 손놀림으로 해란은 활어의 포를 뜨고 껍질을 벗겨낸 다음 입술 크기로 어슷하게 썰어 접시에 둥그렇게 올려놓았다. 멍게도 이내 수습해서 함께 올려놓았다. 그리고 회를 뜨고 남은 서덜은 매운탕을 끓이기 위해 냄비 안에 넣어두었다.

"솜씨가 여간 아닌데. 여기 여자가 다 됐군."

"……남편이 회를 좋아했거든요."

해란이 손을 씻는 동안 윤수는 회 접시가 놓인 개다리소반을 들고 먼저 방으로 들어왔다. 그사이 바다는 완전히 어두워져 있었고 포말만 이따금씩 하얗게 날아와 해안도로를 적시고 있었다. 민박집 옆에 떠 있는 가로등 속으로 눈이 검은빛으로 퍼붓고 있었다.

소반을 마주하고 앉아 두 사람은 소주병을 땄다. 천장 한가운데 매달려 있는 형광등에서 푸르스름한 빛이 소반 위로 쏟아져내렸다. 회는 찰지고 고소하고 달착지근했다. 잠시 무르춤한 터에 그동안 어떻게 지냈어? 라고 해란이 물어왔다. 술잔을 쥔 채 윤수는 그녀의 눈을 마주 보았다. 두어 잔을 마셨을 뿐인데 얼굴이 홍옥빛으로 달아올라 있었다.

"비슷하지 뭐. 가끔 잡지사 일 거들어주고 청탁 들어오면 소설 쓰고 여유가 생기면 혼자 여행 다녀오고."

“팔자 좋네요.”

“그런가?”

“나이는 생각 안 해요? 마흔 된 떠돌이 노총각을 이제 누가 거둬줄까.”

혀를 차듯 해란이 궁시렁거렸다.

“결혼할 여자가 있다고 하지 않았어요?”

“언제 내가 그런 말까지 했어? 하지만 결국 잘 안 됐어. 나이가 많고 직업이 불안정하잖아.”

해란이 물끄러미 윤수를 바라보았다.

“결혼 얘기가 오갔을 정도면 가깝게 지낸 거 아닌가요?”

“결혼은 계약이잖아. 가깝게 지낸 것하고는 별 상관이 없어. 가까워질수록 오히려 더 자신을 의심하고 따지게 되지.”

“여자가 그리울 때는 없어요?”

“가끔은. 하지만 무리하는 스타일은 아니야. 만날 쏘다니며 노는 것 같아도 별로 쉴 틈이 없거든.”

“최근엔 어디 다녀온 데 있어요?”

“일본에 잠깐.”

“일본 어디요?”

“도쿄에 아는 일본 작가가 있어. 술도 마실 겸 그냥 갔었어. 남들이 들으면 욕하겠지만, 난 일본 술집 분위기가 편해. 뭔가 어두운 듯하면서도 화사하고 정갈하거든. 크게 소란스럽지도 않고."

"게다가 여자 작가였겠죠."

"남편을 데리고 나와서 셋이 마셨어. 나중에 남편은 먼저 일어나서 갔고."

휴우, 한숨을 몰아쉬며 해란이 창으로 고개를 돌렸다. 일순 눈가가 붉게 달아오르는가 싶더니 해란이 차갑게 쏘아붙였다.

"왜 그러고 살아요?"

젓가락을 든 채 윤수는 멍하니 해란을 쳐다보았다.

"좀 구체적으로 살면 안 돼요?"

"내가 뭘?"

"왜 남을 불편하게 하며 사냐고요. 그리고 무슨 술을 마시러 일본까지 가요?"

다른 볼일이 있어서 갔지만 윤수는 구태여 그 말은 하지 않았다.

"그러는 해란이 넌, 왜 이때껏 애도 낳지 않고 사는 거야? 그리고 결혼을 했으면 신고부터 해야지. 그러니 남편이 마음을 제대로 잡겠어?"

"왜 갑자기 그 사람 얘기는 꺼내요? 맞아요, 나 남편한테 잘못한 거 많은 여자예요."

"……그만하고 남은 술이나 마시자. 회 눅눅해지겠다."

소주 두 병에 맥주까지 다 비우고 소반을 치운 뒤 윤수는 방으로 들어와 옷을 입은 채로 요 위에 누웠다. 여전히 속이 허룩했으나 매운탕까지 끓여 먹을 분위기는 아니었다. 해란은 벽에 등을 기댄 채 건성으로 텔레비전을 보고 있었다.

"피곤할 텐데, 해란이도 그만 쉬어."

"술 깨면 속초로 올라갈 거예요."

"밤길에 눈까지 오는데 위험하잖아."

"조용히 잔다고 약속하면, 자고 갈 수도 있겠죠."

윤수가 해란의 팔목을 잡아당기자 그녀는 마지못한 동작으로 요 위로 올라왔다.

"불 끌까?"

윤수는 형광등을 끄고 해란을 옆에 눕게 했다. 텔레비전에서는 사극을 방영하고 있었다.

"홋카이도에도 가봤어요?"

해란이 물어왔다.

"언제더라, 요코하마에서 배를 타고 블라디보스토크로 가던 중에 구시로라는 항구도시에서 반나절 동안 정박한 적이 있어. 우리나라로 말하면 속초나 간성 같은 곳이겠지. 혼자 지도를 보고 어시장을 찾아가 초밥만 사먹고 서둘러 돌아왔으니까, 따지고 보면 가봤다고 할 수도 없지."

"이번 겨울에 홋카이도에 다녀올까요? 해마다 열리는 얼음축제가 볼 만하다던데."

“글쎄…… 그럴까?”

해란이 옆에서 몸을 꿈지럭거렸다.

“술을 마셔서 그런가? 너무 덥다. 스웨터 좀 벗어도 되죠?”

“편한 대로 해.”

“윤수씬 안 더워요?”

“방바닥이 좀 뜨겁긴 하네.”

스웨터를 벗어 머리맡에 개켜놓고 해란은 돌아누운 윤수의 등을 끌어안았다. 윤수는 파도 소리에 귀를 던져두고 있었다.

“이런 곳에서 둘이 있으니까 조용하고 좋네요.”

“……”

“윤수씨는?”

“그렇지 뭐. 텔레비전 끄고 그만 자자.”

피곤했던 터에 술까지 마신 탓으로 윤수는 찰나 스르륵 잠이 들어버렸다. 잠결에 해란이 속삭여왔다. 아니, 그것은 거의 중얼거림에 가까웠다.

“나도 벌써 서른여덟이에요. 윤수씨 처음 만났을 때는 스물일곱이었는데.”

그래, 그랬었지.

“윤수씨는 나한테 왜 아무 말도 하지 않아요? 좋아한다는 말 한마디쯤은 할 수 있잖아요.”

너에 대한 죄책감 때문이겠지. 그렇게 말하면 오히려 네가 와

르르 무너질까봐, 여태껏 아무 말도 못 하고 산 거겠지.

"지금이라도 애 낳고 조용히 살고 싶어요."

그래, 나도 그러기를 간절히 바라. 아니, 너라도 그러기를.

잠들었는지 그녀도 더이상 기척이 없었다.

7

홋카이도에 함께 가자던 약속은 지켜지지 않았다. 해란의 어머니가 1월 말에 위암으로 입원을 했고, 입원하고 나서 채 한 달도 되기 전에 세상을 뜨고 말았던 것이다. 어쩔까 망설이다 윤수는 병원에 찾아가 영안실 입구에서 해란에게 전화를 걸었다.

영안실 옆에 있는 편의점 앞에서 두 사람은 캔커피를 마시며 5분쯤 애기를 나눴다.

"와줘서 고마워요."

"그래, 많이 힘들겠구나."

"요즘도 많이 바빠요?"

윤수는 주머니를 뒤져 담배를 피워물었다.

"3월부터 출근할지도 모르겠어."

"정말요?"

"며칠 전에 기업체 홍보실에서 연락이 와 인사담당 상무와 면접 형식으로 만나 점심 먹었어. 그쪽에서 나오는 일을 여러 번 맡아서 한 적이 있거든. 들어와서 사보와 출판물 제작을 맡아달라고 하더군. 과장급으로 채용하겠대."

"잘됐다."

"그런가?"

"그럼 잘된 거지, 그 나이에 어디 가서 취직을 해요."

"추운데 그만 들어가봐."

"알았어요, 장례 치르고 나서 마음 좀 가라앉으면 연락할게요."

"그래, 힘들겠지만 몸 챙기고."

"알았어요."

그후 뭔가 어긋난 것처럼 해란에게서는 좀처럼 연락이 오지 않았다. 5월 말경 윤수는 회사에서 그녀에게 전화를 걸어보았다. 단조롭고 무감한 투로 해란은 전화를 받았다.

"회사 다니는 건 재미있어요?"

"뭐 그럭저럭. 해란이 너는?"

"나도 그냥저냥요."

"남편하고는 잘 지내?"

괜한 걸 물었다 싶었으나 이미 내뱉은 말이었다.

"얼마 전에 진급해서 춘천으로 다시 부대를 옮겼어요."

"그럼 해란이도 곧 춘천으로 가겠네?"

대답하기 싫은 듯 그녀는 말머리를 돌렸다.

"생각중예요. 윤수씬 만나는 사람 없어요? 이제 취직도 했는데 얼른 결혼해야죠. 요즘 직장 다니는 노처녀들 많잖아요."

"직장 가진 여자들은 요즘 연하남과 결혼하는 추세야."

맥이 풀린 듯 웃으며 해란이 되받았다.

"그 말 들으니까 윤수씨도 정말 나이가 들긴 들었구나."

"회의가 있어서 그만 올라가봐야겠어. 나중에 또 연락할게."

그 나중에 통화하자던 말은 그로부터 8개월 뒤에나 이뤄졌다. 그 전에 윤수는 어느 날 대전에서 걸려온 어떤 여자의 전화를 받았다.

"저 오경서라고 하는데, 혹시 기억하실지 모르겠네요."

웬일인지 졸음기가 가득한 목소리였다. 글쎄요, 라고 우물거리는 사이 윤수는 그녀의 이름을 기억해냈다. 한참 뜸을 들인 뒤, 그녀가 더듬더듬 말을 이었다.

"저, 해란이 친구예요. 96년인가, 태릉 근처에서 함께 만났던."

그렇다뿐인가. 이듬해 봄에 윤수의 집에 모여 와인 파티도 하고 다음날 인터뷰까지 했었지. 아득한 심연 속으로 이끌려 들어가듯 윤수는 눈을 감고 숨을 가다듬었다.

"실례인 줄은 알지만, 뒤늦게라도 죄송하다는 말 전하고 싶어서 전화드렸어요."

"그러기엔 너무 늦지 않았습니까?"

“네, 알아요.”

“그런데요?”

“아시고 계시는 게 좋지 않을까 싶어서, 염치 불구하고…… 해란이 말예요.”

“……”

그동안 해란이가 아팠다고 한다. 허리 디스크 수술을 받고 최근에 퇴원했다고 한다. 그래서요? 라고 재차 반문하려다 윤수는 그대로 있었다.

“그리고 이런 얘기 전해도 되는지 어떤지는 모르겠지만.”

“말씀하세요. 언제 또 저와 통화를 하겠습니까.”

한동안 침묵하다 그녀는 해란이 작년 가을에 자살 기도를 한 적이 있다는 사실을 윤수에게 전해주었다. 이제 듣자 하니 술에 취한 목소리였다.

윤수는 탁상용 다이어리를 뚫어져라 바라보고 있었다. 전화를 끊어야 할 시간이었다.

“사업은 잘돼갑니까?”

“……”

“고향에 내려가 사업한다고 들었습니다.”

그녀는 아무 대꾸가 없었다.

“전화주셔서 고맙습니다.”

웅크린 듯 듣고 있다 그녀는 그대로 수화기를 내려놓았다.

해란은 여느 때와 마찬가지로 고즈넉한 투로 전화를 받았다. 윤수는 이번 주 토요일에 속초로 찾아가겠노라고 해란에게 말했다.

"갑자기 왜요?"

"본 지 꽤 됐잖아."

"그래도 좀 뜻밖이네요. 아예 잊어버린 줄 알았거든요."

"만나서 할 얘기가 있어."

"무슨……"

"만나서 얘기해."

잠시 후 그녀가 목이 잠긴 소리로 되받았다.

"그럼 그때처럼 백담사에서 만나면 어때요? 거기 가본 지도 꽤 오래됐거든요."

8

휴대폰은 계속 불통이었다. 문자메시지조차 회답이 없었다. 잠들었겠지 싶으면서도 윤수는 왠지 초조한 느낌을 떨쳐버릴 수 없었다. 여관 창문을 통해 줄곧 터미널 쪽을 내다보고 있었으나 택시는 끝내 나타나지 않았다.

11시가 조금 넘은 시각, 윤수는 잊었던 듯 서둘러 짐을 챙겨 아래층으로 내려갔다. 그리고 잠들어 있는 여관 주인을 깨워 대리운전 기사에게 연락을 해달라고 재촉했다. 통화는 말다툼하듯 길게 계속됐다. 보다 못해 윤수는 수화기를 낚아채 삼십대로 짐작되는 대리운전 기사에게 백담사 입구까지만 데려다달라고 사정을 거듭했다.

"듣자니 이쪽 양반 같은데, 이런 눈 처음 보는 것도 아닐 테고 더군다나 전문가 아니오. 어디쯤에 돌멩이가 박혀 있는지까지 아실 테니 무리인 줄 알면서 이렇게 간곡히 부탁하는 거요."

한동안 뻗대던 대리운전 기사가 드디어 흥정을 해왔다.

"얼마 낼 거요?"

"그쪽에서 부르시오."

"내 차를 써야 하니까 킬로당 5천 원씩 내쇼. 16킬로 나올 거요."

"갑시다."

대리운전 기사는 낡은 갤로퍼를 몰고 10분 후에 여관 앞에 도착했다. 윤수는 경상도 아주머니에게 만 원짜리를 쥐여주고 손전등을 빌려 조수석에 올라탔다. 윈도 브러시를 작동하지 않으면 전혀 시야를 확보할 수 없는 상황이었다. 시정거리도 삼사 미터에 불과했다. 기사는 들으란 듯 연신 담배를 피워물며 투덜거렸다.

"마침 술 마시러 나가려던 참인데, 재수 옴 붙었군. 그놈의 여관 여편네, 전에 한 번 신세를 졌기로서니."

"이왕 차 끌고 나왔는데 살펴 갑시다."

"20분이면 갈 거린데, 왕복 두 시간은 걸릴 것 같으니 하는 소리 아뇨."

"조금 더 얹어드릴 테니 조용히 갑시다. 나이도 이쪽이 10년쯤 많은 것 같은데."

"요금 때문에 이러는 거 아뇨."

"내가 그걸 왜 모르겠소. 사는 게 다 복잡한 거 아니오?"

"……설마 백담사까지 올라가자는 건 아니겠죠?"

"입구에 내려 걸어가리다. 그게 더 안전할 것 같으니."

기사 말대로 백담사 입구까지는 한 시간 가까이 걸렸다. 윤수가 가방을 챙겨들고 차에서 내릴 때 기사가 말했다.

"어지간하면 절까지 모셔다드릴 텐데, 거 미안하게 됐습니다."

윤수는 주차장 앞에 세워진 흐릿한 백담사 표지판을 바라보았다.

"괜찮소. 16킬로미터를 왔는데, 6.3킬로미터를 왜 못 가겠소. 데려다줘서 고맙소."

갤로퍼는 유턴을 한 다음 곧 눈발 속으로 사라졌다. 윤수는 가방에서 모자를 꺼내 눌러쓰고 주차장을 모로 지나쳐 걷기 시작했다. 산문을 지나 계곡으로 들어갈수록 바람이 잦아들어 그다지 추운 느낌은 없었다. 길은 완만했으나 정강이까지 눈이 차올라

걸음이 더뎠다. 손전등을 빌려오지 않았더라면 사위조차 분간하기 어려웠으리라. 윤수는 해란과 백담사로 처음 소풍 왔던 날을 아득히 떠올리고 있었다. 돌아보니 그새 12년 전의 일이었다.

어디까지 왔을까. 계곡을 가로지르는 돌다리 위에서 윤수는 발을 멈추고 캄캄한 눈 속을 노려보았다. 어디쯤일까. 멀리 솜뭉치 같은 부연 빛이 윤수의 눈에 빨려들어왔다. 벌써 백담사 가까이 온 것은 아닐 텐데. 실눈을 뜨고 재차 노려보니 그 빛은 이쪽을 향해 느리게 미끄러져 내려오고 있었다.

그것이 전조등 불빛이라는 것을 깨달은 것은 잠시 후였다.

차가 다가올 때까지 윤수는 그 자리에 우두커니 서 있었다.

이윽고 눈을 잔뜩 뒤집어쓴 알브이 차량이 체인을 쩔렁대며 그의 앞에 다가와 커다란 짐승처럼 멈춰 섰다.

운전석에는 젊은 스님이 타고 있었다.

이어 조수석의 문이 열리고 해란이 차에서 내렸다.

꿈은 사라지고의 역사

1

〈꿈은 사라지고〉는 1960년대 영화배우이자 가수인 최무룡이 부른 노래다. 1959년 노필 감독이 동명의 영화를 만들었는데, 남자 주인공으로 출연한 최무룡이 영화의 주제곡으로 부른 것이다. 한편 카바레 여급으로 나온 여주인공 문정숙도 〈나는 가야지〉라는 노래를 불렀는데 〈꿈은 사라지고〉만큼 인기를 끌지는 못한 것 같다. 나는 〈꿈은 사라지고〉를 1968년 여름에 처음 들었고 〈나는 가야지〉는 1982년 봄에 학교 앞 술집에서 우연히 듣게 되었다.

1968년이면 내가 일곱 살 때다. 그러므로 인생에 대해서는 백지 상태나 마찬가지였다. 사람이 살려면 하루 두 끼 내지 세 끼를 먹어야 하며 그만큼 똥오줌을 누어야 하고 반드시 잠을 자야 한다는 것 정도가 그때껏 내가 터득한 삶에 대한 이해의 전부였다. 기다림이나 그리움, 외로움과 고독, 밤과 낮, 눈과 비, 혹은 계절의 변화가 가져오는 지극히 자연스러운 감정의 변화를 어렴풋이 느껴보긴 했으나 그 모든 것이 안개처럼 뿌옇게 나타났다 곧 사라지곤 했다. 말하자면 나는 그 안개 속에서 늘 배고픔에 시달리며 사위를 두리번거리는 한 마리 짐승이나 다름없었다.

내게 〈꿈은 사라지고〉를 들려준 이는 아버지의 바로 아랫동생인 삼촌이었다. 그는 시골에서 고등학교를 졸업하고 서울에서 대학에 다니다 공수부대에 입대한 뒤 첫 휴가를 받아 고향에 내려왔다. 무려 4년 만의 귀향이었다. 삼촌은 대학 입학과 동시에 고향을 떠나 한 번도 찾지 않았다고 한다. 여기엔 그럴 만한 이유가 있는데 그의 부친, 즉 나의 조부와 어려서부터 갈등과 반목이 심했다고 한다. 나야 자세한 사정을 알 리 없지만 삼촌의 거칠고 반항적인 기질이 원인이었으리라 짐작한다. 삼촌을 제외하면 집안 사람들은 모두 봉숭아처럼 섬세하고 나약했으며 웬일인지 처절하리만치 고독한 표정들을 짓고 다녔다. 그 표정이 곧 집안의 문장(紋章)이었다.

입대하기 전 삼촌은 삼류 대학 철학과에 적을 두고 있었다. 하지만 삼촌은 철학과는 무관한 사람이었다. 고향을 떠나기 전인 십대 시절에 이미 그는 인근에 주먹으로 알려져 있었고 몸에 늘 누군가의 피를 묻히고 다녔다. 마을에서 돼지를 잡을 일이 있으면 그가 선뜻 자청하고 나서 돼지 멱을 땄고 흰 사기 사발에 받은 싱싱한 피와 뜨거운 간은 마땅히 그의 차지가 되었다. 그는 또한 마을 지킴이 노릇도 했다. 마을에 외지인이 들어와 시비가 붙거나 말썽을 부리면 그가 한달음에 쫓아나가 이내 해결했다. 그러니 아무도 그를 나무라거나 탓하지 못했다.

그는 날카롭게 각을 세운 공수부대 모자를 코까지 눌러쓰고 대문 안으로 성큼 들어섰다. 6월의 어느 무더운 날 오후였다. 그때 나는 조모와 함께 마루에 앉아 퍼런 개구리참외를 깎아 먹고 있었다. 군복 역시 칼처럼 날이 서 있었고 군화는 어쩐지 기분 나쁜 빛으로 번들거리고 있었다. 그는 거침없이 마루로 다가와 어깨에 메고 있던 더플백을 내려놓더니 아무 말도 없이 뒤란으로 돌아가 우물에서 꾸역꾸역 물을 퍼마시고 돌아왔다.

"너, 그 군화에 묻은 게 뭐냐?"

4년 만의 상봉에서 조모가 둘째 아들에게 내뱉은 첫마디는 이러했다. 조모의 목소리는 사뭇 떨리고 있었다.

"그거 혹시 피 아니냐?"

삼촌은 쏘아보듯 자신의 군화를 내려다보더니 더플백을 열고 내장을 끄집어내듯 피로 물들어 있는 베이지색 군복을 꺼냈다. 나중에 삼촌한테 직접 들었는데, 그것은 공군 장교의 외출용 하복이었다. 조모는 마루를 짚고 기우뚱 일어나더니 피 묻은 군복을 싸들고 서둘러 대문 밖으로 나갔다. 그리고 뽕나무밭 안으로 들어가 석유를 뿌리고 불을 붙였다. 내가 뒷전에서 지켜보자 조모는 부지깽이를 휘두르며 어서 집으로 들어가라고 닦달을 하는 것이었다.

삼촌은 조모가 차려준 밥을 먹고 저녁까지 늘어지게 자고 일어나 어디로 가려는지 주섬주섬 옷을 찾아 입었다. 그는 마당으로 내려서다 말고 내게 다가오더니 귀를 잡아당기며 말했다.

"그동안 많이 컸구나. 세 살 때 헤어졌으니 넌 내가 기억이 안 나겠지만. 내일은 나하고 두더지를 잡으러 가자."

그의 목소리는 거칠었지만 말투는 제법 나긋했다. 새벽녘에 그는 흠뻑 술에 취해 들어왔고 그때까지 조부는 안방에 앉아 등잔불에 의지해 책을 읽고 있었다.

"왔다면서?"

안방에서 조부의 목소리가 들리자 마루를 건너오던 발소리가 멎었다.

"그만 들어가 자거라."

삼촌은 대꾸 없이 건넌방으로 들어오더니 내 옆에 짚단처럼 쓰러져 누웠다. 이어 조부의 방에 불이 꺼졌다. 나는 잠꼬대처럼 삼촌에게 물었다.

"그 사람 죽었어요?"

시큼한 술냄새를 풍기며 삼촌이 내 쪽으로 무겁게 돌아누웠다.

“그게 무슨 말이냐?”

“아까 그 피 묻은 옷 말예요.”

삼촌은 음, 하고 사이를 두었다가 신음하듯 말했다.

“기차간에서 괜히 시비를 걸어오길래 몇 대 두들겨 패고 옷을 벗겨 밖으로 던져버렸다. 죽었는지 살았는지는 글쎄, 나도 모르겠다.”

“꼭 그래야만 하나요? 도대체 어쩌려고.”

낮에 할머니가 군복을 태우며 중얼거리던 말을 나는 그대로 주워섬겼다. 삼촌이 등을 웅크리고 돌아누우며 말했다.

“나도 모르겠다, 내가 왜 이러는지.”

“……”

“존재가 원래 혼자라는 뜻이라는 건 알겠는데, 저 들판의 비석 없는 무덤처럼 말이다, 그게 가끔 감당하기 힘들다고 생각될 때가 있는 것이다. 네가 뭘 알겠냐만.”

나는 들창에 비친 달그림자를 이불 밖으로 훔쳐보고 있었다.

“문득문득 모든 것이 사라져버린 느낌이 들어. 여름 한낮에 하얗게 타고 있는 빈 마당을 바라볼 때처럼. 그러다 숨이 멎듯 그 느낌조차 사라지지. 심지어 피를 보더라도 별 느낌이 없단 말이지.”

잠결에 그가 땀을 흘리며 끙끙 앓는 소리가 들려왔다.

다음날 오후에 삼촌과 나는 들로 두더지를 잡으러 나갔다. 두더지는 할머니의 신경통 치료제였다. 들판은 온통 개망초꽃으로 덮여 있어 두더지의 흔적을 발견하는 것은 쉽지 않았다. 저녁 무렵 삼촌과 나는 들을 빠져나가 논배미로 나갔다. 휘저으면 손에 묻을 듯한 검붉은 노을이 들녘 저 끝에 걸려 있었다. 삼촌은 논둑을 파내 두 마리의 두더지를 잡았고 철사로 다리를 묶어 내 손에 쥐여주었다. 논배미에 흩어져 있던 학들이 날아와 가까이에서 삼촌과 나를 지켜보고 있었다. 두더지를 잡는 사이 날은 어두워졌고 나는 삼촌의 등에 업혀 집으로 돌아왔다. 장엄한 노을이 내려와 있던 들녘에 무슨 일인지 횃불을 든 사람들이 유령처럼 서성이고 있었다. 어느 집 노인네가 또 저녁에 집을 나간 모양이라고 삼촌이 말했다. 삼촌의 등은 바위처럼 넓고 따뜻했다. 겨드랑이에서는 진득하고 시큼한 땀내가 났다.

집으로 돌아오는 동안 삼촌은 꿈결처럼 노래를 부르고 있었다.

"〈꿈은 사라지고〉는 내가 옛날에 자주 부르던 노래. 내가 〈꿈은 사라지고〉를 부르면 옆에서 누군가 기타를 치며 〈나는 가야지〉를 불렀지. 그러나 지금은 모두 지난 시절의 이야기."

삼촌은 대문 앞에 당도할 때까지 계속 〈꿈은 사라지고〉를 되풀이하고 있었다. 그래서 나는 그 노래의 가사를 그날로 모두 외워버렸다.

2

이듬해부터 나는 서울에 있는 부모와 함께 살게 되었는데, 저녁나절이 되면 마루에 나가 앉아 가끔 〈꿈은 사라지고〉를 불렀다. 그날 삼촌의 등에 업혀 집으로 돌아오던 저녁의 풍경이 자주 눈앞에 떠오르곤 하는 것이었다. 그럴 때면 어머니가 다가와 내 등짝을 후려치며 소리쳤다.

"어린것이 웬 청승이야! 어디서 그런 노래는 배워가지고. 그만 닥치지 못해!"

밥상머리에서도 뜻하지 않게 그 노래가 목구멍으로 삐져나오곤 했는데, 뭐 여지없이 아버지에게 귀싸대기를 얻어맞곤 했다.

"자식새끼 하나 있는 게, 그새 망령이 든 건가?"

아버지는 어머니를 노려보며 그렇게 말했고 나는 밥을 먹다 말고 집 밖으로 쫓겨나야 했다. 어두운 골목을 돌아다니며 나는 밥상머리에서 부르다 만 노래를 마저 흥얼거렸고 그런 날 밤이면 삼촌과 함께 개망초가 무리 지어 피어 있는 들판을 헤매는 꿈을 꾸곤 했다. 꿈속에서는 횃불을 든 유령들이 늘 서성거렸다.

중고등학교 시절에도 나는 기회가 있을 때마다 〈꿈은 사라지고〉를 불렀는데, 교사들 또한 별 수 없이 혀를 차거나 쓴웃음을 지으며 나를 바라보곤 하는 것이었다. 나는 어서 삼촌처럼 나이를 먹어야겠다고 생각했다. 내가 대학에 들어갈 무렵까지 삼촌은 서울 여기저기를 떠돌며 무위도식했고 결혼할 여자를 구하지 못해 혼자 살았다. 살림을 차릴 만한 처지가 아니었고 딱히 결혼에 대한 의지도 없는 것 같았다.

대학 2학년 때 나는 첫사랑에 빠졌는데 상대는 학교 앞에 있는 다락방만한 카페의 여주인이었다. 나보다 여섯 살 연상이었고 이름은 은주였다. 날이 궂으면 그녀는 술에 취해 기타를 치며 노래를 부르곤 했다. 그녀의 애창곡은 문주란의 〈동숙의 노래〉였다. 또한 성재희의 〈보슬비 오는 거리〉, 곽순옥의 〈누가 이 사람을 모르시나요〉, 현미의 〈떠날 때는 말없이〉, 문정선의 〈나의 노래〉, 정훈희의 〈안개〉, 채은옥의 〈빗물〉 같은 노래도 곧잘 불렀다. 그 맑거나 어두운 목소리, 아득하거나 환한 표정, 그리고 이십대 중반의 여자에게서 풍기는 원숙함에 나는 완전히 넋이 빠져 날이 흐릴라치면 부리나케 그 집으로 달려가곤 했다. 그리고 어느 비 내리는 밤, 나는 그녀의 기타 반주에 맞춰 〈꿈은 사라지고〉를 부르게 되었다. 내 노래가 끝나자 그녀는 가을 해바라기 같은 얼굴로 나를 바라보더니, 돌연 암암한 표정을 짓고 내게 술잔을 건네며 이렇게 속삭였다.

"너도 참."

"……"

석연찮은 느낌이 들어 나는 곧장 반말로 되받았다.

"말을 되도록 분명하게 합시다, 우리."

그녀는 고개를 모로 돌리고 픽 웃고 나서 말했다.

"우리? 그 말 참 오랜만에 듣는구나. 그래, 그럼 우리 오늘부터 사귈까? 너 나 좋아하지?"

나는 즉각 되받았다.

"물론 좋아하지."

"어쭈? 보기완 달리 꽤 진보적이네."

"헛소리 집어치우고 만난 기념으루다가 노래나 한 곡 더 불러보슈."

이어 그녀가 부른 노래가 바로 문정숙의 〈나는 가야지〉였다. 그녀는 이십대 초반에 이혼 경험이 있었고 다섯 살배기 딸을 키우고 있었다. 본인 말에 의하면 일찌감치 뜨거운 물에 빠졌다 나온 경험이 있는 여자였다. 그 때문일까. 그녀의 목소리는 도마에 밴 붉은 양념처럼 가슴을 저미는 구석이 있었다.

자정이 되자 그녀는 카페의 문을 닫고 불을 껐다. 이어 카페 안에 딸려 있는 다락방에서 그녀와 나는 도둑질하듯 사랑을 나눴다. 서둘지 말라고 사이 사이 그녀가 숨찬 소리로 속삭여왔다. 밖에서 추적추적 빗소리가 들려왔다. 그녀와 나는 계란 프라이 다섯 개를 만들어놓고 새벽까지 맥주를 마시고 다시 면밀하게 사랑을 나눈 뒤, 서로 엉겨붙은 채 잠에 곯아 떨어졌다. 1982년 여름 어느 토요일 밤의 일이었다.

그로부터 한 달쯤 지나 나는 삼촌을 찾아갔다. 그는 동가식서 가숙 세월을 마감하고 을지로에서 골뱅이 호프집을 운영하고 있었다. 백수건달로 허송세월을 하다보니 사는 게 돌연 무상하게 느껴져서, 라고 변명조로 얼버무렸지만 표정에서 야릇한 활기가 묻어났다. 스무 평쯤 되는 제법 널찍한 규모에 장사도 잘되는 눈치였다. 개업한 지 1년쯤 됐다며 주방에 들어가 대접에 든 골뱅이 파무침과 병맥주를 내왔다. 앞치마를 두른 삼촌과 마주 앉아 이런저런 얘기를 나누다 나는 여자가 생겼다고 고백했다. 여자? 라고 되받더니 삼촌은 고개를 갸우뚱했다.

"여자라, 하긴 너도 이제 그럴 만한 나이가 됐지. 근데?"

나는 삼촌에게 은주를 보여주고 싶다고 말했다. 갑자기 화투 판에 끌려온 사람처럼 삼촌은 눈을 데굴거리더니 떨떠름한 표정으로 입을 열었다.

"그러니까 지금 나더러 그 여자를 만나러 가자는 뜻이냐?"

"데려올 만한 사정이 못 돼서요. 학교 앞에서 카페를 하고 있거든요."

삼촌은 잠시 망설이다가 앞치마를 벗고 자리에서 성큼 일어났다. 그리고 종업원에게 가게를 부탁한 다음 서랍에서 지폐를 한 움큼 꺼내 바지 주머니에 집어넣었다. 삼촌과 나는 택시를 타고 학교 앞으로 갔다. 거리에 부슬부슬 비가 듣고 있었다. 카페에 도착한 것은 저녁 8시쯤이었고 회사원으로 보이는 사십대 남자 두엇이 스탠드에 앉아 맥주를 마시고 있었다. 은주는 외출했는지 보이지 않았다. 주방에서 설거지를 하던 아르바이트 학생이 대신 술을 내왔다.

"오랜만에 학교 앞에 오니 기분이 좀 묘하구나. 난 뭐 학교라는 델 제대로 다니지도 않았지만 말이다."

별 의미 없는 투로 삼촌이 중얼거렸다.

"그런데 여기 술집 이름이 뭐냐? 아까 들어올 때 못 봤는데."

"목마와 숙녀라는데요."

"촌스럽구나. 그거 박인환의 시 제목 아니냐? 박인희가 낭송한 걸 몇 번 들어봤는데, 난 아무리 들어도 무슨 뜻인지 모르겠더라. 술병이 바람에 쓰러지는 소리, 뭐 그 정도는 겨우 알아듣겠더라만."

"유곽의 시멘트 벽에 휘갈긴 낙서 같다는 말씀인가요?"

"그렇게까지 말할 건 없겠지만, 왠지 고리타분하고 사람 사는 냄새가 안 나잖아."

삼촌이 내 얼굴을 살피더니 어깨를 툭툭 쳤다.

"내가 막말을 한 거냐? 실은 내가 요즘 너무 바빠서 고독을 잊은 지 오래다. 그래, 오래간만에 만났으니 우리 점잖게 술이나 마시자. 근데 그 노래한다던 여자는 어디 간 거냐?"

그때 은주가 시장바구니를 들고 안으로 들어섰다. 머리에 하얗게 이슬비가 앉아 있었다. 내게 머물던 은주의 시선이 곧 삼촌에게로 옮겨갔다. 그러고는 내 옆을 지나며 왔어? 하고는 내처 주방으로 들어갔다.

"저 여자냐? 근데…… 좀 연로한 것 같다."

"다섯 살짜리 딸도 있다네요."

"딸?"

그로부터 맥주 두 병을 마실 동안 삼촌은 입을 다물고 있었다.

"뭐 꼭 또래를 사귀라는 법은 없지. 하지만 모쪼록 상처에 대비하거라. 상처라는 건 대개 스스로 받는 거니까."

"좋은 여자예요."

"좋을 때는 물론 좋지. 하지만 늘 그런 건 아니야. 하나만 덧붙이자면 여자 나이는 남자 나이와 달라. 물론 몸도 다르고. 나이를 먹을수록 여자가 앞서 간다 그런 얘기야."

여기까지 말했을 때 은주가 접시에 계란말이를 담아 삼촌과 내가 앉아 있는 테이블로 왔다. 스탠드의 사내들은 등을 돌린 채 나란히 앉아 맥주에 양주를 섞어 마시며 뭔가 심각한 얘기를 나누고 있었다. 비가 추적거리는 소리가 창틈으로 차갑게 스며들어오고 있었다. 간단히 눈인사를 주고받은 뒤 세 사람은 눈치를 보듯 골자 없는 얘기들을 주고받았고 중간에 은주가 서비스라며 선반에서 시바스 리갈을 한 병 꺼내왔다. 그때부터 세 사람은 조금씩 취해갔다.

"딸아이는 무탈하게 잘 자라고 있습니까?"

삼촌이 먼저 은주에게 말을 건넸다.

"암만 바쁘더라도 하루에 한 번은 이빨을 살펴보세요. 유치가 하나둘씩 빠질 때니까요. 그때가 가장 예쁠 때죠."

"……"

"실은 은주씨 노래 들으러 일하다 말고 을지로에서 택시 대절해 왔습니다. 실례가 되지 않는다면 한 곡 부탁합니다."

은주가 나를 돌아보았다. 얼굴이 불콰하게 달아올라 있었다.

"삼촌 말이 맞아. 밖에 비도 오는데 한 곡 불러봐."

은주는 눈을 흘기고는 마지못한 듯 자리에서 일어나 무대에 놓여 있던 기타를 들고 왔다. 마침 손님이 빠져나간 뒤여서 그녀는 안에서 문을 닫아걸었다. 그새 자정이 가까워져 있었다. 늘 그랬듯 그녀는 먼저 〈동숙의 노래〉를 불렀고 삼촌이 부추기자 성재희와 정훈희와 채은옥의 노래를 접속곡으로 불렀다.

"아, 은주씨 노래 듣고 있으니까 마음이 되게 쓸쓸해진다. 이젠 정수 네가 불러봐라. 은주씨 목 다 쉬겠다."

나는 그녀의 기타 반주에 맞춰 〈꿈은 사라지고〉를 불렀다. 아마 그때부터였을 것이다. 삼촌이 그 옛날의 고독한 모습으로 돌아간 것은. 이어 은주가 〈나는 가야지〉를 부르는 동안 삼촌은 된서리를 맞은 파처럼 온몸을 축 늘어뜨리고 있었다. 노래가 끝나자 손에 잡힐 듯한 적막이 카페 안에 가득 들어찼다. 창틈으로 스며드는 빗소리는 점점 거세지고 있었다.

새벽녘에 세 사람은 밖으로 나와 어두운 골목에서 비를 맞으며 잠시 서 있다가 어쩐지 외면하듯 뿔뿔이 헤어졌다.

3

그해 초여름으로 접어들 즈음, 은주와 삼촌이 내통한다는 기괴한 소문을 듣고 나는 목마와 숙녀로 달려갔다. 카페의 문을 박차고 들어가자, 아닌 게 아니라 주방에 있던 은주의 입에서 에구머니나! 라는 소리가 절로 튀어나왔고 숨을 곳을 찾느라 사위를 두리번거렸다.

"주방엔 흉기가 있는 법이니 속히 밖으로 나와."

고무장갑을 벗으며 은주가 게처럼 등을 웅크린 채 주방에서 끌려나왔다. 어둠이 깃들고 있었음에도 손님을 받을 준비가 돼 있지 않았다. 뿐만 아니라 카페를 곧 정리할 조짐까지 보였다. 출입문 옆에 헐거운 박스들이 쌓여 있었다.

"숨 좀 돌리게 일단 술부터 가져오슈."

나는 자리에 앉아 담배를 피워물었다.

"정수 너, 왜 갑자기 깡패처럼 굴어?"

기어들어가는 소리로 되받으며 은주는 냉장고에서 주섬주섬 맥주를 꺼내왔다.

"어디 자초지종을 들어봅시다. 이실직고하란 말이오."

"자초지종이고 이실직고고 할 게 뭐 있어. 정수 너도 알다시피 나 그동안 엄마 집에 빌붙어 살며 보증금 빼먹으며 겨우겨우 버텼잖아. 너한테 미리 상의하지 않은 건 내 실수지만, 삼촌이 동업을 하자길래 가게 내놓은 거야."

"은주 네가 죽으려고 환장을 했구나."

궁지에 몰리면 되레 강해지는 게 여자다. 은주가 나를 빤히 쏘아보더니 표정을 다잡고 말했다.

"너, 이제부터 나한테 반말하면 안 돼."

"뭐?"

뒤미처 혈관이 터져나갈 듯 온몸의 피가 끓어오르기 시작했다.

"은주 너 오늘 여기서 나하고 죽잔 얘기지?"

나는 주머니에서 신문지에 둘둘 말아온 과도를 꺼내 내 왼쪽 팔뚝에 내리꽂고 천천히 위로 잡아당겼다. 곧 검붉은 피가 비져나와 탁자로 흘러내렸다. 그럼에도 그녀는 조금의 흐트러짐도 없었다. 죽기 살기로 마음을 단단히 먹은 얼굴이었다. 덜덜 떨리는 목소리로 그녀가 달래듯 말했다.

"너 아직 군대도 안 갔다 왔잖아. 언제 제대하고 졸업해서 나 먹여 살릴 거야? 또 그동안 마음 변하지 않을 자신 있어? 난들 생각을 안 해본 줄 알아?"

그녀는 두루마리 화장지를 풀어 내 팔뚝과 탁자를 닦아내고 피에 젖은 화장지를 물끄러미 내려다보았다. 그리고 갑자기 어깨를 흔들며 울먹였다.

"수 쓰지 말고 계속 지껄여봐."

이미 내 목소리는 웬만큼 맥이 풀려 있었다.

"삼촌 사는 집에 가봤더니, 두 평 될까 말까 한 옥탑방에서 아침저녁으로 라면 끓여 먹으며 죄수처럼 살고 있더라. 가게에서 버는 돈은 죄 은행에 들어가 있고. 나중에 서울 한복판에다 빌딩 세울 거라고 하더라. 하지만 그게 어디 사람이 사는 거니?"

"그래서."

"삼촌이 동업 얘기를 먼저 꺼낸 건 사실이야."

"그런데."

"그런데 얘기를 하다보니, 삼촌이 우리 세연이까지 거둬주겠다는 말이 나왔어."

세연은 은주의 딸이었다.

"난 삼촌 일을 거들기로 하고…… 미안해, 정수야."

"결국 아이를 미끼로 그 순정한 양반한테 네가 사기를 쳤구나."

손등으로 연신 눈물을 닦아내며 은주가 말했다.

"맞아, 하지만 나 좀 살면 안 되겠니? 내가 삼촌한테 잘하면 되잖아."

"……그럼 나와 성을 쌓은 일은 어떻게 하고?"

하지 말아야 할 얘기였지만, 결국 하지 않을 수 없었다.

"염치없는 말이지만 제발 잊어줘. 내가 나쁜 년이니까 두고두고 나만 원망하면 되잖아. 응? 내가 이렇게 무릎 꿇고 빌게."

그녀는 재빨리 의자에서 내려와 바닥에 무릎을 꿇었다. 그 순간 나는 체념할 수밖에 없다는 것을 깨달았다. 물끄러미 창밖을 내다보다 나는 그녀의 겨드랑이를 잡아 일으켜 세웠다. 그리고 이번 학기를 마치고 군대에 가야겠다는 생각을 하고 있었다.

그로부터 불과 열흘 뒤에 두 사람은 살림을 합쳤다. 삼촌의 의견에 따라 혼인신고만 하고 결혼식은 생략했다고 훗날 들었다. 나를 두고 두 사람 사이에 어떤 얘기가 오갔는지는 모르겠다. 어떻든 삼촌은 은주와 나의 관계를 제대로 알지 못했으리라. 분명한 것 하나는 내가 삼촌에게 그런 말을 꺼내고자 했을 때는 모든 게 늦어 있었다는 사실이다. 여자들은 그런 일을 능숙하게 앞서 처리하는 법이다.

그후 나는 삼촌을 직접 만날 기회가 없었다. 가끔 들려오는 말에 따르면 골뱅이 호프집은 연일 손님이 들끓어 신촌과 무교동에 분점까지 냈다고 했다. 뿐만 아니라 내가 군대에 가 있는 동안 삼촌은 은행에 맡겼던 돈을 몽땅 털어 종로3가에 땅을 사두었다. 나중에 빌딩을 올리기 위해서. 그런데 그 땅이 재벌 소유인 것으로 밝혀져 삼촌은 수년 동안 법원을 드나들었다. 하지만 결국 사기 사건으로 종결되었다고 들었다.

그나마 다시 골뱅이 호프집에 전념했으면 좋았으련만, 삼촌은 가게를 처분한 돈과 은행 융자를 합쳐 신촌에 프랜차이즈 레스토랑을 개업했다. 그리고 레스토랑은 숙모에게 맡긴 채 옛날처럼 친구들이나 찾아다니며 허송세월을 했고 설상가상으로 노름에 경도돼 집에 들어오는 일이 점점 줄어들었다. 그러다 몇 년인가 지나 느닷없이 아버지를 찾아와 돈을 빌려달라고 사정했다. 아무리 형제 간이라도 돈거래는 하지 않는다는 신조를 가진 아버지는 삼촌의 청을 즉석에서 거절했다.

"그러지 말고 고향에 내려가 몇 년 농사나 짓고 살지그래. 너도 알다시피 아버님 돌아가시고 나서 어머님 모실 자식이 없질 않느냐. 원한다면 시골 집과 땅은 네 명의로 해주마."

숙모와 불화가 지속되던 터라 삼촌은 일단 낙향의 길을 선택했다. 그후 고향에서 3년 동안 농사를 지으며 살았는데, 특용작물 재배에 성공해 어느 날 〈내 고향 6시〉라는 텔레비전 프로그램에 얼굴을 비친 적도 있었다. 삼촌이 다시 서울로 올라온 것은 할머니가 돌아가시고 나서 몇 달 뒤였다. 삼촌은 그동안 모은 돈을 싸들고 다시 숙모에게 찾아갔다. 그즈음 숙모는 병이 들어 있었고 레스토랑은 문을 닫기 직전이었다. 삼촌은 헐값에 레스토랑을 처분하고 숙모를 병원에 입원시킨 뒤, 병원 앞에 다시 골뱅이 호프집을 열었다. 삼촌은 어쨌든 돈복은 있는 사람이었다. 종합병원에 근무하는 직원들이 저녁마다 드나들며 골뱅이 호프집

을 먹여 살렸고 3년이 채 지나지 않아 삼촌은 세 들어 있던 5층
짜리 호프집 건물을 사들였다. 그사이 숙모는 병을 회복하고 중
학생이 된 딸을 데리고 캐나다로 가버렸다. 서울로 올라온 뒤 삼
촌은 집안 사람을 일체 만나지 않고 살았기에 자세한 내막은 알
수 없었다.

다만 삼촌은 숙모가 떠나고 나서 호프집 일에서 손을 뗐다고
한다. 가게와 건물 관리를 친구에게 맡긴 채 현금이 가득 든 가
방을 들고 여기저기 떠돌며 산다고 했다. 전국에 있는 목욕탕을
하루하루 전전하며 산다는 것이었다. 혹자는 삼촌이 온천업과
관계된 사업을 구상중이라 짐작했고 중년의 나이에 간질이 발병
해 실성한 사람처럼 떠도는 거라고 말하는 사람도 있었다.

4

삼촌에 비해 나는 대체로 평탄한 인생을 살아왔다고 할 수 있
겠다. 대학을 졸업하고 군대를 제대한 뒤 나는 곧 금융회사에 취
직했고 친구 여동생의 소개로 만난 내과 의사와 결혼해 두 살 터
울로 아들딸을 낳았다. 그리고 결혼 5년째에 강남에 34평짜리
아파트를 분양받아 어렵잖게 내 집 마련에도 성공했다. 그런데
어느 날 당연한 일인 듯 이런 자각이 몰려왔다. 나는 일찍이 남

부럽지 않은 평온한 삶을 얻었으나 어쩐지 꿈이 없는 인생을 살고 있지는 않은가? 이를테면 남들이 만들어놓은 세계에서 남의 인생을 살고 있지는 않은가 말이다.

나는 월말 회식 자리에서 옆자리에 앉아 있던 부하 여직원에게 불쑥 이런 말을 내뱉었다. 어쩌면 혼잣말에 보다 가까웠을 것이다. 하지만 듣는 이의 입장에서는 그게 그럴 수 없었을 터였다.

"정희, 너 때문에 요즘 내가 아주 죽겠어. 날마다 불면증에 시달리고 있단 말이지."

그것은 어느 정도 사실이기도 했다.

"네?"

눈을 반짝 뜨고 내 표정을 살피던 부하 여직원이 이윽고 침착하게 대꾸해왔다.

"그게 무슨 말씀이세요, 부장님?"

"내가 요즘 너 때문에 아주 힘들다고."

"갑자기 왜 이러세요. 다른 직원들도 있는데. 취하신 거죠?"

정희가 슬그머니 몸을 비키며 방어적으로 되받았다. 영민한 그녀는 재빨리 사태를 수습했다.

"그러지 말고 부장님, 노래 한 곡 부르세요. 지금 여기 노래방인 거 아시죠?"

사위를 둘러보니 스무 명쯤 수용할 수 있는 사면이 온통 하얀 비단 벽지로 장식된 노래방이었고 대형 유리창 아래로 도심의 불빛이 번요하게 번쩍거리고 있었다. 나는 어느 날 낯선 장소에서 누군가에 의해 잠이 깬 기분이 들었다. 그렇다면 뭔가 사건사고가 발생하려는 징조였다.

"빨랑 부르세요. 저 아직 부장님 노래 한 번도 못 들어봤거든요."

정희가 하얀 손으로 내 어깨를 밀치듯 가볍게 흔들며 재촉했다. 그러자 나머지 직원들도 덩달아 나를 부추기는 것이었다. 정희 네가 노래를 부르라면 부르지, 라고 나는 그녀의 귀에 속삭이고 자리에서 일어나 스테이지로 나갔다. 그리고 무려 20여 년 만에 〈꿈은 사라지고〉를 불렀다. 짐작대로 갈채가 쏟아졌지만 앵콜 따위는 받지 않았다.

노래방에서 나와 각자 흩어질 때, 정희가 뒤에서 눈치껏 나를 불러세웠다.

"부장님, 우리 어디 가서 한잔 더 해요."

시계를 보니 자정이 지나 있었다. 또한 토요일로 날이 바뀌어 있었다.

"그만 집에 들어가봐야잖아? 부군하고 아이가 기다리고 있을 텐데."

"아까 통화했어요. 지금쯤 더블침대에서 둘이 하마처럼 쿨쿨 자고 있을 거예요. 오늘은 좀 일찍 끝난 편이지만, 회식이 있는 날은 늘 새벽 2시, 3시잖아요."

"어디로 갈까?"

글쎄요, 라고 말하며 그녀는 주위를 두리번거리는 시늉을 했다.

"시간도 늦었는데 곧바로 호텔로 갈까?"

그녀가 픽 웃더니 진정이라도 시키듯 내 등짝을 툭 쳤다.

"아뇨, 오늘은 그냥 맥주나 한잔 더 해요."

칵테일 바에 들어가 맥주와 양주 작은 것을 주문하고 폭탄주를 만들어 번갈아 마셨다. 그때 내 옆에 앉아 있던 아리따운 여자는 서른두 살이었고 영민하나 표정이 늘 조금 어두웠으며 그 틈을 노려 누군가 접근하면 예의 바르고 부드럽게 밀어내곤 했다. 그리고 아까 노래방에서도 들었듯 노래를 아주 잘 부르는 여자였다.

그녀가 망설이듯 주저하다 말했다.

"아까, 부장님 하신 말씀 진심이세요?"

"응."

"재미없네요. 그렇게 대꾸하는 거."

"그럼 이번엔 내가 물어보자."

뭔데요, 라며 그녀가 내 몸에 제 어깨를 기대왔다.

"아까 부른 노래 어디서 배웠지? 김하정의 〈살짜기 옵서예〉 말이야."

"김하정요? 전 패티김한테 배웠는데요. 옛날에 엄마하고 같이 세종문화회관에서 패티김 공연하는 걸 봤거든요."

“그게 언제지?”

“아마 중학교 때일 거예요.”

“혹시 년도와 날짜를 기억하겠어?”

“엄마한테 물어보면 알겠죠. 왜요?”

“같은 날 함께 본 것 같아서. 나도 봤거든.”

“설마요.”

“그래, 설마 그렇더라도 이제 와서 굳이 따지지는 말자.”

“아까 부장님 노래 들으면서 뭐라고 꼭 집어서 표현은 못 하겠는데, 가슴이 조금 아팠어요. 그냥 왠지.”

새벽 3시가 가까웠는데도 그녀는 집에 갈 생각을 하지 않았다. 나는 그 이유를 물었다.

“저 애 낳고 2년 만에 이혼했어요. 왜냐곤 묻진 마시고요. 그냥 그럴 수도 있는 거잖아요.”

“그럼 애는?”

“친정 엄마가 키우고 있어요. 오늘 아침에 서초동으로 아이 만나러 가야 해요.”

네 살 난 딸이라고 했다. 그녀는 비가 내리듯 조용히 어깨를 흔들며 잠깐 흐느꼈다. 나는 그녀의 어깨를 부드럽게 감싸고 말했다.

“내가 뭘 해주면 좋을까. 목걸이라도 사줄까?”

그녀가 손수건으로 눈을 꼭꼭 찍어내며 말했다.

"부장님 저 정말, 좋아하세요?"

"거듭 말하면 숲에 숨어 있는 새들이 모두 날아갈 텐데."

그녀는 술잔을 들어 입으로 가져갔고 마시기 전에 나를 돌아보았다.

"목걸이나 가방 따윈 필요 없어요. 정말 힘들다 싶으면 가끔 신호를 보낼 테니 그때마다 가볍게 안아만 주세요. 그게 다예요."

"왜 우리는 늘 비석 없는 무덤들처럼 공허한 것일까. 여름 한낮 햇빛에 뜨겁게 타고 있는 빈 마당을 볼 때처럼. 다만 혼자일 뿐인데, 실은 나도 그게 견디기 힘들어."

칵테일 바에서 나와 나는 택시를 타고 그녀의 집으로 갔다. 그녀는 한강이 내려다보이는 마포의 아파트에 혼자 살고 있었고 침대는 깨끗했다. 그녀와 사랑을 나누는 동안 창으로 레이저빔 같은 오색의 빛이 스며들어와 천장에 이따금씩 어룽거렸다. 이 시간에도 한강에 유람선이 떠다니는 것일까.

그후 눈비가 내리는 날이면 나는 정희의 아파트에서 가벼운 음식을 만들어놓고 맥주를 마시거나 음악을 들으며 되찾은 꿈인 듯 소중하게 사랑을 나누곤 했다. 그녀는 존재감만큼 자제심이 강한 사람이어서 내게 조금도 부담을 주거나 관계를 이용하려들지 않았다. 정말이지 이루 말할 수 없이 사랑스러운 여자였다.

그러던 어느 날 저녁 아내가 식탁으로 나를 불렀다. 광복절 저녁이었고 아이들은 각자의 방에서 잠들어 있었다.

"저하고 맥주 한잔할래요?"

아내가 냉장고에서 아사히 맥주를 꺼내 거실 탁자 위에 올려놓으며 말했다.

"이제 시원해질 때도 됐는데, 좀처럼 더위가 물러가질 않네요. 그렇죠?"

"올림픽 기간이잖아."

컵에 맥주를 따르다 말고 아내가 내 표정을 살폈다. 그리고 가볍게 눈주름을 잡고 웃었다.

"올림픽엔 관심이 있는 거예요?"

"박태환이 금메달 땄다며. 여자양궁의 박성현은 은메달에 머물고. 예상하긴 했지만 축구는 일찌감치 예선탈락이고. 야구라도 좀 잘해주면 좋을 텐데."

"난 요즘 어떤 것 같아요?"

"누구, 당신?"

"그럼 누구겠어요."

"당신은 환자들 돌보느라 늘 바쁜 사람 아닌가? 앞으로도 계속 그럴 테고."

"물론 몹시 바쁘지만 남편과 1년 넘게 섹스를 못 할 정도로 바쁜 건 아녜요. 어쨌든 내 몸은 여자고 사십대 초반이긴 하지만 건강한 편에 속해요."

아내는 단순한 사람이어서 말을 돌릴 줄 모르는 사람이었다.

"여자가 생긴 거죠? 벌써 오래전에."

나는 일단 침묵했다. 아내가 이렇게 말하는 건 이미 증거를 확보했다는 뜻이었다. 사이를 두지 않고 아내가 물어왔다.

"그 여자가 그렇게 좋아요?"

나는 무명용사의 비석처럼 무표정하게 앉아 있었다.

"좋으니까 만나겠죠. 하지만 밖으로 드러나면 결국 다 구질구질한 거예요. 어두운 곳에 숨어서 저녁 먹고 술 마시고 섹스하는 거, 별로 근사한 행사가 아니라는 거죠. 나이가 든다는 건 곧 자제할 줄 안다는 거예요. 사는 게 무슨 한여름 밤의 꿈인 줄 아시나보죠?"

"그러게 말이오."

줄곧 입을 다물고 있을 수가 없어 나는 평소의 말투대로 무의미하게 대꾸했다.

"이마에 간(姦) 자를 새기고 여생을 보내고 싶지 않으면, 오늘부로 정리하도록 하세요. 이렇게 말하는 것은 당신에게 미련이 남아 있어서가 아니라, 이혼녀로 살고 싶지 않기 때문이에요."

"어느 쪽이든 매우 관대한 처분이로군."

"그리고 이제부터 내 몸은 내가 알아서 해결할 테니 그렇게 아시고요."

"드러나면 결국 다 구질구질하다면서."

"위생 관념은 당신네 금융 쪽보다 우리 쪽이 한결 철저하니까 염려 놓으세요."

"그럼 상대도 동종업게 인물이겠군."

"그건 두고봐야죠."

나는 깊이 생각한 끝에 아내에게 말했다.

"그러느니 차라리 이혼을 하는 게 어떻겠소. 난 계속 꿈이나 꾸며 살게. 현실이 항상 윤리적이고 도덕적이며 정당한 것도 아니잖아?"

"차디찬 감방에서 꾸는 꿈도 과연 새콤달콤할까요?"

"왜, 동영상이라도 확보한 건가?"

"아마 그럴걸요."

"……"

"이런 말까지 안 하려고 했는데, 도대체 무엇 때문에 그러는 거죠? 고작해야 애 딸린 이혼녀에 인물도 그저 그런 여자던데."

나는 물끄러미 아내의 눈을 응시했다.

"미안해요."

물론 아내가 내게 미안해할 이유는 조금도 없었다.

"나도 내가 왜 이러는지 알다가도 모르겠소. 누가 좀 알려주면 좋을 텐데."

"며칠 생각할 시간을 주죠. 결혼할 때 엄마가 그러더군요. 한 번쯤은 눈감아주라고요. 미신에 사로잡히듯, 누구나 한 번은 그럴 때가 있다고요."

"내게 여전히 감정이 남아 있는 거요? 질문할 처지는 아니오만."

"지금은 모르겠어요. 참고로 말하면 작년까지는 당신을 꽤나 좋아했죠. 항상 아슬아슬하게 느껴지는 부분은 있었지만."

나는 그 아슬아슬함의 정체가 무엇인가를 생각했다. 맥주를 다 마시기 전에 나는 아내에게 진심으로 사과했고 그녀는 잠시 테이블에 엎드려 울었다. 울고 있는 아내의 등을 내려다보는 일은 꿈을 꾸는 일보다 더욱 고독하고 뼈아픈 일이었다.

다음날 저녁 나는 정희를 만나 아내와 주고받은 내용을 대략적으로 전해주었다. 그녀는 고요한 표정으로 내 얘기를 귀 기울여 들었다. 내 말이 끝나자 그녀는 뜻밖에 야릇하고도 환한 미소를 지어 보였다. 어쨌거나 그녀는 아내보다 강하고 섬세한 여자였다.

"당분간은 막막하겠지만 당신을 위해 잠자코 받아들이겠어요. 언제든 이런 날은 오게 마련이잖아요. 그래도 1년이면 아주 긴 시간이었어요. 봄, 여름, 가을, 겨울을 함께 겪었잖아요. 그렇죠?"

나는 아무 말도 하지 않았다.

"항상 조금은 차갑고 서글펐지만 그래서 더 달콤한 꿈 같았어요. 한밤중에 깨어나 딱 하나 남은 겨울 사과를 냉장고에서 꺼내 먹을 때처럼 말예요."

이렇게 말할 줄 아는 여자여서 나는 정희를 좋아했을 것이다. 하지만 이제 헤어질 때가 됐다. 나는 뻔한 소리를 했다. 뻔한 말일지언정 그녀의 마음에 희미한 빛이라도 남겨주고 싶었다.

"내세에서 다시 만나 전생처럼 눈비가 내리는 날이면 보다 고요하면서도 격렬한 사랑을 나누도록 하자. 커다란 하얀 냉장고에 붉은 사과가 가득 들어차 있는 집에서 말이야."

그러자 그녀의 얼굴에 다시금 환한 미소가 떠올랐다.

"작별의 말씀도 참 예쁘게 하시네요."

나는 그저 어깨를 으쓱해 보였다. 그녀의 몸에서는 불가사의하게도 항상 갓 볶은 커피 냄새가 나곤 했는데, 그것만큼은 두고두고 잊을 수가 없을 것 같았다. 칵테일 바에서 나와 나는 그녀와 손을 잡고 가랑비가 내리는 거리를 걸으며 마지막으로 그녀에게 〈꿈은 사라지고〉를 불러주었다. 사람들이 앞뒤에서 우리를 돌아보다 내처 가던 길을 재촉했다.

며칠 후 나는 아내에게 정희와 헤어졌음을 알렸다. 그때 아내는 리모컨을 쥔 채 소파에 앉아 올림픽 폐막식을 시청하고 있었다. 아내는 사진 같은 얼굴로 잠시 나를 돌아보더니 이어 오른손 검지를 들어 입으로 가져갔다. 그리고 텔레비전 모니터로 다시 시선을 옮겨갔다.

5

내가 왜 캐나다에 있는 숙모에게 전화를 했는지 모르겠다. 정희와 헤어지고 나서 보름쯤 지났을 때였다. 퇴근하다 말고 나는 엘리베이터를 타고 다시 사무실로 올라갔다. 숙모가 삼촌의 소식을 알고 있을지도 모른다는 생각을 했을 것이다. 삼촌은 여전히 행방불명 상태였다. 풍문대로 그가 전국의 목욕탕을 순례하며 살고 있는지 확인이라도 하고 싶었던 것일까. 새삼스럽게 삼촌의 안부가 궁금해진 것도 나로서는 어쩐지 이해하기 힘들었다. 숙모의 전화번호는 그녀가 운영하던 신촌의 레스토랑 주인에게서 어렵사리 알아냈다. 레스토랑은 숙모의 친척뻘 되는 사람이 물려받아 꾸려가고 있었다.

숙모는 토론토에 살고 있었고 딸은 대학을 졸업한 뒤 변호사가 되어 있었다. 숙모의 나이는 어느덧 쉰셋이 돼 있었다. 그렇다면 행방이 묘연한 삼촌은 객지에서 육십대 중반을 맞을 터이었다. 뜻밖에도 삼촌은 숙모에게 가끔 연락을 해온다고 했다. 1년에 두어 번 정도라고 했다. 삼촌이 목욕탕을 전전하며 사는 것은 사실인 모양이었다. 통화는 길게 계속됐다. 이런저런 얘기를 나누다 나는 숙모에게 물었다.

"그런데 왜 삼촌하고 같이 살지 않고 캐나다로 갔어요? 세연이 교육 때문만은 아닌 것 같은데."

숙모는 한동안 침묵하고 있었다.

"글쎄다…… 그걸 어디서부터 어떻게 얘기해야 할지 모르겠다."

그녀의 목소리는 문득 26년 전으로 돌아가 있었다. 오랜 침묵 끝에 정수야, 라고 그녀가 내 이름을 메아리처럼 아득하게 불러왔다.

"결국 삼촌이 알게 됐어."

"뭘 말이죠?"

"우리 관계 말이야."

"……"

"뒤늦게 눈치를 챘지. 삼촌과 살림을 합치고 나서 정수 네가 삼촌을 극구 피했잖아. 어느 날부터 삼촌이 나를 추궁하기 시작하더니 걸핏하면 술을 마시고 들어와 두들겨 패더라. 삼촌 성격 알지? 평소엔 그저 그냥 무심해 보이지만 비위가 거슬리면 피를 봐야 직성이 풀린다는 거. 맞을 때마다 살려달라고 얼마나 빌었는지 모른다."

나는 마른침을 삼키며 물었다.

"그래서 결국 얘기했단 말입니까."

"그걸 내 입으로 어떻게 얘기하겠니. 하지만 또 아니라고도 못 하겠더라. 너 삼촌한테 이상한 결벽증 있는 거 알지?"

나는 굳게 입을 다물고 있었다.

"몇 년 노름에 빠져 지내다 들어먹을 거 다 들어먹고 제풀에
지쳐 시골로 내려갔는데, 이따금씩 전화를 걸어와 그래도 네가
나한테는 첫사랑이고 마지막 사랑이라며 죽을 때까지 놓아주지
않을 거라며 그때마다 엄포를 놓더라."

본인의 말대로 자신한테 상처를 받은 것이리라.

"그러더니 3년 후에 돈 보따리를 들고 불쑥 나타나 안방에 벌
렁 드러눕더라."

그건 나도 알고 있는 사실이었다.

"더이상 폭행은 없었나요?"

"삼촌이 돌아오자마자 난 신장 치료를 받느라 병원에 입원했
잖니. 퇴원해서 집으로 돌아왔더니 다짜고짜 수속을 밟아놨다며
세연이를 데리고 캐나다로 가라더구나. 그것만이 서로 살 길이
라면서. 별다른 선택의 여지도 없었지만 그땐 차라리 잘됐다 싶
었지."

"거기서 사는 건 어땠어요?"

"세연이가 대학을 졸업할 때까지 삼촌이 매달 송금을 해왔어.
지금이야 세연이가 변호사 일을 하고 있으니 사는 건 별 문제 없
어."

"서울로 돌아오고 싶은 생각은 없어요?"

"나야 왜 안 그렇겠어. 하지만 세연이는 돌아가고 싶어하지 않
아. 한국이 오히려 낯선데다 이미 결혼해서 아이까지 있으니까."

세연이는 프랑스계 캐나다인과 결혼해 딸을 낳았고 숙모와 함께 살고 있었다. 나는 삼촌에게 다시 화제를 돌렸다.

"삼촌은 왜 그 나이에 목욕탕을 전전하며 산대요? 그것도 일종의 결벽증 때문인가요?"

"나야 믿기 힘든 얘기지만 오래전에 사람을 패서 기차 밖으로 내던진 적이 있다고 하더구나. 암만해도 그 사람이 죽은 것 같다는 거야. 그리고 언젠가부터 그 망령이 줄곧 뒤를 따라다닌다는 거야. 밤마다 악몽에 시달리며 괴로워 못살겠다고 술만 먹으면 내게 하소연을 하더구나. 그런데 목욕탕에 들어가면 웬일인지 괜찮다는 거야. 혹시 정수 너도 들은 적 있니?"

나는 그 말에는 굳이 대꾸하지 않았다.

"서울에 한번 나오세요. 만나서 오랜만에 맥주나 한잔하게요."

전화를 끊기 전 나는 그렇게 말했다. 그녀는 내게 숙모이기도 하지만 어쩔 수 없이 그 옛날의 은주이기도 했다. 울먹울먹한 소리로 그녀가 되받았다.

"다 내 잘못이야. 그렇지?"

"……"

"모두 내가 잘못해서 이렇게 된 거라구. 나 이제 정말 한국으로 돌아가 살고 싶어. 삼촌한테 맞아 죽는 한이 있더라도 말이야."

"숙모는 잘못한 거 없어요."

나는 진심으로 그렇게 말했다.

"그리고 조만간 한국으로 돌아오게 될 겁니다. 여기 있는 사람들이 그리워하고 있으니까요."

왠지 그러리라는 생각이 들었다. 돌아올 사람은 결국 돌아오게 되는 것이다.

6

그로부터 두 달이나 지났을까. 어느 날 나는 아버지에게서 걸려온 전화를 받았다. 그의 전화를 받는 순간 나는 불길한 일이 생겼다는 걸 직감적으로 깨달았다. 그러한 경우가 아니면 아버지는 내게 연락을 하지 않는 사람이었다. 삼촌이 신촌 세브란스 병원에 입원해 있다고 아버지는 말했다.

"그동안 소원하게 지냈다만 그래도 삼촌 조카 사인데 들러봐야 하지 않겠냐?"

아버지는 삼촌과 나의 관계에 대해서는 물론 전혀 아는 바가 없었다.

"삼촌이 언제 서울로 오게 된 거죠?"

"진주에 있는 병원에서 오늘 옮겨왔다더라. 의식불명인 채로 말이다. 목욕탕에서 심근경색으로 쓰러졌는데, 가방을 뒤져보니 캐나다에 있는 네 숙모 전화번호가 나왔다더구나. 병원에서 그쪽으로 전화를 했더니 아비 연락처를 알려준 모양이다.”

“삼촌은 지금 어떤 상태죠?”

“상태? 의사 말로는 아예 가망이 없다는구나. 진주 병원에서 응급처치를 해 용케 살려놓긴 한 모양인데 지금 산소호흡기를 달고 중환자실에 누워 있다. 뇌사 상태로 말이다.”

“숙모는요?”

“어제 비행기를 탔다고 하니 오늘내일쯤 아마 도착하겠지. 온들 무슨 소용이 있겠냐만.”

이튿날 숙모가 도착했지만 상황은 변하지 않았다. 열흘쯤 지나자 삼촌의 등과 다리는 살이 물러 진물이 배어나오기 시작했고 담당 의사는 보호자 가족과 대면하는 것조차 꺼렸다. 피가 5분 이상 뇌로 공급되지 않으면 그때부터 사실상 손쓸 방법이 없다는 얘기였다.

그러한 외중에 삼촌의 재산 얘기가 불거져나왔다. 삼촌이 서울을 떠나기 전 호프집 건물을 숙모 명의로 해놓은 사실을 가족들이 뒤늦게 알게 된 것이다. 숙모의 재산상속 문제를 놓고 며칠 볼썽사나운 얘기들이 오갔다. 하지만 아직 삼촌의 숨이 붙어 있는데다 숙모가 아니면 가까이에서 환자를 돌볼 사람이 없자 그 얘기는 일단 뒤로 미뤄졌다. 호프집 건물 외에도 삼촌은 시골에 기와집과 전답을 소유하고 있었다. 그런데 놀랍게도 그 소유권이 이미 10년 전에 내 명의로 변경돼 있었다. 무슨 뜻이었을까?

어느 날 저녁 나는 병원 앞에 있는 호프집에서 숙모와 맥주를 마셨다. 한 달 새 그녀는 겉늙은 할머니로 변해 있었다. 아침저녁으로 30분씩 주어지는 면회 시간을 기다리며 숙모는 날마다 병원 대기실 소파에서 새우잠을 자고 있었다. 재산상속을 위한 자리 지킴이라고 다들 수근거렸으나 숙모는 아랑곳하지 않았다. 조금씩 취해갈 즈음 내가 숙모에게 물었다.

"한국으로 돌아온 기분이 어때요?"

내 말이 무슨 뜻인지 숙모는 얼른 알아듣지 못했다.

"……어떻게 들릴지 모르겠지만, 삼촌이 날 못 알아본대도 이상하게 마음이 편하네. 어쨌든 함께 있으니까 말이야. 자기가 남긴 재산 다 까먹을 때까지만이라도 제발 살아 있어줬으면 좋겠어."

무슨 뜻인지 나도 알 것 같았다.

"우리가 삼촌을 사랑한 건 사실이죠?"

숙모는 삼촌과 나의 첫사랑이었다. 어쨌든 그것만큼은 사실이었다. 숙모는 고개를 갸웃했을 뿐 별다른 대꾸는 하지 않았다.

"아니, 삼촌이 우리를 사랑했던 걸까요?"

맥주잔을 들고 가만히 나를 마주 보던 은주가 이윽고 고개를 끄덕이더니, 순간 환하게 웃었다.

오대산 하늘 구경

1

　그 전화는 내가 공항에서 돌아온 직후에 걸려왔다. 나는 그날 처제의 결혼식에 참석하기 위해 런던으로 떠나는 아내와 아이를 배웅하고 온 길이었다. 결혼식이 끝난 뒤 두 사람은 처갓집 식구들과 함께 유럽을 여행하고 돌아올 계획이었다. 아마 열흘쯤 걸릴 터이었다. 결혼식에서 화동 역을 맡기로 한 아이는 출국 게이트를 통과하며 나를 돌아보고는 힘겹게 손을 흔들어 보였다.

　나는 냉장고 문을 닫고 주머니에서 휴대폰을 꺼내 귀로 가져갔다. 콜라를 반쯤 마실 때까지 상대방은 침묵하고 있었다. 재차 누구냐고 물으려는 터에 그녀가 입을 열었다.

　"아까 문자메시지 보냈는데."

4월에 제천에 함께 다녀오고 나서 3개월 만에 걸려온 전화였다. 그녀의 목소리 뒷전에서 웅웅거리는 안내 방송이 들려왔다. 순간 나는 귀를 의심했다. '잠시 후 홍콩행 캐세이퍼시픽 XXX 여객기가 이륙할 예정이오니 탑승권을 지참하신 승객께서는 속히 출국심사대가 있는 곳으로 나와주시기 바랍니다. 다시 안내 말씀드리겠습니다.'

나는 설마, 하는 심정으로 그녀에게 물었다.

"거기 혹시, 공항인가?"

"도착한 지 한 시간쯤 됐어요."

가을걷이를 한 깻단처럼 메마른 음성이었다.

"어디서 오는 길인데?"

그녀는 북경에서 막 돌아온 참이었다. 봄에 만났을 때 '한중청년작가교류전'을 준비하고 있다는 얘기를 들은 기억이 떠올랐다. 그룹전이었으므로 크게 신경을 쓰는 눈치는 아니었으나 그녀로서는 첫 해외 전시회였다. 그런데 왜 아직까지 공항에 있는 걸까.

"더워서 청사 밖으로 나오기가 싫은 건가?"

그녀는 거북이처럼 느리게 한숨을 몰아쉬었다. 그녀의 도착 전후 내가 인천공항에 있었다는 말은 입 밖에 꺼내지 않았다. 그녀까지 혼란스럽게 하고 싶지는 않았던 것이다.

"메시지 못 받은 모양이네요. 비행기에서 내리자마자 바로 보냈는데."

휴대폰을 항상 진동 모드로 해놓기 때문에 가끔 확인하지 못하는 경우가 있었다.

"지금 통화중이니 직접 얘기해봐."

내 말을 다 듣기도 전에 그녀는 전화를 끊어버렸다. 나는 56분 전에 그녀가 보내온 문자를 확인했다. 긴 메시지였다. 차라리 전화를 거는 편이 나을 뻔했다. 내가 공항에서 막 빠져나와 일산으로 돌아오는 중에 보내온 것이었다.

북경에서 날아오는 동안 그토록 투명하고 푸른 하늘은 난생처음 봤어요. 그것은 우리가 지금껏 보아온 하늘의 풍경이 아니었어요. 하늘이 아예 감쪽같이 사라진 느낌이었으니까요. 아직도 비행기를 타고 상공에 떠 있는 것처럼 좀처럼 움직일 엄두가 나지 않네요. 연락주세요.

그녀는 국제선 청사 1층 스타벅스에 앉아 있었다. 혹시 어디가 아픈 거냐고 나는 조심스럽게 물어보았다.

"비행기 안에서 감기에 걸렸어요."

그녀는 알레르기성 비염 증세로 늘 약을 달고 살았다. 에어컨은 더욱 치명적이었다. 금세 코맹맹이 소리로 그녀가 덧붙였다.

"배도 굉장히 고프고요."

시계를 보니 오후 3시가 지나 있었다. 그녀는 기내에서 제공하는 점심을 먹지 않았다고 했다.

"픽업하러 와줄 수 있어요?"

내가 대답이 없자 그녀도 따라 침묵했다. 아내가 집을 비우자마자, 아니 그보다는 다시 공항으로 갈 생각을 하니 뭔가에 지배를 당하고 있다는 느낌이 들었다. 일단 버스를 타고 광화문쯤으로 나오는 게 어떻겠느냐고 말하려다, 나는 결국 공항으로 가겠다고 말했다. 늘 그렇듯 그녀의 부탁은 거절하기 어려운 것이다. 나는 방금 공항에서 돌아온 옷차림 그대로 다시 지하 주차장으로 내려가 차에 올라탔다.

집에서 나오기 전 인터넷에 접속해 날씨를 검색해보니, 강한 고기압대가 중국 북서쪽에서 한반도 쪽으로 이동하고 있었다. 하지만 기상 특보는 없었다. 영종도로 되돌아가는 동안 이따금씩 하늘을 살펴보았지만 양 떼 모양의 잔구름이 드문드문 흩어져 있을 뿐 역시 별다른 징후는 보이지 않았다.

그녀는 옹색한 2인용 테이블 의자에 앉아 커피잔을 감싸 쥔 채 기도하듯 고개를 숙이고 있었다. 네이비 블루의 바지 정장 차림이었고 의자 옆에는 검정색 샘소나이트 여행용 가방이 놓여 있었다. 내가 다가가자 그녀는 입에 물고 있던 얼음을 커피잔에 떨어뜨리고 고개를 들었다. 이마로 내려와 있던 머리칼을 쓸어 올리며 그녀는 졸음이 쏟아지는 얼굴로 나를 바라보았다. 하지

만 공항까지 픽업을 부탁할 정도로 상태가 심각해 보이지는 않
았다. 나는 습관적으로 담배를 꺼내 피우려다, 도로 주머니에 집
어넣었다.

"담배 끊는다고 안 했나요?"

별거중에 만난 아내처럼 그녀가 말했다.

"오다가 봤는데 하늘은 아무 이상이 없는 것 같은데? 늘 봐오
던 여름 하늘이란 말이지."

그녀는 내 말을 들은 척도 하지 않았다.

"우선 식당에 올라가 뭘 좀 먹지."

"공항에서는 먹고 싶지 않아요."

"그럼 화실로 데려다줄까?"

그녀는 종로구 부암동에 있는 25평형 오피스텔을 화실 겸 거
주지로 사용하고 있었다.

"오늘하고 내일 무슨 약속 있어요?"

"특별한 약속은 없지만 내일 오대산에 들어가 며칠 묵고 나올
예정이야."

"오대산이면 강원도?"

"상원사 동종을 취재해 신문에 뭘 좀 쓰기로 했거든. 그 아래
월정사에서 방을 내준다기에 아예 원고를 마감하고 나오려고."

연미는 실눈을 뜨고 한동안 내 어깨 너머를 응시했다. 무심코
뒤를 돌아보았으나 눈에 띌 만한 장면은 목격되지 않았다. 공항

에 오면 언제나 볼 수 있는 틀에 박힌 풍경이 커피숍 밖으로 스크린처럼 지나가고 있었다.

"그럼 잘됐네요. 우리 여름에 주문진에 가기로 약속했던 거 기억나요? 오늘 주문진에 갔다 내일 오대산으로 들어가면 되겠네요."

봄에 제천으로 복사꽃 구경을 다녀와 광화문에서 헤어질 때 그런 약속을 했던 기억이 떠올랐다. 그런데 누가 먼저 그 말을 꺼냈는지는 기억이 나지 않았다. 그녀는 의미심장한 표정으로 잠깐 웃었다. 하얗고 뾰족한 그녀의 치아가 순간적으로 나타났다 도로 입술 속으로 사라졌다. 그녀가 테이블 위로 몸을 기울이더니 내게 속삭여왔다.

"잊고 있었던 거죠?"

"……"

하루 앞당겨 떠난다고 해서 문제가 될 것은 없었다. 어차피 집은 비어 있는 상태였다.

"그렇다면 집에 들러 몇 가지 준비할 게 있는데."

"일단 여기서 나가요. 좀전에 알레르기 약을 먹었더니 자꾸 졸음이 쏟아지네요."

차에 올라타자마자 그녀는 고개를 옆으로 돌리는가 싶더니 곧 눈을 감았다. 에어컨을 작동할 수 없었으므로 나는 차창을 한 뼘쯤 내렸다. 영종도의 끈끈한 개펄 냄새가 와락 안으로 밀려들어왔다. 일산까지 오는 동안 그녀는 머리칼을 날리며 줄곧 잠들어 있었다. 얼마 전에 새로 조성된 웨스턴돔 지하 주차장에 차를 세우자 그녀는 눈을 떴다.

"여기가 어디죠?"

나는 그녀의 손목을 잡고 엘리베이터를 이용해 2층 식당가로 올라갔다. 그리고 해물 스파게티를 주문하고 맥주를 한 병씩 곁들여 마셨다.

"내일쯤이면 하늘이 그쪽으로 옮겨갈지도 모르겠네요. 강원도 쪽으로요."

후식으로 나온 커피를 마시며 그녀가 독백조로 중얼거렸다. 그녀와는 8년째 만나오고 있었다. 자주 만나는 것은 물론 아니었다. 대체로 계절이 바뀔 즈음 그녀가 연락을 해오는 편이었다. 사람을 만나다보면 변하지 않는 관계가 있고 또한 변할 수 없는 관계가 있다. 이를테면 그녀와 나는 둘 다에 해당하는 관계였다.

내가 짐을 챙기는 동안 그녀는 아파트단지 상가에 있는 미용실에서 머리를 다듬고 있었다. 나는 노트북 컴퓨터와 몇 가지 자료, 카메라, 간단한 등산 장비를 챙겨 가방에 집어넣고 베란다 문을 점검한 다음 집을 나섰다. 청소를 하고 떠났으면 했지만 그럴 만한 여유까지는 없었다.

서울외곽순환도로로 진입한 시각은 대략 5시 30분이었고 월정사 성보박물관에서 전화가 걸려온 것은 그로부터 약 20분 후였다. 내일 도착할 시각을 박물관 담당자가 물어왔다. 오대천의 물 흘러가는 소리가 수화기 속에서 들려오고 있었다. 어제 오대산에 폭우가 쏟아졌다고 했다. 아마도 점심때가 될 거라고 나는 막연하게 말했다.

2

"비가 오면 안 되는데."

차가 동서울 톨게이트를 빠져나갈 무렵 차창에 빗방울이 후득이기 시작했다. 나는 와이퍼를 작동시키며 조수석을 돌아보았다. 그녀의 얼굴에 초조한 빛이 드리워져 있었다. 비바람이 훅하니 차창을 포탄처럼 때리고 지나갔다. 그녀가 고양이 소리를 내며 몸을 웅크렸다. 나는 어딘가의 하늘에 떠 있을 아내와 아들을 생각하고 있었다.

"명상중인가요?"

"……사실은 머리가 좀 멍해 있는 상태야. 오늘 공항에 두 번이나 다녀왔거든."

나는 오늘 일을 그녀에게 곧이곧대로 말해주었다. 잠시 눈을 부릅뜨고 있다가 그녀는 피하듯 말머리를 돌렸다.

"언니하고는 잘 지내요?"

"자기 중심이 분명한 사람이라 상대방은 크게 염두에 두지는 않아. 그럼 별로 문제가 생길 게 없지. 그렇다고 내게 관심이 없는 건 아니야. 다만 긴밀하지 않다는 거지. 오히려 나는 그게 바람직하다고 생각해. 물론 문제가 생기면 서로 협조해서 무난하게 해결하지."

"그게 지금 누구 입장에서 하는 말이에요?"

"입장이 중요한 게 아니라 상태를 말하는 거야."

"난 왠지 이해하기 힘든걸요. 집이 무슨 사무실 분위기잖아요. 아이도 있는데 그렇게 업무 처리하듯 지낼 수 있는 건가요?"

"일종의 균형을 유지하는 방식이라고 보면 되겠지."

내가 더이상 대꾸가 없자 그녀가 수습하듯 말했다.

"물론 회사 일 때문에 언니가 바쁘겠죠. 이쪽은 얽매인 데가 없으니 상대적으로 여유가 있을 테고."

아내는 외국계 은행에 다니고 있었고 나로 말하자면 반 백수나 다름없는 소설가 겸 프리랜서 작가였다. 반 백수란 말은 언젠가 장인이 술에 취해 나를 두고 무심코 내뱉은 소리였다. 하지만 남이 보듯 그렇게 여유가 있는 것은 아니었다. 육아 문제를 포함해 가사의 절반은 내가 담당하고 있는 것이다.

"난 눈앞에 해야 할 일이 있다면 누구라도 먼저 나서서 해야 한다는 주의야."

"내 얘기가 그런 뜻이었나요?"

나는 어쩐지 변명하듯 덧붙였다.

"아내는 누가 보더라도 장점이 많은 사람이야. 그리고 나는 상대방이 갖고 있지 않은 것을 요구하는 타입이 아니야. 우선 있는 그대로를 인정하는 게 중요하다고 생각해. 나는 부부가 서로 닮아간다는 말을 들으면 대략 난감하고 오히려 끔찍하다는 생각이 들어."

그만해도 될 텐데 그녀는 집요하게 말했다.

"장점이 상대방에게는 단점으로 작용하는 경우도 많아요. 누가 봐도 99점이지만 바로 그 점이 다른 사람들을 힘들게 할 수 있다는 거죠. 그런 의미에서 나는 80점 정도면 아주 적절하다고 생각해요. 나머지는 유동적으로 비워놓는 거죠. 그 유동성이 실은 관계를 가능하게 하는 부분이잖아요."

나는 입을 다물었다. 그게 누구라도 아내의 존재를 놓고 토론하고 싶지는 않은 것이다. 그럼에도 그녀가 한 말이 생선가시처럼 가슴에 와 박혔다. 그게 무슨 뜻인지 누구보다 내가 잘 알고 있기 때문이었다. 내가 어떤 곤경에 처하거나 실수를 저지르면 아내는 입을 다물고 뒤로 조용히 물러나곤 했다. 언젠가 내가 음주운전 단속에 걸린 일이 있었다. 경찰서에서 조서를 받는 동안 집에서 전화가 걸려왔고 상황을 전했더니 아내는 가만히 숨을 죽이고 있다 말없이 수화기를 내려놓았다. 그후에도 아내는 그 일을 입 밖에 꺼내지 않았다. 전형적인 중산층 가정에서 중산층 교육을 받고 자란 아내는 남을 대함에 있어서 적당한 여유와 냉정함을 갖추고 있었다. 말하자면 자기 상식 밖에서 일어나는 일은 비록 남편과 관계된 일일지라도 굳이 이해하려 애쓰지 않았다. 그런 아내가 상대적으로 결핍에 시달리며 살아온 나를 남편으로 택한 건 두고두고 불가해한 일이었다. 예술하는 사람에 대한 로망 때문이라고 연애 시절 아내가 밝힌 적이 있지만, 단지 그것 때문이었을까? 어쩌면 나는 그 나머지 불가해함에 매달려 사는지도 몰랐다.

"영국에서 결혼하는 사람이 처제라고 했어요?"

"2년 전에 런던으로 유학을 가서 유전공학을 공부하는 홍콩계 영국인을 만난 모양이야. 그 정체성이 모호한 친구가 얼마 전에 박사학위를 받고 연구소에 취직을 했다더군. 청혼을 받고 한동안 고민하는가 싶더니 결국 받아들인 거지."

"처제를 좋아한다고 하지 않았나요?"

내가 언제 그런 얘기까지 했을까.

"외모와 상관없이 좋은 성격을 타고난 사람이야. 그게 정말 가능한지 모르지만, 누구한테나 항상 관대하고 상냥해. 크게 넘치거나 부족함 없이 말이야. 공부는 언니보다 조금 밑돌았는데, 모자란 부분이 따뜻한 빛으로 채워진 경우지. 누가 내 의견을 물어본 것도 아니지만 처제가 국제결혼을 한다고 했을 때 나는 은근히 반대했어."

“왜요?”

“공부를 마치고 돌아오면 가끔 보고 살 수 있을 거라고 생각했지. 물론 결혼이야 하겠지만.”

“소원도 참 소박하시네요.”

“오래 만나온 가까운 사람과 결혼할 줄 알았어. 처제를 좋아하는 사람들이 주위에 많았으니까.”

“자신만 알고 있는 내면의 어떤 결핍이 있었던 게 아닐까요? 누구나 그런 부분이 있게 마련이잖아요.”

빗방울이 조금씩 굵어지고 있었으나 오래 내릴 비는 아니었다. 호법 나들목에서 영동고속도로로 접어들자 하늘이 회색 이불보처럼 서서히 내려앉고 있었다. 나는 미등을 켰다. 주문진에 도착하면 9시쯤 되겠다. 봄에 연미와 무슨 얘기를 하다 주문진에 가기로 한 걸까.

3

연미와는 2000년 가을에 처음 만났다. 아내와 성곡미술관으로 ‘3인전’을 관람하러 갔다가 우연히 마주친 것이었다. 그즈음 우리 부부는 주말이 되면 곧잘 화랑 구경을 다녔다. 아내는 환기미술관 앞에 있는 ‘자하 만두집’과 성곡미술관 안에 있는 조그만

야외 찻집을 자신의 비밀 아지트인 양 여겼다.

성곡미술관 전시실에는 젊은 동양화가들의 작품이 스물댓 점 전시돼 있었다. 전통 동양화에 서양화 기법을 혼합한 실험적인 작품들이었다. 일반 관람객 입장에서 보면 동양화인지 서양화인지 구분하기가 쉽지 않았다. 그런데 누구라도 동양화임을 알 수 있는 작품이 몇 점 섞여 있었다. 남종화풍의 매화 수묵화 연작이었다. 나는 1층 데스크에서 도록을 구입한 다음 아내와 아이가 기다리고 있는 찻집으로 내려갔다.

전시회를 열고 있는 화가들은 마침 찻집에 모여 앉아 있었다. 매화 연작의 주인공은 이십대 후반의 젊은 여자였다. 청바지와 재킷 차림에 안에는 붉은 티셔츠를 받쳐 입고 있었다. 내 눈길을 감지한 그녀가 고개를 돌려 나를 바라보았다. 왜였을까? 그녀의 속눈썹이 일순 잠자리 날개처럼 퍼덕이더니 곧 물결처럼 잠잠해졌다. 그녀는 서툰 동작으로 담배를 피워물며 종업원에게 커피 리필을 부탁했다. 나는 잠깐 귀를 의심했다. 그녀의 입에서 변성기 사내아이의 목소리가 울려나왔던 것이다. 그 때문인지 아내도 반사적으로 뒤를 돌아보았다. 10월 둘째 주 토요일 오후의 일이었고 전날 비가 내린 탓인지 그날 서울의 하늘은 밤늦게까지 검푸른 빛을 띠고 있었다.

그녀를 다시 만난 건 홍대 근처에 있는 '미세스 마이'란 레스토랑에서였다. 성곡미술관에 다녀오고 한 달쯤 지난 11월 중순

의 일이었다. 그날 저녁 나는 출판사 편집자를 포함한 몇몇 작가
들과 미세스 마이에서 맥주를 마시고 있었다. 며칠 전 동료 작가
의 책이 나와 단출하게 모인 자리였다. 술을 마시다보니 창문에
빗방울이 후드득이는 게 보였다. 화장실에 다녀와 담배를 피울
양으로 나는 밖으로 나갔다. 한때의 바람이 몰려가며 레스토랑
정원의 느티나무 아래로 낙엽이 폭포처럼 쏟아져 내렸다. 야외
테이블에 앉아 있던 사람들이 레스토랑 안으로 서둘러 자리를
옮기는 동안 나는 처마 밑에서 담배를 피워물었다. 그때 누군가
나를 지켜보고 있다는 느낌이 몰려왔다.

그녀는 야외 테이블에 앉아 혼자 맥주를 마시고 있었다. 누구
를 기다리는 모습처럼 보이지는 않았다. 아직은 맞아도 될 정도
의 비였으나 시간이 지나면 어쩔 수 없이 옷이 젖을 터이었다.
눈이 마주쳤으나 딱히 동요하는 기색은 없었다. 레스토랑 안으
로 들어가려다 나는 발길을 돌려 그녀에게 다가갔다. 앉아도 되
겠느냐고 물었으나 그녀는 이내 응대를 하지 않았다.

"성곡에서 만난 적 있죠?"

나는 그녀의 맞은편 의자에 가 앉으며 말했다.

"이름을 기억하고 있습니다."

그녀는 들고 있던 담배를 테이블 모서리 끝에 아슬아슬하게
걸쳐놓고 추위에 질린 얼굴로 나를 마주 보았다. 그녀가 어떤 상
태인지 나로서는 짐작할 수 없었다.

"그래서요?"

예의 변성기 사내아이의 목소리로 그녀가 되받았다. 밀어내는 말투였으나 목소리에는 힘이 없었다. 나는 어두운 화랑에 걸려 있는 그림처럼 그녀를 마주 보았다. 내가 왜 그녀와 합석하게 되었는지 그때는 나 자신도 설명하기 힘들었다. 금단증상처럼 갈증이 몰려왔다. 나는 종업원처럼 그녀에게 물었다.

"맥주 좀 가져와도 될까요? 그쪽도 마시고 싶으면 한 잔 더 가져오고요."

그녀는 우두커니 나를 노려보더니 이윽고 고삐를 놓친 사람처럼 말했다.

"그럼 호가든으로 갖다주세요."

나는 종업원을 불러 호가든을 두 병 주문했다. 그제야 정신이 돌아온 듯 그녀가 물어왔다.

"여긴 웬일이세요?"

글쎄요, 라고 나는 무의미하게 되받았다.

"이상한 일이네요."

"그렇죠?"

나는 한 달 전에 성곡미술관에서 매화 연작을 관람한 적이 있다는 사실을 그녀에게 상기시켰다.

"그런데요?"

"비를 맞으며 혼자 앉아 있길래, 그냥 들러봤습니다."

그녀는 고개를 들어 잠시 하늘을 올려다보았다. 그때 레스토랑 안에서 전화가 걸려왔다. 출판사 편집자였다. 나는 수화기를 한 손으로 막고 그녀에게 물었다.

"자리를 옮겨 한잔 더 할까요? 저는 그랬으면 합니다만."

그녀가 망연한 눈빛으로 나를 바라보는 사이, 나는 편집자에게 오늘은 그만 가봐야겠다고 말하고 전화를 끊었다.

"들으셨겠지만 일행과는 방금 헤어졌습니다."

서둘러 맥주를 비우고 나는 자리에서 일어났다.

"빗방울이 굵어지는데 자리부터 옮기죠."

미세스 마이를 빠져나오며 그녀가 비아냥거리는 투로 말했다.

"뭔가에 쫓기는 사람 같네요. 술은 됐고 해장국이나 사주세요."

나도 아까부터 배가 고픈 참이었다. 샐러드 따위를 안주로 계속 술을 마시고 있었던 것이다. 먹자골목으로 들어가 술국과 소주를 주문했다. 비에 젖은 몸이 부들부들 떨려왔다.

"남자가 추위도 많이 타고요."

"나이가 들어가는 모양입니다. 그쪽보다 열 살쯤 많거든요."

"그럼 뭐라고 부를까요? 다시 만날 일은 없겠지만."

"그야 귀신도 모르죠. 오늘은 편의상 삼촌 정도로 해두죠. 나는 여자에 대한 참여의식이 부족해서 감정적인 관계를 원하지 않거든요."

그녀는 가소롭다는 듯이 웃었다.

"여자 일반에 대한 거부감이 존재한다는 뜻인가요?"

"그들의 존재 자체에 대한 이해가 부족하다고 느낍니다. 그러니 개입할 여지가 별로 없는 거죠."

"불행한 타입이군요."

"아마 그럴지도 모르죠."

뭔가 생각하는 듯 그녀는 내 어깨 너머라고 짐작되는 곳을 한동안 노려보았다.

"저도 그쪽을 조금 알아요."

"……"

"실은 그쪽이 쓴 책을 읽은 적이 있어요. 어둡고 무겁고 혼미한 느낌이 드는 소설. 그쪽 말대로 좀처럼 관계가 형성되지 않는 인물들의 이야기. 물론 그것도 삶을 바라보는 하나의 태도일 수는 있겠죠."

"무슨 뜻이죠?"

"믿거나 말거나지만 그쪽 사촌 여동생과 미대를 함께 다녔어요. 오수미, 알죠?"

그녀가 방금 말한 대로 오수미는 나의 사촌 여동생이었다. 지금은 산본 신도시에서 미술학원을 하고 있었다. 재작년에 결혼을 했고 남편은 수제 가구를 만드는 사람이었다.

"오래전에 연락이 끊겼지만 학교 다닐 때 수미가 책을 한 권 읽어보라고 주더군요. 사촌 오빠가 쓴 책이라고 하면서요. 지난 번 성곡에서 봤을 때 책에 있는 사진이 기억나더군요.”

놀랍다면 참으로 놀랍고 하찮다면 또 하찮은 인연이었다. 장난기 어린 눈빛으로 나를 살피던 그녀가 소주잔을 들며 말했다.

“대충 신원 파악이 된 것 같으니 이제 술이나 마시죠.”

나는 갑자기 뒤통수를 얻어맞고 온몸에 맥이 빠지는 느낌이었다.

“혹시 다시 만날 일이 있으면 그쪽이 원하는 대로 삼촌이라고 부르죠.”

그녀에게서 전화가 걸려온 것은 그로부터 5개월이 지난 이듬해 4월이었다. 첫마디에 무람없이 나를 삼촌이라고 불러 되레 당황했던 기억이 난다. 세번째 만나 그녀와 나는 제천으로 복사꽃을 보러 갔고 매년 봄이 되면 그곳을 다녀왔다. 세명대학교 뒤편 언덕에 굽이굽이 펼쳐져 있는 복사꽃밭은 그녀가 대학 때 화구를 짊어지고 다니다 찾아낸 곳이었다. 그리고 내가 성곡미술관에서 보았던 그녀의 작품도 매화가 아니라 복사꽃이었음을 그때서야 알게 되었다. 비록 농담일지라도 애초에 삼촌 조카 관계로 맺어졌으므로 나는 사촌 동생을 대하는 기분으로 그녀를 만났다. 다소 불가해한 일이지만 그런 관계도 있는 것이다.

그녀는 외롭고 힘들게 살아온 사람이었다. 밀양이 고향으로 다섯 살 때 어머니가 병사한 뒤 농협 직원이었던 아버지는 곧 재혼을 했다. 그리고 이듬해 배다른 남동생이 태어났다. 계모 밑에서 꽤나 멸시와 구박을 받으며 자랐다고 했다. 중학교에 입학하던 해 그녀는 제 발로 외할머니를 찾아가 고등학교를 졸업할 때까지만 데리고 있어달라고 매달렸다. 외할머니는 그 즉시 밀양으로 전화를 걸어 죽일 년놈들! 따위의 욕설을 퍼붓고 지금부터 외손녀는 내가 키우겠노라고 말했다. 외할머니는 동두천에서 미군을 상대로 나이트클럽을 운영하여 재산을 모은 큰손이었고 서울에 여러 채의 집을 가지고 있었다. 외할머니는 당시 대학과 여고에 다니는 딸 넷을 정릉에 있는 이층집에서 따로 살게 했다. 동두천은 교육 환경이 좋지 않다고 여겼기 때문이었다.

그녀는 여고를 졸업할 때까지 이모들과 함께 살았다. 그사이 큰 이모와 둘째 이모는 결혼을 해서 정릉을 떠났고 셋째 이모와 막내 이모는 대학생이 되어 있었다. 외할머니가 사채놀이에 휘말려 하루아침에 재산을 날리지만 않았더라면 그녀 역시 대학을 졸업할 때까지 정릉에서 살았을 것이다. 대학에 입학하자 외할머니는 학교 앞에 반지하 단칸방을 얻어주었고 그녀는 거기서 꼬박 4년을 살았다. 등록금은 외할머니와 이모들이 번갈아 해결해주었으나 생활비는 그녀가 벌어서 해결해야 했다. 시간제로 서점, 카페, 레스토랑을 돌며 일했고 푼돈을 받으며 출판사나 기획사에서 흘러나온 일러스트 작업을 해주기도 했다. 그럼에도 전공을 포기하지 않은 것 자체가 기적에 가까운 일이었노라고 그녀는 말했다. 지금도 그녀는 삽화나 애니메이션 작업으로 근근이 생활을 유지하고 있었다.

몇 번의 그룹전을 연 뒤 그녀는 서른에야 개인전을 열었지만 그림은 한 점도 팔리지 않았다. 지명도가 낮은 화랑인 탓도 있었고 젊은 동양화가의 작품을 수집하려는 컬렉터는 현실적으로 찾아보기 힘들었다. 지금까지 그녀는 네 번의 개인전을 열었고 결과는 매번 비슷했다. 그러니 늘 생활고에 시달려야 했다. 어쩌다 그림을 사겠다고 찾아오는 중년 혹은 그 이후의 사내들이 있었는데, 그들은 컬렉터라기보다는 온갖 거드름을 피우고 생색을 내며 그림을 한두 점 사주고 결국 화가를 애인처럼 부려먹으려는 자들이었다. 게다가 고분고분하지 않으면 반말에 욕설도 서슴지 않았다. 그런저런 일을 겪으며 그녀는 변화의 욕구에 시달렸는지도 모른다. 몇 년 전에 그녀는 전농동과 길음동, 용산역 주변의 사라져가는 집창촌을 배경으로 한 작업에 매달려 매스컴에서 화제가 되기도 했으나 결과적으로는 그녀를 더욱 옭아매는 덫으로 작용했다. 화단이나 화랑에서 더이상 그녀의 작품을 인정하거나 전시할 기회를 주지 않았다. 최근에 그녀는 전통 한국화 기법에 서양 추상화 기법을 결합한 작업을 하고 있었으나 자신도 인정하듯 심한 슬럼프에 빠져 있었다. 갈수록 그녀는 심한 울증에 시달리고 있었다. 한 달씩 방 안에 틀어박혀 거울을 보지 않고 지낸 적도 있었고 그쯤 되면 자신이 남처럼 여겨지게 마련이었다. 그러다 올해 가까스로 중국에서 교류전을 열 기회를 얻었으나, 그것도 정부나 미술계에서 지원하는 게 아니라 민간 교류 차원에서 이뤄진 행사였다.

문막휴게소에 들어가 커피를 마시는 동안 비가 꺼끔해지고 있었다. 휴게소에서 15분 정도 지체한 뒤 그녀와 나는 내처 주문진으로 향했다. 어둠이 내려야 할 시각인데 하늘이 퍼렇게 변하고 있었다.

4

"난 터널이 너무 싫어요. 계속 터널을 지나오듯 살았거든요."

둔내터널을 지나며 그녀가 내뱉은 말이었다. 늘상 들어온 말이라서 나는 대꾸를 하지 않았다. 쥐들이야 혹시 모르겠지만 터널을 좋아하는 사람은 없는 것이다.

"왜 결혼식엔 같이 안 갔어요?"

"여행에 조금씩 흥미를 잃어가는데다, 이제는 열한 시간씩 비행기에 못 앉아 있겠어. 그게 아니더라도 처갓집 식구들과 어울려 여행을 한다고 상상해봐. 공항에서 보니 짐이 거의 이삿짐 수준이더군. 결혼식 때 입을 한복이야 그렇다 치고 동네 슈퍼마켓을 통째로 옮겨가더라구. 강남에 살면서 평소엔 입에도 잘 대지 않던 고추장 된장에 김치, 햇반, 라면, 과자, 김, 심지어는 생리대까지 물품 목록에 포함돼 있더군. 요즘은 유럽에서도 다 구입할 수 있는 건데 그렇게 해야 직성이 풀리나봐. 장인이 이북에서 내려온 피난민 출신이라서 그런가? 평소에도 무슨 방물장수처럼 큼지막한 가방을 들고 다녀."

"그 안에 뭐가 들었는데요."

"뭐겠어, 피난 내려올 때 가져온 것들이겠지."

"설마."

"내가 알기론 그래. 뭐 족보, 은수저, 금붙이 조금, 속옷 나부랭이 따위겠지. 그리고 지금은 거기에 현금 다발이 추가됐지. 명절 때 모이면 그 가방을 옆에 끼고 앉아 돈을 한 뭉치씩 꺼내 방바닥에 던져준다구. 나야 그런 돈은 술값으로 곧 없애버리고 말지만."

"돈이 무슨 잘못이게요? 돈 자체는 고마운 거예요. 결국 쓰기 나름이란 말이죠."

재작년인가 장인이 추석 때 술값이나 하라고 던져준 돈을 그날 저녁 연미를 만나 전해준 적이 있었다. 공돈이 좀 생겼는데 생활비에 보태 쓰라고. 돈이 들어 있는 누런 서류봉투를 내려다보고 있다 연미는 떨리는 손으로 가방을 열고 서류봉투를 집어넣었다. 그리고 메마른 눈으로 나를 바라보며 말했다.

"세상에 아무 뜻도 없는 돈이 있군요. 그런 건 없는 줄 알았는

데. 하지만 삼촌이 주는 용돈으로 알고 고맙게 받겠어요. 나중에
벌어서 갚을게요."

"그래, 갚아. 이자는 빼고."

듣기 편하게 나는 그렇게 얘기했다. 그 알량한 돈이라도 갚을
정도가 되면 어떤 식으로든 그녀가 자리를 잡았다는 뜻이 될 터
이었다. 언젠가 그녀는 내게 이런 질문을 한 적이 있었다.

"저를 계속 만나는 이유는 뭐죠? 일방적으로 베풀기만 하잖아
요."

"함께 있으면 뭔가 위안이 돼."

"무슨 위안?"

"글쎄, 결핍을 공유한다고 생각하는지도 모르지."

"결국 그거였어요? 말하자면 하찮은 자기 연민? 차라리 거래
를 하는 편이 마음 편하겠네요."

"이기적으로 들리겠지만 내게는 비합리적이고 비물질적인 관
계가 필요해. 부부 관계를 포함해 늘 거래에 지쳐 있거든."

"그러지 말고 우리도 거래해요. 그게 결국 관계를 맺는 방식
이고 사람이 사는 거잖아요."

"어쩌면 내가 잘못됐는지도 모르지만 너와 감정을 공유하고
싶지는 않아."

"정말 이기적인 사람이네요."

주문진에 도착할 때까지 그녀는 눈을 뜨지 않았다. 잠든 듯했

으나 사이사이 숨소리가 불규칙하게 들려왔다.

9시 무렵 주문진항에 도착해 어시장을 돌아본 뒤 횟집에 들어가 모둠회와 소주를 주문했다. 창을 통해 밤바다가 눈에 들어왔다. 하늘은 청회색을 계속 유지하고 있었다. 문득 시간의 흐름이 정지된 듯한 느낌이 몰려왔다. 바다는 짙은 갈맷빛이었다. 어쩐지 불안한 심정이 되어 나는 화장실에 다녀오는 양 밖으로 나갔다. 하늘 한가운데 달이 떠 있었다. 단무지처럼 노란 원색의 반달이었다. 나는 휴대폰에 내장된 카메라로 하늘을 찍고 액정을 확인해보았다. 7월 초순의 주문진항은 그렇게 원색으로 투명하게 밤이 깊어가고 있었다. 어시장에서 일하는 사람들도 밖으로 나와 하늘을 올려다보며 알아들을 수 없는 소리를 서로 주고받고 있었다.

그나저나 그녀와 나는 어째서 주문진에 와 있는 걸까. 짐작이 갈 만한 일이 있다면 전에 내가 주문진을 배경으로 소설을 한 편 쓴 적이 있으며 연미가 그 소설을 읽었다는 것 정도였다. 그후 연미는 가끔 입버릇처럼 주문진에 가서 살고 싶다는 말을 했다. 하지만 막상 그런 시도는 하지 않았다. 현실과 비현실의 경계처럼 그런 염원조차 아득하게 생각됐는지도 모른다.

소주를 마시는 동안 연미는 훔쳐보듯 바다 쪽으로 얼굴을 돌렸다. 마치 때를 기다리는 짐승 같은 모습으로. 연미는 술이라면 남자 못잖은 주량인데다 그날따라 마시는 속도가 빨라 염려가

됐다. 운전을 염두에 두어야 했으므로 나는 더이상 술잔을 비우지 않았다.

횟집에서 나온 것은 자정 무렵이었다. 하늘과 바다는 변함없이 청회색으로 빛나고 있었고 달의 위치만 남쪽으로 조금 옮겨가 있었다. 술기운을 덜어내고자 나는 방파제 쪽으로 걸어나갔다. 하늘이 무너지듯 머리 위에서 쿵쿵거리는 소리가 들려왔다. 나는 조급한 동작으로 담배를 피워물고 바다로 돌아서 오줌을 누었다.

어느 틈엔가 그녀는 테트라포드를 밟고 내려가 파도가 밀려오는 지점에 위태롭게 서 있었다. 다만 내 눈에만 그렇게 보였던걸까. 그녀가 달빛이 흩어지고 있는 바다로 곧 뛰어들려는 것처럼 보였다. 나는 테트라포드를 건너뛰며 서둘러 아래로 내려갔다. 일순 세찬 바람이 얼굴로 몰려왔다. 나는 그녀에게 바투 다가가 겨드랑이를 잡아끌었다. 버티듯 완강하게 저항하다 그녀는 맥없이 어깨를 늘어뜨렸다.

나는 그녀를 차에 태우고 남쪽으로 내려갔다. 해안에 서 있던 사람들이 드문드문 폭죽을 쏘아올리고 있었다.

"어디로 가는 거죠?"

"지금 월정사로 넘어가야겠어. 진고개는 밤길이 험하니까 다시 영동고속도로를 타면 한 시간쯤 후에 오대산에 도착할 거야. 도착해서 깨울 테니까 자고 있어. 지금부터 아무 말도 하지 말고."

하늘에는 달만 날카롭게 떠 있고 구름과 별은 한 점도 보이지
않았다.

5

월정사 입구 '오대산 켄싱턴플로라호텔'에 도착한 것은 새벽
2시 무렵이었다. 그때까지 연미는 쫓기는 모습으로 자다 깨다를
반복했다. 차가 멈추자 그녀는 눈을 떴다.

"여기가 월정산가요?"

"절 사람들은 지금 다 자고 있어. 오늘 밤은 여기서 묵고 내일
아침 곧장 서울로 올라가. 진부터미널에서 동서울행 버스가 있
으니까 그걸 타면 돼."

나는 트렁크에서 여행 가방을 꺼내 그녀의 손에 손잡이를 쥐
여주었다. 리셉션에는 직원이 단 한 명뿐이었고 그나마 끄덕끄
덕 졸고 있었다.

"호텔 안에 다람쥐 두 마리가 들어왔으니 그만 일어나시죠."

이렇게 두 번이나 속삭였는데도 그녀는 눈을 뜨지 않았다. 나
는 하는 수 없이 벨을 울렸다. 그녀는 자리에서 솟구쳐 일어나더
니 오소리처럼 주위를 두리번거렸다.

"여깁니다."

나는 지갑에서 신용카드를 꺼내 그녀에게 내밀었다.

"맨 꼭대기 층으로, 즉 하늘이 잘 보이는 방으로 부탁합니다."

"침대방 쓰실 거죠?"

나는 뒤에 서 있는 연미를 돌아보았다. 그녀는 이렇다 할 표정이 없었다.

"침대방이라는데요. 이왕이면 트윈으로."

긴가민가한 눈빛으로 여직원은 내 어깨 너머를 바라보았다.

"죄송하지만 더블밖에 없는데요."

"내 그럴 줄 알았소."

나는 룸카드를 받고 영수증에 사인을 했다. 그때 주머니에서 휴대폰이 진저리를 쳤다. 아내에게 걸려온 전화였다. 나는 룸카드를 연미에게 건네주고 로비 밖으로 나갔다.

"통화가 왜 이렇게 힘들어요? 벌써 자는 것도 아닐 텐데."

"영국과 한국은 상당히 멀리 떨어져 있잖아. 아무튼 잘 도착한 모양이군. 애도 괜찮은 거지?"

아내의 목소리는 지쳐 있었고 약간 예민해져 있는 상태였다. 열한 시간 동안 비행기 안에 갇혀 있다보면 누구나 그렇게 되는 것이다. 아내는 히드로 공항에 내려 수하물이 나오기를 기다리는 동안 내게 전화를 걸고 있었다. 런던은 한국 시간으로 어제 저녁이었다.

“집 전화는 안 받던데, 어디죠?”

대개의 기혼녀들처럼 아내도 진실보다 사실을 중요하게 여기는 사람이었다.

“오대산 월정사.”

“절은, 내일 들어간다고 하지 않았어요?”

“하루 앞당겨 왔어.”

“집에서 나올 때 가스밸브 제대로 확인했어요?”

뭔가 석연찮은 눈치였지만 아내는 더이상 구체적인 질문은 하지 않았다. 가스밸브는 잘 확인했다고 나는 다짐이라도 하듯 말했다.

“알았어요. 짐 나오고 있네요. 로밍폰이라 그런지 통화 품질이 썩 좋지 않네. 그만 끊어요.”

때를 놓칠세라 나는 서둘러 말했다.

“아이에게 보고 싶다고 전해줘.”

통화를 끝내자 방금 건축 공사장에서 돌아온 것처럼 익숙한 갈증이 몰려왔다. 나는 엘리베이터를 타고 스카이라운지로 올라갔다. 불면증 때문에 맥주가 필요해서 왔다고, 나는 카운터를 정리하고 있던 여종업원에게 다가가 말했다.

“한 시간 후에는 일어나주셔야 합니다.”

오이처럼 상큼한 미소를 지으며 그녀가 말했다.

“물론 시키는 대로 하겠소.”

그녀는 미소를 머금은 채 맥주와 땅콩이 담긴 접시를 가져다 놓았다. 나는 맥주 한 병을 단숨에 들이켜고 자동적으로 담배에 불을 붙였다. 그리고 연미에게 문자메시지를 보냈다.

"스카이라운지 바에서 알려드립니다. 먼저 주무시라고 어떤 남자 손님이 전해달라십니다."

30분쯤 후에 연미가 스카이라운지 입구에 나타났다. 그녀는 한여름에 오대산으로 신혼여행을 온 여자처럼 보였다. 흰 티셔츠에 연둣빛 스커트, 빨간 샌들 차림이었다. 머리칼은 아직 덜 마른 상태였고 몸에서는 오드콜로뉴 냄새가 났다.

"잠이 안 와서 올라와봤어요."

술병을 닦고 있던 여종업원이 이쪽을 돌아보았다. 미소는 어느덧 사라져 있었다.

"오늘도 저랑 같이 자고 싶지 않은 거죠?"

"변하지 않는 관계에 대해 생각하고 있었어."

"……"

"그리고 어쩌면 내가 연미 너를 사랑하고 있는 건지도 모른다고 생각했어."

그녀는 덧없이 웃었다.

"아뇨, 사실은 내게 그다지 관심이 없어요. 나란 존재는 단지 환절기에 잠시 필요할 뿐인 거예요."

"……"

"삼촌은 언니를 좋아하고 있어요. 그것도 아주 많이."

"글쎄, 그럴까?"

"삼촌이 다른 여자들에게서 구하는 것은 사소한 것들이에요. 말하자면 호텔 여직원의 훈련된 미소나 서비스 같은 거. 그런 건 원래 집에 없는 거니까요."

연미가 위스키를 더블로 한 잔 주문했다.

"나한테 바라는 게 없다는 것 잘 알아요. 단지 삼촌은 가끔 베풀어주고 싶은 어떤 여자가 필요한 거예요. 언니한테는 그럴 수가 없으니까요."

내가 내뿜은 담배연기를 깊이 들이마시고 나서 이윽고 그녀가 말했다.

"내일 올라갈게요. 하지만 여기까지 왔으니 저도 상원사 동종은 보고 가고 싶네요. 동종에 새겨진 비천상을 직접 본 적이 없거든요. 그리고 부처님 진신사리를 모신 적멸보궁에도 가보고 싶고요."

"보궁에 관심이 있는 줄은 미처 몰랐군."

"어딜 가든 호텔 룸에는 관광 안내서가 비치돼 있게 마련이에요. 그럼 저 먼저 내려갈 테니 마시고 오세요."

의자에서 일어나며 그녀가 내 귀에 대고 속삭여왔다.

"내일은 하늘이 깜짝 놀랄 만큼 더 높고 푸를 거예요. 산속에 있는 짐승들이 모두 미쳐 날뛸지도 몰라요."

그녀가 앉아 있던 자리에 마시지 않은 위스키 잔이 놓여 있었다. 나는 그것을 들어 목구멍으로 천천히 흘려넣었다.

6

아침에 나는 호텔 커피숍에서 박물관 담당자에게 전화를 걸어 월정사 입구에 도착했음을 알렸다. 그는 내가 오늘부터 쓸 요사채 방을 잡아두겠노라고 말하며 필요한 게 있느냐고 물어왔다.

"아니, 점심 공양하고 상원사에 다녀와 직접 박물관으로 갈게."

그는 마침 진부에서 점심 약속이 있었다. 그와 통화를 할 때까지만 해도 나는 하늘은 잊고 있었다. 다만 아침에 눈을 뜰 때부터 등짝이 뜯겨져나간 듯한 허전한 느낌이 찾아와 있었다.

"여기서 월정사까지는 얼마나 걸리죠?"

11시쯤 주차장으로 내려온 그녀가 차에 올라타며 말했다.

"천천히 10분? 상원사에 들렀다 중대 사자암을 거쳐 적멸보궁까지 올라갔다 내려오면 오후 서너 시쯤 될 거야."

"여기 자주 와본 모양이에요."

"박물관 담당자와 좀 아는 사이야. 전에 불교계에서 발행하는 신문에서 일했던 사람인데 몇 번 일을 같이한 적이 있어. 그게 아니더라도 강릉을 오가다 몇 번 들른 적이 있어. 월정 삼거리 근처 유천이란 마을에 유명한 막국숫집이 있는데 영동고속도로 진부 구간을 지날 때면 대개 점심때더라구. 그런데 거기서 막국수를 먹다보면 월정사 팔각구층석탑이 떠오르고 팔각구층석탑을 보고 있으면 상원사 동종이 떠오르더군. 그 참에 적멸보궁까지 올라갔다 내려오면 저녁이 되지. 산이 깊어서 그런지 일단 발을 들여놓으면 돌아나오기가 쉽지 않아."

"……"

금강교 앞 주차장에 차를 세우고 그녀와 나는 전나뭇길을 산책했다. 어차피 공양 시간이 되려면 30분 정도 기다려야 했다. 그녀가 늦게 일어나는 바람에 아침을 거른 터였다. 피서철이 시작되기 전인데도 전나뭇길은 관광객으로 붐볐다. 절에서 무슨 큰 행사가 있나 싶었으나 그런 현수막은 눈에 띄지 않았다. 전나무숲길에서 돌아와 공양간에서 점심을 먹는 동안 그녀는 뒷줄에 모여 앉은 단기 출가자들을 줄곧 눈여겨보고 있었다. 그들은 저마다 '묵언'이라고 씌어 있는 패널을 목에 걸고 있었다.

"여름에 한 달간 출가하는 일반 신도들이야."

"한 달 동안 뭘 하나요?"

"스님들과 똑같이 생활하지. 적멸보궁까지 삼보일배도 하고 마지막 날에는 삼천배를 하는데 끝까지 해내는 사람은 드물다고 들었어."

공양간에서 나와 팔각구층석탑이 있는 곳으로 걸어가는 동안 나는 경내에 있는 사람들이 일제히 하늘을 향해 고개를 쳐들고 있는 모습을 발견했다. 사방에서 쑤군거리는 소리가 이명처럼 들려왔다. 여기저기 하늘에 카메라를 겨누고 서 있는 사람들도 보였다. 지상의 모든 것들을 빨아들일 듯 하늘이 푸른 미궁으로 열려 있었다. 서쪽에서 길게 뻗어온 새털구름이 아니었다면 그 누구도 그것을 감히 하늘이라 부를 수 없을 터이었다. 어느 날 세상의 모든 지붕이 사라지고 신혼의 밤에 누군가 난데없이 이불을 걷어 가버린 느낌이었다. 곧 전쟁이라도 터질 듯한 분위기였다. 하늘을 보며 환호하는 사람은 어디에도 없었고 한낮의 유령 같은 얼굴로 피신하듯 적광전과 수광전으로 슬슬 몰려들어갔다. 나는 연미의 손을 잡아끌며 주차장으로 내려갔다. 그리고 비포장도로를 달려 상원사로 올라갔다.

상원사에는 사람이 없었다. 스님들도 어디 갔는지 보이지 않았다. 하안거 결제중인 청량선원 담장 안을 기웃거렸으나 거기도 역시 스님의 그림자는 보이지 않았다. 다만 영산전 안에 노스님이 혼자 등을 돌리고 앉아 염불을 외고 있을 따름이었다.

영산전에서 내려와 그녀와 나는 종루로 향했다. 평소엔 닫혀 있는 종루가 어찌된 일인지 그날은 활짝 열려 있었다. 그녀와 나는 도둑처럼 종각 안으로 들어가 동종의 주위를 느리게 한 바퀴 돌았다. 그녀는 동종을 뚫어지게 바라보더니 이윽고 떨리는 손으로 주악비천상을 쓰다듬었다. 불에 덴 듯 아, 하는 그녀의 밭은소리가 찌르듯 귀에 들려왔다.

"동종에 종꼭지 하나가 없는데, 언제 이렇게 된 거죠?"

종각을 나와 적멸보궁 가는 길로 들어섰을 때 그녀가 숨찬 소리로 물어왔다.

"그걸 종유(鍾乳)라고 한다지. 신라 성덕왕 때 만들어진 동종은 조선조에 불교가 탄압을 받자 안동 문루로 옮겨갔다 예종 원년에 상원사에 봉헌되었어. 그런데 종을 옮겨오는 중 죽령을 넘으려고 하는데, 수레가 움직이지 않더라는 거야. 그래서 종유 하나를 떼어내 안동으로 보냈더니 비로소 움직였다고 해."

물론 전설에 속하는 기록이었다.

"그럼 종소리는 변하지 않았나요?"

"글쎄, 그런 말을 못 들어봤지만 아주 미세한 차이는 있지 않을까? 어쨌든 원형을 상실했으니까."

"……"

"상원사에는 한암(漢巖)이라는 큰스님이 주석했어. 서울 봉은사 조실로 있다가 일제강점기인 1925년에 상원사로 들어와 1951년 입적할 때까지 27년 동안 오대산 밖으로 나간 적이 없다고 해. 1·4후퇴 때도 한암은 절을 지키고 있었는데, 국군이 몰려와 인민군의 소굴이 된다며 절에 불을 지르려 하자 가사와 장삼을 입고 법당에 들어가 앉아 불을 지르라고 했다더군."

"그래서요?"

"군인들은 결국 법당의 문짝만 뜯어 태우고 떠났어. 그후 두 달쯤 지나 한암은 '오늘이 음력으로 2월 14일이지?' 하고 가사와 장삼을 찾아 입고 단정히 앉아 입적했다고 해. 생전엔 하루 두 끼만 먹었고 그중 한 끼는 죽이었어. 공양 후에는 틀니를 빼서 헹군 물까지 마셨다고 하더군. 그만큼 수행에 철저했던 거지."

그녀와 나는 상원사에서 적멸보궁으로 올라가는 중간쯤에 있는 중대 사자암에서 잠시 숨을 돌렸다. 그곳에는 1925년 한암이 오대산으로 들어와 심은 단풍나무(지팡이)가 자라고 있었는데 안타깝게도 몇 년 전에 고사하고 말았다. 그 고사목과 비문은 아직도 그 자리에 남아 있었다.

적멸보궁은 현판 글자 그대로 적멸(寂滅)의 빛에 감싸여 있었다. 보궁 안에는 참배객들이 찾아와 불공을 드리고 있었다.

"불단에 왜 불상이 없는 거죠?"

안을 기웃거리던 연미가 뒤를 돌아보며 물었다.

"부처님 진신사리를 모신 곳은 불상을 따로 안치하지 않는다고 들었어."

그녀는 운동화를 벗고 보궁 안으로 들어가 다른 참배객들과 섞여 절을 하기 시작했다. 나는 고개를 돌려 하늘을 보았다. 거대한 미궁처럼 텅 비어 있는 하늘을. 비로봉에서 흘러내린 산맥

들이 솟구치듯 꿈틀거리고 있었다. 그 광경을 보고 있자니 절로 숨이 막혔다. 보궁 둘레를 돌아 아까 서 있던 자리로 오자 연미 옆에 웬 노비구니 스님이 서 있었다. 그사이 무슨 일이 일어난 걸까. 연미는 노비구니 옆에서 소매로 눈가를 닦아내고 있었다.

"참으로 하늘이 공활한 날이구나."

"……"

"내 여태껏 이런 하늘은 처음 보는구나. 나무아미타불."

보궁 처마 끝의 하늘을 올려다보며 노비구니가 염불하듯 중 얼거렸다. 이어 노비구니가 마당으로 내려서더니 돌을 집어 하 늘을 향해 냅다 집어 던졌다. 돌은 중대 사자암으로 이어지는 돌 계단에 떨어져 아래로 또르르 굴러내려갔다.

"이제 가자꾸나."

연미는 노비구니의 뒤를 따라 계단을 내려가기 시작했다. 그 때까지만 해도 나는 연미에게 무슨 일이 벌어졌는지 눈치채지 못하고 있었다. 아까 왔던 길을 되짚어 사자암을 거쳐 상원사로 내려왔을 때 노비구니가 말했다.

"가는 길에 한암스님 부도에 절이라도 올려야겠다."

연미는 서너 걸음 남짓 사이를 두고 노비구니의 뒤를 따르고 있었다. 한암스님의 부도는 상원사 바로 아래에 있었다. 웬일인 지 나는 연미를 불러세울 수 없었다. 그녀는 이미 노비구니와 일 행이 돼 있었다. 나는 주차장에서 차를 끌고와 부도밭 입구에 세워놓았다. 그네들이 돌아내려오는 것을 보고 나는 연미에게 다가갔다.

"이제 서울로 가야지. 차에 타."

"그래, 남대 지장암 입구까지 빌려 타고 가자."

노비구니가 대신 말하며 뒷좌석에 올라탔다. 지장암은 비구니 수행처였다. 연미는 주저 없이 노비구니 옆에 붙어 앉았다. 월정사까지는 약 7킬로미터였고 지장암은 월정사와 오대천을 사이에 두고 있었다. 비포장도로가 끝나는 곳에서 나는 뒷좌석을 돌아보았다. 연미는 돌처럼 아무 표정이 없었다.

지장암으로 건너가는 다리에서 나는 차를 세웠다. 시동은 끄지 않았다. 이어 뒷좌석에서 내린 두 사람은 익숙한 발걸음으로 다리를 건너가기 시작했다. 더는 안 되겠다 싶어 나는 다급한 목소리로 연미를 불러세웠다. 우뚝 걸음을 멈췄으나, 그녀는 끝내 뒤를 돌아보지 않았다. 내가 계속 뒤따르려는 터에 노비구니가 돌아서서 말했다.

"애는 돌아보지 않을 것이니, 그대는 가던 길로 마저 가게."

내가 다가가려 하자 연미의 발걸음이 저절로 빨라졌다.

"이게 무슨 일입니까?"

나는 노비구니의 등에 대고 외쳤다. 다리를 건너간 노비구니가 땅에서 돌을 주워 내 얼굴을 향해 집어 던졌다.

"아직도 모르겠는가? 이 아이는 오늘 죽었다 겨우 살아난 거야. 산문에 가서 내일 아침까지 기다려보게."

연미는 이미 지장암으로 구부러지는 길로 들어서고 있었다. 나는 그들의 모습이 보이지 않을 때까지 그 자리에 붙박여 있었다. 그제야 나는 연미에게 무슨 일이 일어났는지 알 것 같았다. 나는 고개를 틀어 적멸보궁을 올려다보았다. 아까 그녀는 보궁 안에서 자신의 하늘을 본 게 아니었을까.

예불 소리와 함께 지장암 쪽에서 저녁내 통곡하는 소리가 들리더니 텅 비어 있는 푸르스름한 하늘로 달이 떠오르고 있었다. 나는 전나무숲길로 내려가 밤새 그녀를 기다리고 있었다. 자정이 지나면서 비가 내리다 그쳤고 이윽고 물소리만 점점 귀에서 커져갔다.

그녀가 산문에 모습을 나타낸 것은 새벽 5시 무렵이었다. 전나무숲 사이로 그새 날이 희붐하게 밝아오고 있었다. 그녀는 저만치에서 멈춰 서 석탄 같은 얼굴로 나를 바라보더니, 이윽고 내 옆을 지나쳐 안개 낀 산문을 종종걸음으로 빠져나갔다. 웬일인지 그때 나는 화로처럼 뜨거운 얼굴이 되어 가슴에 심한 부끄러움을 느끼고 있었다.

도비도에서 생긴 일

1

　우리가 도비도에 온 것은 표면상 아무 목적이 없거나 혹은 있
다고 해도 드러내놓고 말할 바는 못 됐다. 굳이 말하자면 범죄현
장을 다시 찾아온 느낌이랄 수 있었는데 그 때문에라도 서로 심
사를 확인하려는 서툰 시도는 하지 않았다. 그렇다면 왜 우리는
도비도에 온 것일까. 그녀의 죽음으로부터 보다 안전하게 피신
하고 싶었던 게 아니었을까. 장례가 끝난 마당에 도비도를 찾은
것부터가 그런 의구심을 불러일으키기에 충분했다. 사람들의 뒷
얘기나 시선에서 비껴나 가증스럽게 면죄부까지 만들어 돌아가
려는 속셈으로 말이다.
　'미쓰 강'이 도비도에서 사망한 것은 일주일 전이었다. 장례식

장은 경향신문사 건너편에 있는 삼성병원이었고 우리는 암묵적으로 합의라도 한 듯 그곳을 찾지 않았다. 남들이 알기에 우리는 고인의 빈소에 나타날 만한 관계가 아니었다. 그러니 얼굴을 내밀어 애써 주의를 집중시킬 필요가 없다고 판단했을 것이다. 자살이냐 사고사이냐를 놓고 한동안 말들이 오갔던 모양인데, 경찰이 사고사로 결론을 내리자 사건은 곧 종결되었다.

그녀의 시신이 벽제화장터로 옮겨간 날 밤, 나는 대학 동기이며 시인이자 출판사 주간으로 일하고 있는 유석의 전화를 받았다. 나는 회사에서 야근중이었다. 이튿날 오전까지 샴푸 신상품 광고에 들어갈 카피 문안을 작성해 올려야 했지만 엊그제 그녀의 부음을 듣고 난 뒤부터 집중력이 현저히 떨어져 있는 상태였다.

"찬수냐?"

그는 탐색하듯 내 이름부터 확인했다. 평소 같았으면 지금 뭐 하나? 전화 좀 빨리 받아, 자식아!라는 식으로 곧장 말문을 열었을 것이다. 나는 버티듯 입을 다물고 있었다.

"이찬수, 듣고 있나?"

"이 시간에 왜 또 전화질이야."

나는 파리를 쫓는 투로 되받았다.

"짜증내지 마, 인마. 안 그래도 기분이 쿰쿰한데. 나와서 술이나 한잔하자."

그는 이미 술을 마신 상태였다.

"바쁘니까 다른 데 알아봐. 취해서 쓸데없는 말 나불대지 말고 속히 집에 들어가 마누라나 챙기든지."

그다음 말은 안 듣는 게 좋았겠지만 그는 멈추지 않았다.

"너 정말 이럴 거야? 미쓰 강 때문인 거 너도 알잖아."

"그래서, 뭘 어쩌자고."

"뭘 어쩌자는 게 아니잖아. 우리끼리 푸닥거리나 한번 하자는 거지."

곰곰이 생각하다 나는 타협안을 내놓듯 이런 말을 꺼냈다.

"주말에 어디 가서 같이 바람이나 쏘이고 오는 건 어때. 차라리 그게 낫지 않겠어?"

2

'미쓰 강'의 본명은 강혜경이고 나이는 대략 서른여섯, 대학에서는 영문학을 전공했으며 졸업하던 해 모 영화사에서 주최하는 시나리오 공모에 당선돼 영화계에 입문(?)하게 되었다. 원래는 소설을 쓰고 싶어했다는데(대학 문학상에 당선한 경력이 있었다), 본인 말로는 도랑에 발을 헛디디듯 영화 동아리에 들어가 두어 편 시나리오를 쓰게 됐고 그중 한 편이 '덜컥' 공모에 당선되고 말았다. 하지만 당선된 작품이 곧바로 영화로 만들어진 것은 아니었다. 이 사람 저 사람 손을 거치면서 난도질 당하듯 작품이 뜯어고쳐졌고 그로부터 3년 후에나 어렵사리 영화로 만들어졌는데 개봉 3일 만에 간판을 내리고 말았다. 영화판에 진절머리가 난 그녀는 다시 소설이나 써볼까 두어 해 남의 빈집이나 오피스텔을 전전하며 신춘문예 준비를 해봤으나 뜻대로 되지 않았다. 그후에도 미련을 버리지 못해 공모에 투고할 요량으로 장편소설을 쓰다 말다 하며 세월을 보냈다. 하지만 좀처럼 소설의 끝은 보이지 않았다. 잊을 만하면 영화사에서 연락이 와 남이 쓴 시나리오를 개작하는 일을 맡겼는데 거절을 할 처지나 입장이 못 됐다. 그녀가 수정한 시나리오는 후에 다른 작가의 손으로 옮겨갔고 마침내 시나리오가 완성되면 영화사에서는 그때부터 투자자를 수소문하고 나섰다. 감독을 구하는 일은 별문제가 아니었다. 이제나저제나 영화사에서 연락이 오기를 기다리는 건 감독들도 마찬가지였다. 그러니 언제 투자자가 결정되고 언제 크랭크인하고 또한 영화가 완성되더라도 언제 극장을 잡아 개봉이 될지는 영화사 관계자는 물론이고 제아무리 소문난 점쟁이라도 알아맞히기 힘들었다. 결론적으로 말해 그녀는 이래저래 십이삼 년을 영화계에 몸담고 있었으나 데뷔작 외에는 제대로 내세울 만한 작품이란 게 없었다.

우리가 그녀를 만난 것도 그런 지지부진한 와중이었다. 어느 날 우리는 강남에 있는 엘루이라는 조그만 호텔에서 열린 어떤

영화감독의 결혼식에 참석하게 되었는데, 나는 감독과는 생면부
지인데다 초대장을 받고 간 것도 아니었다. 내 기억으로는 유석
이 모 영화사의 기획실장과 평소에 좀 아는 사이였고 기획실장
과 감독의 관계는 애초에 내 관심 밖이었다. 요약하자면 유석은
그날 영화사 기획실장과 약속이 있었고 나는 유석을 만날 일이
있었는데, 시간이 엇비슷하게 겹쳐 편의상 결혼식장으로 약속
장소를 변경하게 된 것이었다. 유석의 말로는 내가 광고회사에
있으니 기획실장과 알아두면 나중에라도 영화사 홍보 일을 따낼
가능성이 없지 않다는 것이었는데, 그건 사실상 하나 마나 한 헛
소리에 지나지 않았다. 나와 유석의 그날 만남이 그닥 갈급하지
않았던 것처럼 유석과 기획실장의 만남 또한 불요불급해 보였
다. 요컨대 주말이고 하니 핑계 김에 만나 혼음(混飮)을 하자는
정도였다. 헤어질 때까지의 경과도 그러했다.

　결혼식이 끝나고 우리는 기획실장의 일방적인 제의에 따라
방배동의 룸살롱으로 옮겨갔고 일행 중에는 영화사 직원으로 보
이는 사람 서너 명이 끼어 있었다. 그중 여자가 한 명 있었는데
나는 영화사 사람들은 룸살롱까지 여직원을 데리고 다니나 싶은
정도로만 무심히 보아 넘겼다. 삼십대 중반 가량에 옷은 말쑥한
정장 차림이었으나 눈빛이 소심하고 입이 무거워 평소 주의주장
에 익숙하지 않은 사람이라는 걸 알 수 있었다. 알고 보니 그럴
만한 사정이 있었다. 그녀는 기획실장의 시중드는 역할을 도맡

아 하고 있었으며 다른 직원들까지 덩달아 그녀를 사환처럼 대하고 있었다. 이름도 나중에야 들어서 알았는데 초면인 나와 유석을 제외하고는 다들 그녀를 '미쓰 강'이라고 불렀다. 그게 언제 적 호칭이든 명백히 성차별의 의미가 포함돼 있다는 사실을 모를 리 없건만 그녀는 그런 사태를 지속적으로 방관하고 있었다. '미쓰 강'이라는 말이 귀에 들려올 때마다 나는 은근히 반감에 사로잡히곤 했는데 그건 유석도 마찬가지였던 모양이다.

"요즘이 어느 시댄데 미쓰란 호칭을 써. 보통 누구씨라고 불러주는 게 예의 아니야?"

유석이 기획실장에게 툭 집어 던진 말이었다. 그러나 기획실장은 아예 들은 숭 만 숭이었다. 룸살롱 여급들이 빤히 지켜보는 가운데 그녀에게 술을 따르게 하고 담배 심부름에 노래까지 서너 곡 시키고 그것도 모자라 블루스를 강요하다시피 했다. 그때쯤 우리는 그녀가 영화사 직원도 아닌데다 엄연히 시나리오 작가라는 사실을 알게 되었다.

"야, 너 작가 선생한테 너무한 거 아니야?"

보다 못한 유석이 자리에서 벌떡 일어나더니 기획실장을 향해 소리쳤다.

"영화사 기획실장이란 게 도대체 뭐야! 응? 네가 국회의원이라도 돼?"

일별하니 좌불안석인 건 오히려 미쓰 강이었다. 기획실장은 당황하기는커녕 유석을 비스듬히 올려다보며 비아냥거렸다.

"가재는 게 편이라고 네가 지금 시인이랍시고 미쓰 강 편드는 거냐? 그럼 시인은 뭔데? 대낮부터 여자 불러놓고 술 마시는 건 피차일반 아냐? 꼴값 떨지 말고 앉아서 술이나 받아 처먹어, 자식아."

대뜸 말문을 잃고 유석은 제풀에 자리에 주저앉는가 싶더니 뒤미처 분을 삭이지 못했는지 다시 자리를 차고 일어나 휑하니 밖으로 나가버렸다. 내가 뒤따라 나가려는 터에 기획실장이 뒤통수에 대고 주절거렸다.

"이왕이면 미쓰 강도 데리고 나가슈. 아직 초저녁인데 한잔 더 해야지 않수?"

미쓰 강이 어물쩍하게 쳐다보자 기획실장은 안 나갈 거야? 라며 그녀를 노려보았다.

그녀가 혼자 가겠다는 걸 유석은 억지스럽게 택시에 태워 인사동으로 갔다. 그리고 뒤도 돌아보지 않은 채 포장마차로 들어갔다. 그새 발밑에 슬슬 어둠이 깔리고 있었다. 방배동에서의 일은 까맣게 잊은 듯 아니면 잊으려는 듯 유석은 붕장어에 홍합탕에 소주에 맥주를 시켜놓고 마구잡이로 마시기 시작했다.

"혜경씨한테 미안하게 됐습니다. 괜히 흥분해서 입장만 곤란하게 한 것 같군요."

유석이 뒤늦게 수습하려 했으나 그녀도 만만하게 나오지 않았다.

"아시네요. 안 그래도 곤란한 처진데, 오늘 내 밥줄까지 끊어 놓은 거 아시죠?"

"그래도 그렇지, 무슨 영화를 보겠다고 저런 쓰레기들과 어울려 청춘을 낭비하는 겁니까?"

"청춘요? 지금 장난해요?"

그녀는 매달 영화사에서 지불하는 생활비를 받고 현재 남이 쓴 시나리오를 고쳐 쓰고 있는 중이었다. 변변찮은 돈이었으나 그거라도 없으면 생활을 유지하기 힘들었다. 한참 궁리하는 눈치더니 유석이 혜경에게 뜻밖의 제안을 했다.

"우리가 매달 그 돈을 선인세로 지불할 테니, 그 쓰다 말았다는 장편소설을 마저 끝내는 건 어때요? 오륙 개월 정도 잡고 말입니다. 그 전에 혜경씨 소설을 대략 검토할 기회는 줘야겠죠."

"우리라뇨?"

"내가 주간으로 일하고 있는 출판사 말입니다."

나는 두 사람이 나누는 대화를 들으며 사이사이 소주나 마시고 있었다.

"그래서 그 책이 선인세만큼 안 팔리면요?"

"그건 출판사에서 감당할 몫입니다."

긴가민가한 눈빛으로 혜경이 나를 돌아보았다.

"왠지 로또 복권을 사라는 얘기처럼 들리는데요. 안 그래요?"

유석의 제안이 충동적으로 들리긴 했으나 나야 끼어들 입장
이 아니었다.

"손해 볼 건 없잖습니까?"

"왜 나한테 그런 제안을 하는 건데요?"

"나 때문에 밥줄이 끊겼다니 하는 소립니다."

"그것뿐인가요?"

"강혜경씨 본명을 되찾자는 취지도 포함시키죠. 어떻게 만났
든 오늘부로 서로 알게 됐잖습니까."

"아까부터 간첩처럼 듣고만 있는 그쪽은 어떻게 생각하세요?
카피라이터라면서요."

대꾸할 말이 떠오르지 않아 나는 되는대로 얼버무렸다.

"나도 뭐 날품팔이 같은 처지라 딱히 할 얘기가 없네요. 하지
만 자기 명의의 저작권을 소유한다는 건 나름 근사한 일이겠죠.
일이 잘되는 경우의 얘기겠지만."

저작권요? 하면서 혜경은 그날 처음 소리내 웃었다.

3

그로부터 두 달쯤 지나 나는 유석과 함께 도비도라는 곳을 가
게 되었다. 금요일이었던가. 퇴근 후에 유석의 출판사에 들렀다

함께 저녁을 먹는 자리에서 난데없이 그의 입에서 도비도라는 말이 튀어나왔다. 그때까지 나는 도비도가 지명인지조차 모르고 있었다.

"당진 왜목마을 알지? 왜 연말쯤 되면 신문에 한 번씩 나오잖아. 일출로 유명한 서해안 마을 말이야."

"근데?"

"거기서 차로 10분쯤 가면 도비도라는 섬이 있어."

"섬?"

"대호방조제가 축조되기 전에는 섬이었는데 지금은 육지와 연결됐지. 왜목마을은 실제로 볼 게 없지만 도비도는 개펄에다 일몰에다 철새에다 두루 서해다운 정취를 갖추고 있어. 대호방조제가 생길 때 휴양촌으로 개발됐다는데, 왜목마을에 막혀 찾아오는 사람이 드문가봐. 한적한 게 술 마시기에 그만이란 뜻이지."

귀가 솔깃하긴 했으나 단지 술을 마시자고 거기까지 가기는 부담스러웠다.

"서해안고속도로를 타면 두 시간밖에 안 걸려. 서해대교 건너자마자 송악나들목으로 빠지면 당진 화력발전소 지나 금방이거든."

"그러니까 지금 사내 둘이 도비도라는 섬에 가서 술 마시고 동침하고 내일 손잡고 서울로 돌아오잔 말이야?"

"오갈 때는 둘이지만 술은 혼성으로 마셔야지."

나는 그 말을 시골 단란주점 아가씨들과 뒤섞여 음주가무를 하자는 말로 알아들었다. 내가 별로 내켜 하지 않자 성미 급한 유석이 결국 속내를 드러냈다.

"미쓰 강, 아니 혜경씨가 지금 거기서 지내고 있어."

"거기라면 도비도라는 데 말인가?"

"섬 이름 참 오묘하지?"

문득 짐작 가는 바가 있었으나 나는 모른 척 되물었다.

"혜경씨가 거긴 왜?"

"한 달 전에 소설 쓴다고 들어갔는데 아까 낮에 전화왔더라. 시간 나면 너 데리고 놀러오라고."

"나는 왜?"

"너하고 나하고 공범이라나 뭐라나. 따지고 보면 아니라고 할 수도 없잖아. 안 그래?"

"말도 안 되는 소리. 일은 네가 다 벌여놓고 왜 나를 끌고 들어가려고 해?"

여기까지 말했을 때 마침 혜경에게서 전화가 걸려온 모양이었고 싫다 좋다 할 새도 없이 유석이 내게 휴대폰을 덥석 내밀었다.

"카피 작가세요? 목소리 들으니 반갑네요."

그동안 둘 사이에 무슨 말이 오갔는지 나는 카피 작가로 호칭이 바뀌어 있었고 그녀는 첫 만남 때와는 달리 야릇한 생기에 넘쳐 있었다. 그녀는 내가 보고 싶노라고, 거침없이 말했다. 나는 아연 귀를 의심하지 않을 수 없었다.

"유석씨한테는 절대 비밀이에요. 아셨죠?"

나는 숨이 멎은 듯 침묵하고 있었다. 말이라는 게 내뱉고 나면 곧 대기중으로 흩어지게 마련이지만, 통화중에는 일단 귓속으로 들어오는 법이다.

"여기 대한민국에서 최고로 인심 좋은 횟집이 있어요. 직접 왕림하셔서 증명해주지 않을래요?"

"글 쓰러 들어가셨다면서요."

나는 우정 퉁명스럽게 되받았다. 그녀가 대꾸가 없기에 나는 휴대폰을 도로 유석에게 넘겨주었다. 통화는 잠시 더 계속됐다.

"원래 성격이 모난 놈이야. 알았어, 내가 다시 잘 구슬러보지."

보고 싶다고? 별 웃기는 여자 다 봤네. 야전에서 오래 굴러먹다보면 그렇게 뻔뻔스러워지기도 하는 모양이었다.

"갈 거야, 안 갈 거야?"

전화를 끊고 나서 유석이 내게 다그쳐 물었다.

"혜경이가 너 보고 싶다잖아."

나는 비로소 허수아비처럼 웃어넘겼다. 그녀와 나 사이에 비밀 따위가 존재할 리 없었다. 어쨌든 마음이 불쑥 허허로워져 서해안은 우럭이 좋다느니 그래도 거기까지 가면 돔을 챙겨 먹어야 한다느니 하는 식의 얘기가 나왔고, 갑자기 화투판에 끌려가는 기분으로 어느덧 나는 그의 차에 올라타고 말았다. 속도 측정 구간만 제외하고는 줄곧 과속으로 내달아 서해대교를 건너 당진 화력발전소와 왜목마을 입구를 지나 도비도 휴양촌에 도착한 것은 밤 9시 무렵이었다. 그녀는 횟집에 미리 나와 기다리고 있었다.

혜경이 아까 인심 좋은 횟집 운운했던 말은 과장이 아니었다. 1킬로그램짜리 돔을 한 마리 주문했을 뿐인데, 가리비 회에 구이에 대합탕에 산낙지에 초밥에 대하 튀김에 돔 머리 구이에 해삼 멍게까지 딸려나왔다. 이래서 뭐가 남나 싶게 상이 가득 찼다. 짐작건대 아마도 장사가 안 돼 홍보 차원에서 있는 대로 가져다주는 게 아닌가 싶었다.

자정께 횟집에서 나와 세 사람은 바닷물이 넘칠 듯 밀려와 있는 선착장으로 나갔다. 고깃배들이 검푸른 바다에 판잣집들처럼 빼곡히 떠 있었다. 여기서 유람선을 타면 건너편 난지도로 갈 수 있다고 혜경이 어둠 속에서 중얼거렸다. 섬들이 눈앞에 검은 무덤들처럼 떠 있었기에 어디가 난지도인지는 나로서는 알 수 없었다. 유석이 슈퍼마켓으로 담배를 사러 간 사이 혜경이 내 옆으로 다가왔다.

"소설은 잘돼갑니까?"

내가 먼저 입을 열었고 웬일인지 한참 뒤에나 대답이 돌아왔다.

"글쎄요, 난 소설가가 아닌데 책을 내더라도 누가 읽어주겠어요?"

“……”

“약속을 했으니 소설을 끝내긴 할 거예요. 책으로 나오게 될지 어떨지도 모르겠지만.”

어쩐지 변명조로 그녀가 덧붙였다.

“그런데 왜 여기에 내려와 있는 겁니까?”

역시 한참 뒤에나 대답이 돌아왔다.

“유석씨 친구로서 묻는 건가요?”

“뭐 그건 아닙니다만.”

“당분간 쉬고 싶어서요. 물론 소설을 쓰고 싶기도 하구요.”

“실례인 건 알지만, 왠지 가망 없이 들리는데요.”

“그렇죠? 근데 이렇게라도 하지 않으면 당장 살길이 막연한 걸요.”

“사정이 이렇다는 걸 유석이도 아나요?”

“그쪽은 전문간데 나보다 더 빤히 알지 않겠어요?”

“……”

“유석씨가 실수한 거죠.”

“알면서 왜 그랬을까요?”

“시인이라서 그런 게 아니었을까요? 시인들은 대개 마음이 약하잖아요.”

“그렇다면 이쪽에서도 알고서 속인 겁니까?”

“반은 속인 셈이죠. 나머지 반은 저쪽에서 속인 거구요.”

“그건 또 무슨 말입니까?”

“내가 쓴 소설을 읽고 나서 유석씨가 그러더군요. 내용이 너무 진부하니까 맘먹고 본격 연애소설을 써보라구요. 필명으로 낸 본격 연애소설들이 소리 소문 없이 시장에서 꽤 팔린다구요. 원래 그런 소설들은 편집자와 의논해서 쓰는 거라구요.”

“참견할 바는 못 되지만 지금이라도 짐을 싸서 영화계로 돌아가지그래요?”

“그건 싫은걸요. 전에 보셨다시피 그동안 영화판에서 지칠 만큼 지쳤거든요. 그러니 이편이 조금 낫지 않을까요? 어쨌든 내 일을 하는 거니까요.”

“하지만 본명을 되찾긴 어렵게 됐군요.”

“미쓰 강이라고 불러도 상관없어요. 그것도 부르는 사람에 따라서는 다르게 들리기도 하니까요.”

“그 말은 혜경씨와 나 사이에 비밀이 생겼다는 뜻입니까?”

쿡, 웃고 나서 그녀가 되받았다.

“무슨 비밀? 내일 서울로 올라갈 때 두 사람이 차 안에 앉아 내 얘기를 주고받을 게 뻔한데. 맞죠?”

“그럴지도 모르죠.”

“에로영화 대본 쓰는 자세로 지금 연애소설이라는 걸 쓰고 있네요. 뭐 이거나 저거나죠. 유석씨 말대로 소설이 안 팔리더라도 영화 대본으로 고쳐 써서 영화사에 넘기면 비디오는 가능할 거예요. 이를테면 유석씨에게 갚을 돈은 생긴다 그런 말이죠."

"셈이 빠른 편이군요."

"세상에 공짜가 없거든요. 왜, 몰랐어요? 유석씨가 이미 여기에 두어 번 다녀갔다는 거."

"……"

"근데 왜 오늘은 카피 작가님을 모셔왔냐구요? 그야 이제부터 슬슬 발을 빼기 위해서겠죠. 나야 다 알고 있지만 처음부터 유석씨한테 감정이 없었으니까 별로 상관없어요. 나도 아쉬운 게 있었으니까요."

담배를 사러 간다던 유석은 좀처럼 돌아오지 않고 있었다.

"아까 전화에다 한 말 사실이에요."

"내게 무슨 말을 했는데요?"

"보고 싶다고 했을 텐데요. 앞으로도 그럴 조짐이 보이구요."

"고마운 말이지만 별로 감동스럽지 않은데요."

"그래도 언젠가 한 번은 여길 찾아오게 될걸요?"

"경험상 그렇다는 겁니까?"

"대체로 그렇죠. 남자들은 공짜라면 사족을 못 쓰거든요."

유석에게 전화를 걸어보니 그는 횟집 옆에 있는 생맥줏집에 앉아 있었다. 곧 합석해 새벽 2시 무렵까지 술을 마신 다음 세 사람은 지하 노래방으로 내려갔고 4시경에야 자리를 파하고 숙소로 들어갔다. 이어 혜경이 묵고 있는 옆방에서 유석과 나는 양

치도 못 한 채 곯아떨어졌고 오전 11시나 돼서 그녀가 걸어온 전화를 받고 잠에서 깨어났다.

서해안고속도로를 타고 서울로 돌아오는 도중 우리는 어느덧 혜경에 대한 얘기를 주고받고 있었다. 그 얘기밖에는 달리 할 말이 없는 사람들처럼.

"혜경씨한테 무리한 부담을 지운 거 아니야?"

"왜, 미쓰 강이 그래?"

차창을 내리고 담배를 피워물며 유석이 되받았다.

"나름 힘들겠지. 하지만 안 힘든 일이라는 게 있어?"

"전에 쓴 소설 읽어봤다면서. 어떤 것 같아?"

"어떻긴. 특별히 기대한 건 아니지만 한물간 유행가 수준이지. 신파 플러스 멜로 괄호 치고 제곱."

"허진호의 〈8월의 크리스마스〉나 〈봄날은 간다〉도 멜로 아니야? 그런데 꽤 괜찮잖아."

"영화야 배우로 팔아먹는 거고 또 감독 작품이잖아. 그걸 무명의 작가가 그대로 소설로 옮겨놓는다고 상상해봐. 그야말로 신파만 앙상하게 남는 거지. 소설가들이야 그걸 문체로 교묘하게 커버하지만 미쓰 강은 영화 대본을 쓰던 습관이 몸에 배나서 그런지 대사는 그럭저럭 되는데 도대체 지문이 안 나와. 문체라는 건 결국 지문이잖아. 안 그래?"

"내가 소설에 대해 뭘 아나."

"너도 일찌감치 시 집어치우고 카피로 나서길 잘했어. 알다시피 요즘 누가 시를 읽냐? 나만 해도 남들이 쓴 시는 어려워서 못 읽겠더라. 왜 갈수록 시를 어렵게들 쓰려고 하는지 모르겠어. 내가 어려워하는데 독자들은 어떻겠어. 안 그래?"

"나는 네가 쓴 시도 어렵더라."

"거봐. 전직 시인이 한다는 소리가 옆에 앉아 있는 친구 시도 어렵다잖아."

"혜경씨 소설, 책으로 낼 거야?"

"팔릴 것 같으면 내야지. 그러자면 우선 제목하고 줄거리가 자극적이고 선명해야 돼. 쓸데없이 늘어지거나 어려워서는 절대 안 된다니까. 버지니아 울프라도 되면 뭐 어쩔 수 없겠지만."

"상품성이 없다고 판단해 책을 못 내게 되면?"

"윤문이라도 시켜야지 뭐. 요즘 외국소설들 번역 많이 되잖아? 그런데 번역하는 자들이 외국어는 좀 하는지 몰라도 한국어 문법은 대개 엉망이야. 윤문을 하지 않으면 도저히 책으로 낼 수 없는 수준이란 말이지."

"그럼 혜경씨가 쓴 소설은 휴지통으로 들어가는 건가?"

"출판이 안 되면 영화 대본으로 고쳐 쓰겠다고 하더군."

"비디오가 아니고?"

"비디오 대본 정도 되면 소설이라도 팔리지 않겠어?"

"듣자 하니, 너 아까부터 말을 함부로 하는 거 같다."

눈치가 없는 건 아닐 텐데, 유석은 태도를 바꾸지 않았다.

"난 지금 독자의 일반적 수준과 시장경제 현실을 말하는 거야."

"시장경제? 시인이 새삼스럽게 별말을 다 하는구나."

"그래서 내가 너한테 카피 작가로 나선 게 오히려 우아한 선택이라고 했던 거야."

"나는 지금 네 얘기를 하고 있는 건데."

"나? 나 시 안 쓴 지 오래됐다."

"앞으로도 안 쓸 거지?"

"아마 그렇게 되지 않겠냐? 당장 처자식부터 먹여 살리고 봐야지."

"그래, 안 썼으면 좋겠다. 일반 독자 입장에서 하는 얘기야."

아무리 허랑방탕한 위인이라도 내가 계속 독화살을 날리고 있다는 걸 모를 리 없건만 그는 끝내 가면을 벗지 않았다. 맨얼굴을 드러내기에는 때가 늦어 있었을 것이다.

그후 1년 가까이 유석은 내게 연락을 해오지 않았다.

4

책 애기부터 하자면 혜경이 쓴 소설은 끝내 출판되지 않았다. 유석과 도비도에 다녀오고 나서 5개월쯤 됐을까. 어느 날 저녁

나는 혜경이 걸어온 전화를 받았다. 서울로 돌아왔노라고 그녀는 말문을 열었다. 소설은 잘 끝냈느냐고 나는 그저 안부 삼아 물었다.

"방금 출판사에 원고 전송하고 전화하는 거예요."

"고생했네요."

"……고마워요."

"뭐가요?"

"출판사에서는 그런 말조차 안 하던걸요? 유석씨는 전화할 때마다 자리에 없다고 하고 방금 편집부 여직원하고 통화했는데 내가 누군지도 잘 모르던걸요. 탈고 기념으로 한잔 사줄 사람을 수소문하고 있는 중인데, 반갑지는 않겠지만 카피 작가께서 일차 당첨자네요. 사주실 거죠?"

"……"

"사주세요."

그녀의 목소리가 절박하게 들렸기에 나는 마음이 흔들렸다. 그녀는 팸플릿을 읽듯 시간과 장소를 말한 뒤 체념조로 전화를 끊었다. 나는 잠시 생각하다 당사자 격인 유석에게 전화를 걸어 혜경과 통화한 내용을 얼기설기 전했다.

"둘이 만나."

가만히 듣고 있다 그가 시큰둥하게 말했다.

"난 원고부터 읽어봐야지."

"그다음엔?"

"편집부, 영업부 직원들한테 돌려 읽게 하고 기획회의를 한 다음에 다시 생각해봐야지."

나는 괜히 부아가 치밀어올랐다.

"내가 계속 시를 썼으면 당장 쫓아가서 네 주둥이를 꿰매놓을 텐데, 카피 작가라서 참는 거 알고 있지?"

"알지. 너나 나나 시를 버린 지 오래 아니냐. 이제 와서 하는 얘기지만 네가 쓴 카피 보고 절망할 때가 한두 번이 아니었다. 저작권이야 물론 너한테 있는 거지만 네가 전에 썼던 시를 베껴서 카피를 만든 게 여러 편이더구나. 오죽하면 그랬겠냐만 나까지 참담하더구나. 그래, 지금은 이해한다. 바쁘니까 다음에 다시 연락하자."

변소에 앉아 있다 난데없이 지붕에 폭탄을 맞은 심정으로 나는 전화를 끊고 서둘러 밖으로 나갔다. 혜경을 만나기에 적절한 상황이 아니라는 걸 알면서도 나는 그녀가 알려준 장소로 나갔다. 옹색하기 짝이 없는 발상이지만 심정이 비슷한 사람이라도 만나 어서 취하고 싶었다. 혜화동 연우소극장 근처에 있는 조개구이집에 앉아 나는 맥주에 소주를 섞어 급히 몇 잔을 들이켰다. 팔짱을 낀 채 물끄러미 나를 바라보고 있던 혜경이 혀를 차며 말했다.

"오늘 내가 만나자고 안 했으면 어쩔 뻔했어요?"

"아무 말도 하지 말고 그냥 마십시다. 난 음주중 대화는 딱 질
색이니까."

"그럼 혼자 비키니 바 같은 데 가서 마시지 왜 나왔어요?"

"에이, 씨발!"

무심코 내 입에서 튀어나온 말에 눈을 반짝 뜨고 쳐다보던 혜
경이 돌연 쿡쿡거리며 웃었다.

"한결 좋은데요."

"뭐가?"

나도 모르게 반말이 튀어나왔다.

"전직 시인다워요. 카피 작가도 뭐 괜찮지만."

"미쓰 강, 이젠 당신까지 내 두엄 같은 속을 갈퀴로 긁어낼 거
요?"

주위에 앉아 있던 사람들이 기웃기웃 이쪽을 돌아보았다. 그
녀는 계속 배싯거리고 있었다.

"찬수씨 입에서 미쓰 강이라는 말이 나오니까 기분이 좀 묘하
네요. 사실 의미를 따지면 예쁜 호칭 아닌가요?"

의미? 그래, 그럼 지금부터 너는 'miss 江'이다. 눈앞이 오락
가락한 와중에 나는 먼 데 강을 떠올리고 있었다. 가늘게 은빛으
로 빛나며 굽이굽이 흘러가는 새벽 강을. 너무 일찍 취한다 싶은
자각이 몰려와 나는 용을 쓰듯 고개를 치켜들고 혜경을 향해 물
었다.

"장엄하게 탈고했으니 이제부터 뭘 할 작정이오?"

"뭘 하다뇨. 일단 출판사 연락을 기다려봐야죠."

"연락이 안 오면?"

순간 혜경의 낯빛이 차갑게 변하는가 싶더니 곧 불쾌한 눈으로 나를 쏘아보았다.

"비디오용으로 바꿔 쓸 건가?"

"지금 말씀이 지나친 거 아시죠?"

"미쓰 강이 전에 도비도에서 그랬잖아."

"한동안 잘 쉬었다고 생각하고 영화 쪽 일을 다시 시작해야죠. 별수 없잖아요."

"왜 꼭 영화 아니면 소설이지? 찾아보면 다른 일도 있을 거 아냐."

"다른 일 뭐요? 서른다섯이나 먹은 여자가 어디 가서 취직을 하겠어요, 아닌 말로 결혼을 하겠어요?"

"결혼이 뭐 어때서."

"그것도 명백히 취직에 속하는 일인데 왜 난들 생각을 안 해봤겠어요. 근데 이제는 연애조차 하자는 남자가 없네요. 술담배에 찌들어 몸도 별로 좋지 않구요."

그러니 어쩔 수 없이 영화계로 복귀하겠다는 말이었다. 하지만 전에 그녀가 말했다시피 그것은 뜨거운 모래밭에 앉아 누군가 금바늘을 들고 찾아오기를 기다리는 격이었다.

"우리 일 얘기 그만하고 이차로 옮겨요."

"그냥 눌러앉아 마십시다. 어디 가든 그게 그거 아닌가?"

"요 밑에 조용한 카페가 있으니까 옮겨요."

공연이 끝났는지 연극하는 사람들이 몰려들어와 주위가 소란스럽긴 했다. 조개구이집을 나와 연우소극장 아래에 있는, 중년 부인이 운영하는 70년대풍의 카페로 들어갔다. 거기도 연극인들이 옹기종기 모여 앉아 술을 마시고 있었다. 구석 자리에 끼어 앉아 맥주를 시키고 주인에게 〈북한강에서〉를 틀어달라고 했지만 그런 음반은 존재하지 않는다는 대답이 돌아왔다. 잠시 후 패티김의 〈이별〉이란 노래가 흘러나왔다. 화장실에서 돌아온 혜경이 앞자리에 앉으며 눈이 오려나봐요, 진눈깨비가 날리고 있어요, 라고 건조하게 중얼거렸다.

"지금이 겨울인가?"

나는 취한 상태에서 그녀에게 물었다.

"네, 2007년 12월 24일이네요."

"그 말은 즉 오늘이 크리스마스 이브라는 뜻인가? 나야 명절이 웬수 같은 사람이지만. 명절만 되면 우울증이 독감처럼 심해지거든."

"이혼 경력이 있는 사람들은 대개 다 그렇다고 하더군요."

"……"

"이번에는 에이 씨발, 이라고 안 해요?"

고양이처럼 눈치를 살피며 혜경이 물어왔다. 그녀는 내가 시 때문에 이혼까지 하고 카피 작가로 직업을 바꾼 것으로 알고 있었다. 하지만 꼭 그렇다고 말할 수는 없었다. 생활 능력이야 그렇다 치고 가장으로서의 자질이 근본적으로 결여돼 있었던 것이다.

“헤어질 때가 된 것 같으니, 그만 나갑시다.”

시계를 보니 만난 지 세 시간쯤 지나 있었다. 그녀도 덩달아 시계를 확인했다.

“어디로 갈 건데요?”

대꾸가 없자 그녀가 재차 물어왔다.

“갈 데는 있어요?”

맨정신이었다면 코웃음을 쳤을 텐데, 순간 심정이 그만 아득해졌다.

“그러는 당신은?”

“당분간 요 근처에서 살게 됐어요.”

“당분간?”

“친구가 살던 집인데 몇 개월 지방에 내려가 있게 돼 그동안 빌려 쓰기로 했어요.”

“그 친구라는 사람도 당신과 처지가 비슷한 모양이군.”

“사람은 끼리끼리 어울리게 마련이잖아요. 맥주 몇 병 사갖고 들어가 마시고 내일 아침에 가요. 크리스마스 이브잖아요.”

　서울 성곽을 이용해 만든 서울시장 사택 모퉁이를 돌아 그녀와 나는 한성대 방향으로 걸어 올라갔다. 아닌 게 아니라 거리엔 크리스마스 캐럴이 울려퍼지고 있었고 때맞춰 눈까지 내리고 있었다. 비둘기 몇 마리가 길바닥에 내려와 먹이를 찾고 있었다.

　"떠나온 지 며칠 되지도 않았는데 도비도가 자꾸 생각나요. 해 질 무렵엔 종종 쓸쓸한 느낌이 들었지만 지내기에 참 좋았거든요. 앞으로 그리워질 것 같아요."

　나는 그녀와 서 있던 여름밤의 도비도 선착장을 떠올리고 있었다. 슈퍼마켓에서 맥주와 소주와 땅콩을 봉투에 담아 그녀가 나를 데려간 곳은 비좁은 골목 끝에 위치한 낡은 이층집 원룸이었고 방 안엔 서릿발 같은 냉기가 감돌았다. 곧 돌아가야 한다는 의지와 달리 나는 그 추운 공기에 질려 그대로 눌러앉고 말았다. 보일러를 틀었다는데도 방에 좀처럼 온기가 돌지 않았고 온수도 제대로 나오지 않았다. 코트를 걸치고 술을 마셔야 하는 상황이었다. 별다른 얘기도 없이 술을 동 내고 나서 그녀와 나는 어찌어찌 일인용 침대에 올라가 누웠으나 감정은 좀처럼 발전할 기미가 없었다. 아마 추위 때문이었으리라.

　"유혹하려고 데려왔는데 안 되겠네요, 그렇죠? 차라리 모텔로 갈 걸 그랬나요?"

　"그 어둑한 부화장 같은 데 말이오? 그보단 여기 이글루가 그래도 나은 것 같은데."

그녀가 내 가슴에 얼굴을 묻은 채 쿡쿡거리고 웃었다.

"다시 시를 써보는 건 어때요?"

수은 같은 침묵이 흘러가고 나서 혜경이 코맹맹이 소리로 중얼거렸다. 아무래도 할 얘기가 없었던 모양이었다.

"이건 순전히 내 느낌이지만, 시는 여자와 같은 것이더군."

"왜죠?"

"한 번 배신당하면 두 번 다시 울어주지 않더군. 시는 또 물질적으로 눈물과 성분이 같거든. 그것이 굳어 고요한 새벽에 푸르른 돌로 변하게 되지."

나는 그동안 내가 느껴온 진실을 푸념처럼 늘어놓고 있었다. 하지만 그녀는 알아들은 것 같았다. 내게 더이상 눈물이 남아 있지 않다는 것을. 내가 그녀에게 꼭 영화와 소설을 해야겠느냐고 물었던 것처럼 나 역시 시를 써야만 하는 것은 아닐 터였다.

"나중에 내가 다시 도비도에 가게 되면 찾아와줄래요?"

약속할 수 없었으므로 나는 대답을 하지 못했다.

"새 시나리오를 구상중인데 영화사에서 작업 비용을 대주면 다시 도비도로 들어가려구요. 조만간 영화사 사람을 만나기로 했거든요."

나는 그녀가 눈치채지 못하게 한숨을 몰아쉬었다. 비낀 커튼 사이로 거뭇거뭇 눈발이 휘날리는 게 보였다.

"젖은 모래처럼 몸이 피곤한데 잠이 안 오네요. 재워줄 수 있겠어요?”

나는 옆으로 몸을 돌려 그녀의 어깨를 끌어안고 속삭였다.

“봄…… 여름…… 가을…… 겨울.”

쿡쿡 웃더니 그녀가 계속하라고 부추겼다.

“입춘, 우수, 경칩, 춘분, 청명, 곡우.”

“입하, 소만, 망종, 하지…… 그다음엔 뭐죠?”

“소서, 대서, 입추, 처서, 백로, 추분.”

처마 밑에서 비둘기들이 구구거리는 소리가 들려왔다. 아까 길바닥에 내려와 있던 새들일까. 그렇다면 왜 여기까지 따라온 것일까.

“한로, 상강, 입동, 소설……”

이어 대설이 지나고 동지, 소한이 지나고 대한이 가까워질 즈음 그녀는 낮게 코를 골며 잠이 들었다.

5

혜경에게서 다시 연락이 온 것은 이듬해 3월이었다. 도비도라고 했다. 그녀는 전에 말한 대로 영화 시나리오 작업을 하고 있었고 5월에나 서울로 올라올 거라고 했다. 한번 다녀가라고 혜경이 거듭 말했지만 좀처럼 시간이 날 것 같지 않았다. 어쩌면 피하고 있었는지도 모르겠다.

"혹시 연애 시작했어요?"

통화 끝에 그녀가 도발적으로 물어왔다. 그럴 만한 일은 없었으나 나는 아니라고 말하지도 않았다.

"책은 어떻게 돼가지?"

그녀는 냉소적으로 되받았다.

"유석씨한테 전화하면 금방 아실 텐데, 왜 나한테 물어보세요?"

"서로 연락한 지 오래됐거든."

"그렇다면 나한테는 연락하겠어요? 책이고 나발이고 다 물 건너간 게 틀림없어요. 아마 끝까지 읽어보지도 않았을걸요? 읽어봤다면 무슨 얘기가 있어야 할 게 아녜요. 원고 넘기고 벌써 3개월이 지났잖아요. 안 그래요?"

4월에 전화가 걸려왔을 때 그녀의 상태는 좀더 불안하게 느껴졌다. 시나리오가 얼추 끝나가는데 영화사에서 갑자기 작업이 중단됐다는 연락을 해왔다는 것이었다. 그게 무슨 말인지 나로서는 알 길이 없었다.

"요즘 영화사가 돈 갖고 하는 게 아니잖아요. 사무실만 하나 차려놓고 투자자를 끌어들이는 방식인데, 요즘 한국영화 흥행이 바닥인 거 아시죠? 대기업은 일찌감치 발을 뺐고 그러니 일반 투자자들도 눈치 보기는 마찬가지죠. 그런데다 무슨 유령 회사처럼 사무실이 곧 문을 닫을 모양이에요. 아마 기획실장이 다른 영화사로 옮겨가는 게 아닌가 싶어요."

들기가 답답해 나는 알지도 못하는 소리를 했다.

"그럼 시나리오를 다른 영화사에 보내면 안 되나?"

"엄연히 계약서가 있는데 다른 영화사에 갖다 주면 기획실장이 가만 있겠어요?"

"회사가 없어진다면서."

그러자 화를 내듯 그녀가 쏘아붙였다.

"지금 기획실장 명의로 계약했다잖아요."

"……"

"알아요, 이제 와서 내 시나리오가 가능성이 없다고 판단한 거겠죠. 한두 번 겪어보는 일도 아니지만 속이 상해서 그냥 떠들어본 소리예요. 그건 그렇고 짐 싸서 곧 올라가야 할 텐데, 그 전에 한번 안 내려올래요? 떠나기 전에 함께 난지도에 가보고 싶어서요."

거기 가면 뭐가 있는데? 라고 물으려다 나는 말을 돌렸다.

"올라와서 시간 나면 만납시다. 이쪽 광고업계도 요즘 분위기가 심상찮거든."

"서운하네요."

그 말이 두고두고 마음에 걸려 나는 주말에 시간을 내서 도비도로 내려갔다. 연락을 하지 않고 내려간 게 실수였을까. 도비도에 도착해 전화를 하니 그녀는 이미 서울에 올라가 있었다. 술자리인 듯 그녀는 취해 있었고 주위가 소란스러워 도무지 통화를 계속할 수 없는 상황이었다. 나는 선착장에서 멀리 난지도 쪽을 바라보다 저녁도 먹지 않은 채 곧장 차를 돌려 서울로 돌아왔다.

그후 그녀와는 만난 적이 없었다. 부지불식간에 그녀에게서 전화가 걸려오곤 했지만 대개는 술에 취해 충동적으로 내 휴대폰 번호를 누른 것 같았고 구태여 만나자는 말도 하지 않았다. 유석과는 이런저런 모임에서 두어 번 마주친 뒤 남들 눈을 의식해 그냥저냥 관계를 회복했고 예전처럼 가끔 만나 술추렴을 하며 지냈다. 하지만 혜경에 대한 얘기는 약속이나 한 듯 서로 입 밖에 꺼내지 않았다.

그녀가 급사했다는 소식을 들은 것은 유석을 통해서였다. 나는 어디서 그 얘기를 들었는가 따위의 질문은 굳이 하지 않았다. 다만 그녀의 죽음에 대해 영영 모르고 지나갈 수도 있었을 거란 생각이 들었다. 정황은 대충 이러했다. 사고 당일 그녀는 자정이 넘은 시각에 자신이 몰고 다니던 낡은 아반떼 승용차를 타고 서울에서 도비도로 내려가 선착장 *끄트머리*에 차를 세웠다. 왜 그녀가 그 밤에 도비도까지 가게 됐는지 이유를 아는 사람은 없었다. 경찰의 부검 결과에 따르면 혈중 알콜 농도가 0.1에 육박했다고 한다.

차 안에서 깜빡 잠이 들었던 걸까. 아니면 조수 간만의 차가 큰 서해의 속성을 잊고 있었던 걸까. 그녀가 탄 차는 새벽녘에 쳐들어온 밀물에 의해 바다 속으로 끌려들어갔다. 아침에 썰물이 진행되면서 바다 속에 가라앉았던 차가 현지 어부에 의해 발견됐고 정오쯤 인양됐다고 한다. 경찰이 사고사로 결론을 내린 것은 만취 상태인데다 유서가 발견되지 않았기 때문이었다. 혜경의 고향이 파주라는 사실도 그녀가 죽은 다음에야 알게 되었다. 그녀는 이남이녀의 둘째 딸로 아버지는 중학교 국어교사이고 어머니는 파평 윤씨 집안 출신의 평범한 가정주부였다. 이처럼 상대에 대한 기본적인 지식과 이해의 의지조차 없이 우리는 그녀와 만나왔고 또 무감하게 헤어졌던 것이다. 도대체 우리는 무슨 일을 하며 나이를 먹어가고 또 사람들과 어떤 관계를 맺으며 살아가는 것일까. 사는 게 모두 어리석고 잔인한 속임수라는 생각이 들었다.

6

　유석에게 주말에 만나 바람이나 쏘이러 가자고 했을 때만 해도 도비도를 염두에 두고 한 말은 아니었다. 그런데 막상 만나게 되자 우리는 가까운 바다로 가자는 데 동의했고 그렇다면 결국 서해안이 될 수밖에 없었다. 그때 행선지는 사실상 정해진 거나 다름없었다. 뭔가 서로 마음에 걸려 서산까지라도 내려가자는 말이 나왔으나, 서해대교를 건너자 유석은 나를 흘끔 돌아보더니 곧장 송악나들목으로 빠져나갔다. 나 역시 별다른 토를 달지 않았다.

고의적으로 지체하듯 우리는 왜목마을에 들러 횟집만 썰렁하게 늘어서 있는 해안을 걸으며 담배를 피우고 다시 차에 올라탔다. 도대체 일몰 무렵에 일출 명소에 와 있을 까닭이 없었던 것이다. 당진 화력발전소는 저녁참에도 무시무시한 연기를 내뿜고 있었으며 검붉은 개펄에 앉아 있던 철새들이 이따금씩 푸드덕거리며 날아올랐다. 대호방조제를 지나 유석은 선착장 입구 주차장에 차를 세웠다. 난지도 뒤편으로 검붉은 노을이 기억의 잔해인 듯 무참히 소멸해가고 있었다. 도비도까지 오긴 왔되 딱히 할 일이란 없었다. 무엄하게 차오르는 검은 밀물을 멀거니 눈여겨보던 유석이 짐짓 몸서리를 치며 웅얼거렸다.

"괜히 왔나?"

왠지 대꾸를 해야 할 것 같아서 나는 헛소리를 내뱉었다.

"국화라도 사올 걸 그랬나?"

"……다시 서울로 돌아갈까?"

내가 잠자코 있자 유석이 동의를 구하듯 조급하게 물어왔다.

"이왕 왔으니 저녁이라도 먹고 갈까? 대답해, 인마."

"그래, 먹자."

별수 없이 우리는 전에 혜경과 함께 저녁을 먹었던 횟집을 찾아 들어갔다.

"오늘은 우럭으로 하자. 그게 낫지 않겠냐?"

나는 무턱대고 고개를 주억거렸다. 횟집 안에는 동네 청년들 서너 명이 모여 앉아 텔레비전 앞에서 화투를 치며 술을 마시고 있을 뿐, 우리가 나갈 때까지 다른 손님은 더이상 들어오지 않았다. 담배를 끄기가 무섭게 진수성찬이 상에 차려졌다. 물론 술도 딸려나왔다. 말을 되도록 아끼고 있었으나 그렇다고 줄창 입을 다물고 있을 수도 없었을 것이다.

"너 미쓰 강 따로 만난 적 있냐?"

술을 몇 잔 들이켜고 나서 유석이 탐문조로 물어왔다. 나는 애써 부정하지 않았다.

"그럼 나 모르게 여기 다녀간 적도 있냐?"

"그것까지 알고 싶어?"

뱃속에서 뜨거운 기운이 가슴팍으로 도져 올라왔으나 나는 가급적 견디기로 했다.

"한 번 왔었는데 혜경씨는 못 만나고 돌아갔어."

나는 사실대로 말했다.

"음, 그런 일이 있었구나. 근데 왜 못 만났는데?"

"……"

"그래, 얘기하고 싶지 않으면 하지 마라."

"이제 혜경씨 얘기 그만하자. 그게 좋겠다."

내 무슨 말이 유석을 자극했는지는 모르겠다. 목울대에 붙어 있던 가래를 모아 뱉듯 그가 돌연 된소리로 쏘아붙였다.

"씨발놈, 뒤로 볼일은 혼자 다 보면서 염결한 척하기는. 카피시인 주제에."

나는 반사적으로 몸을 벌떡 일으켰다.

"그만 마시고 나가자."

"나가긴 자식아. 회가 반도 더 남았잖아. 그리고 이 접시에 있는 굴은 내 꼭 먹어둬야겠다. 서해안에서 겨울철에 나는 자연산 굴이 전국 최고인 거 몰라?"

"그래, 많이 먹거라."

"인상 쓰지 말고 앉아! 무슨 뜻인지 알겠는데, 오늘은 너도 참으란 말이다."

그새 소주 서너 병을 마신 뒤였고 서울로 돌아가긴 이미 글러버린 셈이었다. 굴 접시가 비었을 때 우리는 식당에서 나왔고 지하 주점으로 내려가 도우미 아주머니 두 명을 불렀고 다시 양주에 맥주를 섞어 마셨고 팁을 포함해 유석이 극구 계산을 했고 새벽 3시 무렵에야 전에 묵었던 숙소로 찾아가 입은 옷 그대로 요 위에 고꾸라졌다.

오전 10시쯤에야 나는 눈을 떴다. 유석은 어디 갔는지 보이지 않았다. 먼저 서울로 올라갔거니 했는데 화장실에서 양치를 하는 동안 전화가 걸려왔다. 방이 추워 8시쯤 잠이 깨 차 안에 히터를 켜고 앉아 있다 석문방조제 쪽으로 방금 드라이브를 하고 왔다며 나더러 내려오라고 했다. 새벽녘에 지하 주점에서 서로 무슨 얘기를 나눴는지는 제대로 기억이 나지 않았으나 심정은 여전히 개펄 바닥 같았다.

"서산 시내로 나가 밥 먹고 가자."

부스스한 얼굴로 조수석에 올라타자 유석이 말했다. 속히 서울로 올라가고 싶었으나 그런 말을 할 의지나 기력도 없었다.

"서산시청 뒤에 진국집이라고 유명한 한식집이 있어. 뚝배기가 네 개나 나오는 상차림에 반찬 가짓수만 열두 가지야. 그리고 1인당 6천 원밖에 안 받는데, 도대체 뭐가 남는지 모르겠어."

"거긴 어떻게 알았는데?"

"그런 걸 뭘 물어봐, 그냥 챙겨주는 대로 먹기나 하지. 최후의 만찬이라고 생각하고 잠자코 따라오기나 해."

도비도에서 서산 시내까지는 30분밖에 걸리지 않았다. 유석이 나를 데려간 곳은 오래된 골목에 위치한 허름한 밥집이었다. 과연 그가 말한 대로였다. 굳이 말하자면 상을 가득 차려놓고 먹는 습성이 있던 옛날 중인 계급층의 밥상이었다. 간월도 어리굴젓을 젓가락으로 집어 입으로 가져가려 할 때, 유석이 된장에 시래기를 섞어 끓인 뚝배기를 뒤적거리며 말했다.

"우리도 앞으로 그만 만나야 하지 않겠냐? 서울까지는 데려다

주마."

아까 차 안에서 유석이 최후의 만찬이라고 했던 말을 나는 그제야 확실히 알아들었다.

"여러모로 신경 써줘서 고맙구나."

"마지막으로 할 말 없냐?"

유석이 사형집행인의 말투를 흉내내 말했다.

"특별히 없는 것 같은데. 이따 밥 먹고 나서 담배나 한 대 주든지."

"그래, 없는 걸로 하자. 오늘부로, 아니 어제부로 깨끗이 정리하는 거야. 앞으로 어디 가서 행여라도 미쓰 강 얘기 꺼내지 말자. 물론 그럴 줄로 안다만."

나는 짜디짠 어리굴젓을 씹으며 시나브로 점심때가 되어 사람들이 꾸역꾸역 문을 열고 들어오는 출입구 쪽으로 그때마다 무심코 얼굴을 돌렸다.

여행, 여름

1

연극 〈여행〉의 연출을 맡은 E가 휴대폰 문자메시지를 보내왔다. 이번이 마지막 공연이 될 것이니 꼭 와서 관람을 하라는 내용이었다. 공연 기간도 열흘밖에 되지 않았다. 나는 거미줄에 걸린 곤충처럼 무념무상의 상태로 며칠을 보냈다. 공연이 끝나기 이틀 전, 〈여행〉에 출연하는 배우 H한테서 다시 연락이 왔다. 형, 이제 담담해질 때도 되지 않았나요? 표 마련해놨으니 와서 보세요.

무더운 금요일 오후에 나는 대학로 '정보소극장'을 찾아갔다. E는 공연이 끝나는 10시쯤 극장으로 오겠다고 했다. 나는 매표구에서 표를 받아들고 지하 공연장으로 내려갔다. 비좁은 계단을 내려가자 대뜸 벽에 걸려 있는 Y의 사진이 눈앞을 가로막았다. Y는 〈여행〉의 원작자였고 한때는 나와 알고 지내던 사이였다.

일곱 명의 배우가 출연하는 〈여행〉은 사십대 후반의 초등학교 동창들이 간암으로 요절한 친구의 문상을 다녀오면서 겪는 이야기를 다룬 작품이었다. 2004년 첫 공연에서 크게 성공을 거둔 후 독일, 중국에서도 초청을 받아 공연한 적이 있었다. 이번엔 정보소극장이 기획한 '제1회 정보연극전'으로 다섯 개 극단의 작품을 차례로 무대에 올리는 행사였다. 공연을 관람하는 동안 나는 Y가 〈여행〉을 통해 결국 자신의 얘기를 하고 있었음을 깨달았다.

2

Y를 만난 것은 2006년 여름 원주 토지문화관에서였다. 나는 창작실 104호를 배정받아 그곳에서 한 달 동안 글을 쓰고 나왔다. Y는 먼저 109호에 들어와 있었고 108호에는 그의 공연 파트너인 E가 함께 와서 머물고 있었다. 〈여행〉에 출연했던 배우 H도 그때 거기서 만났던가? 글쎄. 어떤 사람과의 인연은 첫 만남이 도무지 기억나지 않는다. 그렇다면 상대는 기억하고 있을까? 가

끔 묻고 싶을 때가 있으나 왠지 그렇게 되지 않는다.

Y와 E는 밤마다 술을 마시는 눈치였다. 나도 불면증 때문에 두어 잔씩 마시는 습관이 있어 곧 그들과 한통속이 되고 말았다. 자정께 휴게실을 기웃거리면 무대처럼 어두운 조명 속에 앉아 있는 두 사람이 보였다. 돗자리 걷었으면 함께 마십시다, 라고 먼저 말을 건네온 건 Y였을 것이다. 그로부터 거의 매일 밤 그들은 소주를 나는 맥주를 마셨다. Y는 나와 성(姓)이 같았는데 그 때문에 쉽게 가까워졌는지도 모르겠다. 남자들은 나이가 들면 하찮은 것에 의미를 두려는 경향이 있다.

본관이 어디죠?

저는 파평입니다만.

그는 해남 윤씨, 즉 고산(孤山)의 후손이었고 그에 대한 막연한 자부심을 드러낼 때가 있었다. 고향 또한 해남이라고 했다.

가끔 연극 보러 다니십니까?

탐색조로 그가 물어왔다. 10년이 넘도록 연극을 보지 않은 터여서 나는 머뭇거릴 수밖에 없었다.

……이만희 선생의 〈불 좀 꺼주세요〉 이후 대학로에는 나가 보지 않았습니다.

까마귀 같은 표정으로 두 사람은 잠깐 서로를 마주 보았다. 그리고 야릇한 침묵이 다소 길게 이어졌다. 나는 변명이라도 하듯 농담조로 얼버무렸다.

그 무렵 알고 지내던 여자와 대학로에서 썩 좋잖게 헤어졌거든요. 〈불 좀 꺼주세요〉를 관람한 직후에 말입니다.

휴게실 밖에서 옥수수밭이 쏴아, 하는 소리를 냈다. 비가 오는 걸까, 바람이 불어가는 걸까. 사이사이 도둑고양이들이 울어대는 소리가 뒤섞여 들려왔다.

하지만 그 사건과 연극 관람하고는 별 상관관계가 없지 않습니까.

둘 중 하나가 고개를 옆으로 비틀고 마스크맨처럼 웃었다.

그렇죠. 하지만 공연장이 주로 대학로에 몰려 있지 않습니까.

이번에는 Y가 자전거 타이어 바람 빠지는 소리로 웃었다.

원래 말투가 그런가요?

상처 받은 자들의 일반적 특성이죠. 상처 입은 여자들은 거북이처럼 아예 입을 다물어버리지만.

나는 어느덧 연극 대사조로 말하고 있었다. 그게 그들을 배려하는 것도 아닐 텐데 말이다.

그럼 앞으로 초대권을 보내드리면 공연을 보러 올 생각은 있으십니까?

대학로에 있는 극장에 말입니까?

의외로 집요한 데가 있으시군요. 그만두죠.

장마철이었으므로 비가 자주 내렸다. 밥을 먹고 난 뒤 Y와 나는 우산을 쓰고 자주 산책을 나갔다. 저수지 방향으로 드넓게 펼쳐져 있는 옥수수밭과 논배미 사이를 돌아다니다보면 한여름의 빗줄기 속에서 잠자리 떼가 무수히 떠다니곤 했다. 그리고 어디에나 꿈결처럼 꽃들이 피어 있었다. 개망초, 들국화, 금잔화, 봉선화, 달리아, 싸리꽃, 철을 모르고 피는 코스모스와 해바라기가 그야말로 지천이었다. 길갓집 화단에는 새빨간 양귀비가 피어 있었고 앵두와 보리수 열매가 시시각각 익어가고 있었고 비가 몰려갈 때마다 저수지에서는 물안개가 뽀얗게 피어올랐고 과수원에서는 복숭아가 후두둑거리며 떨어지는 소리가 들려왔다. 어느 날 Y와 E는 손톱에 봉숭아 꽃물을 들이면서 나이 들어가는 남자의 떨림과 만성적 피로와 허무함에 대해 늘어놓기도 했다.

비가 내리는 날 밤이면 세 사람은 으레 읍내까지 버스를 타고 나가 '원주집'에서 새벽까지 술을 마시다 돌아오곤 했다. 문을 연 지 40년이 되었다는 원주집 주인은 머리가 파뿌리처럼 하얀 할머니였다. 10여 년 전부터 할아버지가 중풍으로 안방에 누워 있다고 했다. 말문이 트기가 무섭게 할머니와 나는 서로 동향(同鄕)임을 알게 되었다. 그후 술이 취하면 나는 그녀를 술어머니라고 불렀다.

그런데 어쩌다 원주까지 오게 됐습니까?

대답을 들으니 하나 마나 한 질문이었다.

결혼하고 나서 몇 년은 대전에서 살았는데, 남편 고향이 원주라서 따라왔지. 여자는 남자 따라다니며 살게 돼 있잖아. 나도 여기로 오게 될 줄은 꿈에도 몰랐어.

고향이 그리울 때는 없어요?

귀가 어두운 할머니는 가끔 동문서답을 했다.

옥수수와 감자는 물리도록 먹었지. 근데 아무리 먹어도 결국 밥 한 그릇만 못하더라구. 제대로 살려면 사람은 쌀을 먹어야 해. 막걸리도 쌀막걸리가 든든하잖아.

원주집에 처음 갔던 날 Y가 내게 물었다.

막걸리 좋아합니까? 난 소주를 마시고 싶은데. 난 선비 집안 출신이라 그런지 어째 맑은 술만 받습디다.

E도 맑은 술을 좋아하는 사람이었다.

전 맥주로 하겠습니다. 막걸리를 마시면 다음날 아침까지 속에서 발효 현상이 일어나거든요. 소주는 몸의 힘을 빼놓더라고요.

그 집엔 소주는 있되 맥주는 없었다. 옆에서 듣고 있던 주인 할머니가 살이 부러진 우산을 들고 슈퍼마켓에서 맥주를 사왔다. 천오백 원에 사왔으니 이천 원을 내면 된다고 했다. 북어를 다듬잇돌에 올려놓고 방망이로 한참을 두들겨 팬 다음 할머니가 접시에 담아 상으로 가져왔다. 이 집의 명물 안주라고 했다. 나는 북어를 갈가리 찢어 볶음 고추장에 찍어 먹으며 주절거렸다.

내용과 형식이 잘 조화된 안줍니다. 안 그래요? 소주, 맥주, 막걸리와도 다 잘 어울리고요.

대답을 강요받은 사람처럼 Y가 되받았다.

네, 완성도가 뛰어난 작품이네요.

그렇다고 작품이라고 할 것까지야.

E는 줄곧 심드렁한 표정으로 벽에 붙어 있는 소주 광고지를 바라보고 있었다. 뭘 그렇게 뚫어지게 쳐다보느냐고 Y가 묻자 E가 단호한 어조로 말했다.

썩 괜찮네요.

뭐가요?

나는 주위를 두리번거리는 시늉을 했다.

소주 광고 모델 말예요.

그야 뭐, 어제오늘의 일인가요?

그러자 두 사람은 혀를 차며 짐짓 나를 외면하는 것이었다.

그런데 그렇게 만날 마셔도 무탈합니까?

E가 대변인처럼 말했다.

마시지 않으면 엔진이 꺼지지 않으니까요. 밤낮 없이 공회전이 계속된다는 얘기죠.

그건 저와 사정이 비슷하네요. 하지만 수면제 대용으로 만날 소주를 마시다보면 몸이 견뎌낼까요?

나는 봉숭아 꽃물을 들인 두 사람의 손을 노려보며 말했다.

소주와 맥주의 차이는 있겠지만, 상관할 것 없잖아요?

뭐, 그렇긴 합니다만.

그로부터 장기 두듯 띄엄띄엄 말이 오가는 중에 나는 무심코
이런 말을 꺼냈다. 아마 국면을 전환하기 위함이었을 것이다.

우리 여름 지나기 전에 함께 여행 다녀올까요? 엔진도 식힐
겸 말입니다.

Y가 천천히 고개를 들어 E를 돌아보았다.

저는 가을 공연 준비 때문에 힘들겠는데요. 두 분이 다녀오
세요.

……어디로, 갈까요?

Y가 신음하듯 내게 물어왔다.

행선지는 열흘 뒤에 서울역에서 만나 정하죠. 그때까지는 어
찌됐든 소설을 한 편 챙겨서 나가야겠습니다.

3

8월에 서울역에서 만난 Y와 나는 기차로 가장 멀리 갈 수 있
는 곳, 즉 부산행 새마을호 열차를 탔다. 부산에 연고나 볼일 따
위는 없었다. 그저 가는 데까지 가보자는 심정이었을 것이다. 부
산에 도착할 때까지 서로 무슨 얘기를 나눴는가는 안개처럼 기
억이 뿌옇다. 어느덧 나는 잠이 들어 있었고 눈을 뜨니 기차는
낙동강을 지나는 중이었다. Y는 캔커피를 마시며 잡지를 뒤적

이고 있었다.

어젯밤 잠을 설친 모양이죠?

네, 그놈의 원고 마감 때문에. 이제 얼추 다 온 것 같네요.

나도 조금 전에 깼어요. 어제 후배들이 찾아와 새벽까지 마셨거든요.

부산은 아무래도 서울보다 덥겠죠?

남쪽이니까요. 바닷가는 그나마 좀 나으려나.

오후 4시 무렵 부산역에 내린 우리는 외국인 관광객처럼 자갈치시장부터 찾아갔다. 그리고 좌판에 앉아 회를 떠놓고 대낮부터 술을 마셨다. 딱히 할 일이 없었던 것이다.

회를 먹을 때는 저도 소주를 마십니다.

그거 듣던 중 반가운 얘기네요.

저는 내륙 출신인데 왜 생선이라면 사족을 못 쓰는지 모르겠습니다. 회든 구이든 튀김이든 생선 관련 음식을 보면 금세 튀밥처럼 마음이 설렙니다. 형은 해남 출신으로서 이에 대한 무슨 소견이 없습니까?

난 술 마실 때 안주는 그다지 염두에 두지 않습니다. 오직 맑음만을 추구하죠.

……

남도(南道)에 가면 짱뚱어라는 물고기가 있어요. 뚝배기에 들깨와 우거지를 함께 넣고 끓이면 그게 짱뚱어탕인데, 요즘 가끔 생각나네요. 입맛이 없을 땐 영산강 토하젓에 밥을 비벼 먹고 싶기도 하고요. 내륙 출신인데 생선을 좋아하는 이유는 육고기가 입맛에 맞지 않기 때문이 아닐까요?

나는 그저 잠자코 있었다.

고산 고택 입구에 닭횟집이 있어요. 말 그대로 생닭을 양념장에 찍어 먹는 거죠. 나도 그건 좀 먹기가 거북하더라고요. 차라리 뽀얀 새우젓을 사기그릇에 받아 숟가락으로 퍼먹고 말지.

제가 생선을 좋아하는 건 단순히 육고기를 싫어해서가 아니라, 그것들이 바다에 살기 때문이라고 생각합니다. 하루 두 번씩 물이 밀려올 때마다 왜 물고기들도 떼 지어 몰려오지 않습니까? 가슴 가득히 차오르는 그리움처럼 말입니다.

아, 그런 거였습니까? 내가 소견이 짧았군요. 생선이 그리움과 관계돼 있을 줄이야.

자갈치시장 앞바다는 온갖 부유물이 떠다니고 있었고 날은 이루 말할 수 없이 더웠고 주위는 꽹과리를 쳐대듯 몹시 소란스러웠고 대낮부터 술을 마시다보니 끈적한 피로감이 몰려왔다. 소주 두 병을 비우고 우리는 자갈치시장을 벗어나 택시를 타고 무작정 해운대로 갔다. 그제야 날이 슬슬 저물기 시작했다. 피서 철이라는 인식이 없었던 우리는 해운대 해수욕장에 내리자마자 기함을 하듯 놀라고 말았다. 그곳은 말 그대로 인파, 곧 사람의 바다였던 것이다. 포장마차에라도 들어가려 했으나 어디든 앉을 자리조차 없었다. 실종된 사람들처럼 우두커니 서로를 마주 보다 나는 궁여지책으로 Y에게 말했다.

부산에 아는 사람이 있는데 전화나 한번 해볼까요?

아까 기차에서는 별무지인이라 하지 않았습니까?

불현듯 생각이 났습니다. 고등학교 때 밀양 아랑제에서 만났던 여학생인데 수소문하면 연락처를 알 수 있을 겁니다.

Y가 무감한 말투로 되받았다.

그럼 거의 30년 전이네요.

나는 1년에 한두 번쯤 연락을 주고받는 당시 문우들에게 일일이 전화를 걸어 마침내 그 여학생의 전화번호를 알아냈다. 그녀는 여전히 부산에 살고 있었고 마침 회사에서 퇴근하는 길이었다. 그녀는 내 목소리를 듣자 몹시 반가워했다. 달맞이고개에 있는 카페에서 만나기로 하고 우리는 재차 택시에 올라탔다. 저녁에서 밤으로 이어지는 시간대의 해운대 거리는 눈이 멀어버릴 지경으로 휘황하고 어쩐지 위태로운 느낌을 주었다.

카페로 들어선 그녀는 잠시 멈칫하더니 Y의 눈치를 살피며 내 옆에 주춤주춤 와 앉았다.

혼자 온 게 아니었나?

둘이 왔어. 이분은 극작가 겸 연출가시고 부산을 아주 좋아하셔. 그동안 어떻게 지냈어?

우째 지내긴. 대학 졸업하고 취직하고 결혼해서 산다 아이가. 아는 없다.

왜?

왜냐꼬? 그걸 내가 우째 아노? 혹시 부부 사이가 어떠냐고 묻는 기가? 그럭저럭 괜찮은 편이다 마.

시는?

시? 내가 지금 시 쓰는 여자로 보이나? 무역회사 총무부에 다니며 무슨 놈의 시를 써, 시를 쓰긴.

무슨 뜻인지 Y가 얼굴을 감추며 웃었다. 나는 언제부터인지 그가 웃는 모습을 봐야 마음이 놓이곤 했다. 성격은 칼칼하되 뒤끝이 없고 담백한 그녀가 말했다.

묵고 싶은 거 없나? 함 말해봐라. 내가 다 사주께.

아까 자갈치시장에서 회를 먹었으니 저녁은 됐고 맥주나 몇 병 마시지 뭐.

그때 Y가 몸을 부스럭거리더니 끼어들었다.

저는 보드카로 하겠습니다. 앱솔루트. 그다지 비싼 술은 아닙니다.

압니더. 지 남편이 즐겨 마시는 술 아닌교. 니는 무신 맥주?

그냥 카스로 할게.

그냥 카스란 술이 어딨노. 돈 걱정 말고 외국 맥주 마시그라.

광자 너는?

내는 차 가져왔다. 이따 동래온천까지 태워다줄 끼다. 쪼매 오래되긴 했지만 싸고 깔끔한 호텔이 있다. 근데 내일은 어데로 가는데?

나는 Y를 넌지시 바라보았다.

글쎄, 어디로 갈까요? 생선 관련 음식을 먹을 수 있는 곳이면 나는 어디든 좋습니다.

Y와 내가 주고받는 말을 듣고 이번에는 그녀가 끼어들었다.

내 남편이 영덕 사람인데, 엊그제 강구 앞바다에 고래가 떼로 밀려와 죽었다 카네요. 거기 가서 고래 고기나 잡수시고 올라가이소.

영덕에 가면 대게를 먹어야 하지 않겠어?

야 좀 봐라, 한여름에 무슨 대게를 먹노. 지금 영업장에서 파는 건 전부 북한이나 러시아에서 가져온 기다. 그기 지금은 껍데기만 있지 속은 텅텅 비었을 기다. 묵어봐라.

그럼 강구항으로 가서 고래 고기나 먹읍시다. 그것도 생선 종류일 텐데.

고래는 포유류인데 무신 생선이고? 생선 맞나? 묵어보면 알겠지만 그기 육고기와 맛이 흡사합니더.

고래가 생선인지 아닌지는 나도 따로 생각해본 바가 없었다. 고래는 다만 고래일 뿐이라는 그녀의 의견에 동의하기로 하고 우리는 술을 마시기 시작했고 그로부터 Y는 입을 열지 않았다.

키핑을 할 이유가 없다면서 Y는 결국 보드카 한 병을 꾸역꾸역 다 비우고 자리에서 일어났다. 그리고 그녀의 하얀 소나타에 올라타자마자 그대로 잠이 들었다. 조수석에 앉아 있는 내게 그녀가 은근한 목소리로 말했다.

남자 둘이 팔짱 끼고 여행 다니는 건 내 첨 봤다. 무슨 사연이 있는 긴가? 저 선생님 손톱에 봉숭아 물이 들어 있어가 내 시껍했다 아이가.

아까 팔짱을 낀 건 Y가 취해 있었기 때문이었다.

해운대 해수욕장으로 비키니 입은 천사들 구경하러 온 거야. 이제 됐나?

얼른 할 말이 떠오르지 않아 나는 되는대로 얼버무렸다.

니는 30년 전이나 지금이나 우째 그리 말투가 여일하노.

그건 그녀도 마찬가지였다. 사람의 말투는 본성처럼 죽을 때까지 변하지 않는다. 다만 시시각각 나이가 들어갈 뿐인 것이다.

니 옛날에 내가 쪼매 좋아한 거 아나? 아까 속마음으로는 서운했다. 담엔 혼자 오라 마. 알긋제?

……

대답 안 해도 좋다. 근데 저 극작가 선생님은 무신 술을 그리 많이 마시노. 코가 대추처럼 빨갛다 아이가.

나는 기어 스틱을 잡고 있는 그녀의 오른손을 툭 쳤다.

와? 무신 말이 하고 싶은데?

동래까지 얼마나 남았지?

여기가 동래 아이가. 쪼매만 더 가면 온천 나온다. 내 복국 사 줄 거니까 해장하고 들어가 자그라 마. 호텔 옆에 '금수복국'이라고 유명한 집이 있다. 일본 사람들도 많이 찾아온다 아이가.

복국을 먹으며 Y가 말했다.

시원하고 맛있네요. 내 이렇게 맛있는 복국은 처음 먹어봅니다.

그러자 그녀가 냉큼 되받았다.

선생님처럼 독한 술을 드시는 분들한테는 복국이 최곱니더.

오늘 여러 가지로 신세 많이 집니다.

그기 뭐 선생님 때문인가요? 부담 갖지 말고 많이 드이소. 근데 니는 왜 묵다 남기노?

맥주를 마셨더니 복이 들어갈 자리가 없네.

그러니 작작 좀 마시라 안 카나. 그러다 니도 일찌감치 전립선 나빠진다.

전립선. 그쯤에서 나는 그녀와 헤어질 때가 되었다는 것을 깨달았다. 이미 자정이 넘어 있었던 것이다. 온천장 호텔 앞에서 그녀를 보내고 나서 우리는 비틀거리며 방으로 올라갔고 누가 먼저랄 것도 없이 요 위에 쓰러져 곧 잠이 들었다.

아침 8시쯤 일어나 나는 온천욕을 하고 호텔 주변을 산책했다. 10시가 넘어서야 Y가 석탄 같은 목소리로 전화를 걸어왔다.

요 앞에 두부집을 봐뒀으니 천천히 씻고 내려오세요.

4

버스를 타고 영덕으로 가는 길은 봄인 듯 보슬비가 뽀얗게 내렸다. Y와 나는 앞좌석에 나란히 앉아 앞에서 밀려오는 풍경을 무연히 목도하고 있었다. 나는 원주에서 보았던 빗속의 분분한 잠자리 떼를 떠올리고 있었다. 그러는 사이 Y가 잠꼬대처럼 중얼거렸다.

빗속에 잠자리 떼가 무리 지어 떠다니네요.

……

우리는 누구나 삶의 일부만을 살다 가는 존재가 아닐까요? 그것도 아주 일부만을.

대답을 하려는 찰나에 Y가 헛기침을 하고 나서 말머리를 돌렸다.

원주에 있을 때 참 좋았던 거 같습니다. 비가 내리면 물안개로 뒤덮이는 저수지 풍경이 난 정말 좋았습니다. 저녁에 우산을 쓰고 산책을 나갔던 이들이 물안개 속으로 사라졌다가 한참 후에 나타나는 모습을 두고두고 잊을 수가 없네요. 거긴 꽃들이 참 많이 피어 있는 동네였죠. 안 그래요? 어렸을 때 보았던 달리아도 있고.

……토지문화관에서 남쪽으로 고개를 넘어가면 귀래라는 마을이 나옵니다.

양안치고개 말입니까? 귀래라는 지명은 나도 들어봤습니다.

원주의 가장 남쪽이면서 충청도와 맞닿아 있는 마을이죠. 꽃집에 팔려고 집단 재배를 하는 건지, 그 동네에 가면 달리아밭이 곳곳에 펼쳐져 있습니다. 해 뜰 무렵 가보면 일대가 온통 숯불을 피워놓은 듯 장관이죠.

……그런 데가 있었습니까? 근데, 왜 그때는 내게 얘기하지 않은 거죠?

……늘 혼자 가서 보고 돌아오곤 했습니다. 마음의 불이 식어간다고 느껴질 때마다.

마음의 불이 식어간다고 느껴질 때마다, 라고 Y가 공허한 목소리로 되뇌었다.

그건 그리움이 식어간다는 뜻이기도 한가요?

그렇다면 그런 거겠죠.

도끼에 발등이 찍힌 듯 크게 숨을 몰아쉬고 나서 Y가 말했다.

그때 대학로에서 헤어졌다던 여자는 지금 뭘 하고 사나요? 문의해도 되는지 모르겠으나.

연전에 들으니 남편 사업이 어려워져 대학로에 조그만 화장품 가게를 냈다고 합니다. 아침마다 꽃무늬 원피스에 양산을 쓰고 가게로 출근하겠죠. 비가 오나 눈이 오나.

Y가 피에로처럼 킬킬거리며 되물었다.

왜 하필 대학로에 화장품 가게를 낸 걸까요?

그걸 저도 모르겠습니다. 집은 마포 쪽인데 왜 굳이 그쪽으로 진출했는지 말입니다.

앞으로도 공연 보러 오기는 글렀군요.

애써는 보겠습니다. 언제까지 대학로를 피해 다닐 수는 없는 노릇이니까요.

부디 그렇게 되기를 바랍니다. 모르긴 해도 그 여자도 상처를 받았을 게 아닙니까. 알고 보면 서로 사정이 똑같더이다.

오후 3시 무렵, 우리는 강구항 입구에 도착했고 버스에서 내리자 거대한 대게가 중앙에 붙어 있는 아치형 철물 구조물이 눈에 들어왔다.

강구항에 오신 걸 환영합니다

비가 그치고 나서 햇살이 따갑게 퍼붓고 있었다. Y와 나는 민물과 바닷물이 교차하는 하구의 다리를 건너 강구 읍내로 들어갔다. 횟집 수족관에는 붉은 대게가 가득 들어차 있었고 읍내 중심으로 들어서자 농협과 우체국과 정육점과 슈퍼마켓과 여관과 중국집과 파출소와 술집 들이 오밀조밀 모여 있었고 신발 가게 옆에는 화장품 가게도 있었다. Y와 나는 무심코 서로를 마주 보며 화장품 가게 앞에 잠시 멈춰 섰다. 안에는 삼십대 중후반으로 보이는 여자가 의자에 앉아 잡지를 넘기고 있었고 마침 싸리꽃 무늬가 수놓인 하늘색 민소매 원피스를 입고 있었다. 믿기 힘든 사실은 화장품 가게에서 양산도 판매하고 있다는 사실이었다. Y가 나를 돌아보며 의미심장한 표정으로 웃었다. 행여 무슨 일이 벌어질까 싶어 나는 서둘러 가게 앞을 지나쳤다. Y가 바투 따라오며 짐짓 시비조로 말했다.

들어가봐야 되는 거 아닙니까?

왜요?

나는 퉁명스럽게 되받았다.

어서 바닷가로 가서 고래 잡아놓고 술이나 마시죠.

아무리 좋잖게 헤어졌기로서니, 사람이 마음을 그렇게 옹졸하게 쓰면 안 됩니다. 밀물 같은 그리움 운운할 때는 언제고.

바닷가 좌판에 쭈그리고 앉아 Y와 나는 머리에 수건을 쓴 아주머니가 썰어주는 방어, 오징어, 광어를 소주와 곁들여 먹으며 훔쳐보듯 간간이 바다로 시선을 돌렸다.

엊그젠가 이쪽으로 고래가 떠밀려왔다던데요?

Y가 아주머니에게 물었다.

실은 고래 고기 먹으러 일부러 찾아왔거든요.

그기 아마 위판장으로 갔을 깁니더. 고래는 이제 못 잡게 돼

있으니, 식당으로 갈 때까지 절차가 복잡하다 아입니꺼. 오늘은
마 묵기 힘들 겁니다. 회나 많이 드이소.

고래도 생선인가요?

어리둥절한 표정으로 아주머니가 Y와 나를 번갈아 보더니 옆
에 앉아 있는 아주머니에게 물었다.

고래가 생선이고 아니고?

그기 무신 소린고?

고래 말이다. 그기 생선이고?

……내는 모른다. 와 쓸디없이 그런 걸 물어쌓노.

그날도 우리는 날이 저물 때까지 소주를 마셨고 술김에 결국
화장품 가게로 갔다.

문 닫기 전에 가봅시다.

이래도 되는지 모르겠습니다. 술 먹고 행패 부리러 온 줄 알
텐데.

가게는 아직 문이 열려 있었다. 얼굴이 불콰한 중년의 두 남자
가 들어서자 그녀는 문득 경계하는 눈치였으나 곧 침착하게 표
정을 수습했다. 놀랍게도 그녀는 매끈한 서울 말씨를 썼다.

혹시 찾으시는 상품이라도.

무슨 뜻인지 그때 Y가 내 손을 더듬어 쥐었다. 그녀의 눈이
반짝하더니 내게로 천천히 시선이 옮겨왔다.

남성용 스킨하고 로션 좀 볼 수 있을까요?

이윽고 그녀의 얼굴에 무어라 말하기 힘든 야릇한 미소가 번졌다. 그녀가 진열대 위에 몇 가지 스킨과 로션을 올려놓는 동안 나는 Y를 흘겨보며 손을 털어냈다.

남자분들도 나이가 들면 피부 관리가 필요하죠. 한 달 정도 꾸준히 쓰시면 얼굴이 한결 부드럽고 깨끗해질 거예요.

Y가 고개를 주억거리며 말했다.

골라주시는 걸로 하겠습니다. 그리고 아까 밖에서 보니 양산도 있던데.

마침내 그녀의 얼굴에서 웃음기가 사라졌다. 얼른 사태 파악이 안 되는 모양이었고 그건 나도 마찬가지였다. 나는 Y의 어깨를 슬쩍 밀치며 그녀에게 말했다.

그냥 구경이나 하려고요.

……구경하세요.

내가 출입구 옆에 진열돼 있는 양산을 살펴보는 동안 Y는 지갑을 꺼내들고 그녀와 얘기를 나누고 있었다.

그런데요?

……

그래서요?

……

도대체 무슨 얘기를 하고 있는 걸까. 괜히 엿듣는 꼴이 되어 나는 밖으로 나와 담배를 피워물었다. 그녀는 쇼윈도를 통해 이따금씩 나를 내다보며 Y를 향해 때로 미소 짓거나 고개를 끄덕이기도 했다. 뒤늦게 불길한 느낌이 몰려왔지만 이미 어쩔 수 없는 처지가 되어 있었다.

Y가 유리문을 밀고 나와 내 팔을 잡아끌었다.

일단 자리를 뜹시다.

그다음에는요?

8시에 우체국 앞에서 기다리겠다고 했습니다.

그럼, 나를 미끼로 썼다 그런 얘깁니까?

어쩌다보니 그렇게 됐네요. 양산 얘기를 하다보니 필연적으로 원피스 얘기가 나오더란 말입니다. 〈불 좀 꺼주세요〉까지는 언급하지 않았습니다. 다만 대학로에도 화장품 가게가 있다는 정도로만 해뒀습니다.

그래서, 나오겠답니까?

두고봐야죠.

그로부터 30분 뒤에 화장품 가게 여자가 왼손에 돌돌 말린 우산을 들고 우체국 앞에 나타났다. 이를테면 Y가 연출한 무대에 여배우가 등장한 셈이었다. 세 사람은 횟집에 앉아 대게 찜을 가운데 놓고 소주를 마셨다. 그녀는 아름다울 만큼 행동이 침착하고 말투가 부드러운 사람이었다. 취하지 않을 만큼 간간이 소주도 함께 마셔주고 담배도 두어 대 피웠다.

바보 같은 질문인 건 알지만 아까 제게 하신 말씀 모두 사실이에요?

그녀가 입가에 미소를 머금고 나를 바라보더니 Y에게 물었다.

네, 원피스, 양산, 화장품 가게 모두 사실입니다.

나는 줄곧 허깨비처럼 앉아 있었다.

저 이런 자리 처음인데 아주 즐겁네요. 두 분 모습도 좋아 보이고요. 부러워요.

서울에 산 적이 있죠?

나는 뒤통수를 맞은 듯 별안간 그녀에게 물었다. 하지만 그녀는 조금도 당황하지 않았다. 네, 고향이 서울인걸요.

그럼, 어쩌다, 여기까지, 라는 식으로 나는 또 하나 마나 한 질문을 했다.

그녀는 오랜만에 말 상대를 만난 듯 무람없이 털어놓았다.

스물아홉에 천둥 같은 사랑이 찾아왔다가 서른에 떠나갔죠. 그후 마음을 놓쳐 여기저기 돌아다니다 강구항에 오게 됐어요. 그날 서른 마리나 되는 고래가 바닷가로 떠밀려왔죠. 그런데 죽은 고래들을 보면서 눈물이 한없이 쏟아지더라고요. 그리고 다음날 아침 여관에서 잠이 깼는데 마음이 숲처럼 고요한 거예요. 마치 머나먼 고향으로 돌아온 것처럼 말예요. 저는 서울에서 태어나고 자랐지만 서울이 고향이라고 생각한 적은 한 번도 없거든요.

그래서 그대로 여기에 주저앉은 건가요?

네, 그새 10년이나 됐네요. 그동안 고래가 열 번도 더 떠밀려왔고요. 이제 더는 묻지 마세요. 아셨죠?

11시쯤 횟집에서 나온 세 사람은 노래방으로 갔고 그녀는 심수봉의 노래를 세 곡 불렀다. 그리고 자정이 되자 가방과 양산을 챙겨 들고 일어나 그만 돌아가겠노라고 했다. 그녀를 보내고 나서 Y와 나는 밤바다로 나갔다. 커다란 보름달이 바다를 검푸르게 비추고 있었다. 우리는 돌연 말을 잃고 오랫동안 바다를 바라보며 앉아 있었다. 이따금씩 바다 위로 새들이 날아갔고 새벽이 되자 파도가 거칠어지기 시작했다. 여관에 들어 잠이 들 때까지 Y와 나는 거의 아무 말도 주고받지 않았다. 가슴속에서 무언가 뭉텅 빠져나간 기분이었다.

꿈에 나는 귀래 달리아밭에 가 있었고 Y는 보름달이 뜬 바닷가에 혼자 서 있었다.

5

다음날도 아침부터 비가 내렸다. 쫓겨나듯 여관에서 나와 Y와 나는 아침밥도 먹지 않은 채 서둘러 강구항을 빠져나갔다. 어쩔 수 없이 다시 화장품 가게 앞을 지날 수밖에 없었는데, 곁눈질로 안을 들여다보니 그녀는 어떤 중년의 남자와 마주 앉아 음식점에서 배달시킨 밥을 먹고 있었다. 정류장 옆에 있는 식당에서 짜디짠 해장국을 먹고 나와 우리는 안동행 버스표를 끊었다. 안동으로 가자고 한 건 Y였다. 하지만 왜 그곳으로 가느냐고 나는 묻지 않았다. 다만 청량리행 기차를 탈 수 있는 곳이라는 생각을 했을 뿐이었다.

버스를 기다리는 동안 비를 피하기 위해 근처 다방으로 들어갔더니 두 여자가 된장찌개를 먹고 있었고 Y와 나는 찌개처럼 걸쭉한 인스턴트 커피를 앞에 놓고 담배를 피우며 시간을 죽였다. FM 라디오에서는 날씨와 상관없이 베토벤의 〈월광〉이 흘러나오고 있었다. 서울은 상기 달밤인 모양이었다. 우울증에 감염된 것처럼 Y와 나는 극도로 말을 아꼈고 다방 커피 때문에라도 한껏 인상을 찌푸리고 있었다.

버스에 오르고 나서야 Y는 입을 열었다.

그냥 안동에 들러보고 싶네요. 가본 지가 꽤 됐거든요.

누구 아는 사람이라도.

Y는 못 들은 척 대꾸가 없었다.

안동에서 하루 묵을 예정인가요?

글쎄요, 가봐서요. 아침부터 서울에서 자꾸 전화가 걸려오네요. 몸도 조금 무거운 것 같고.

……우리 서울 올라가면 운동 시작할까요? 나이가 들면 근육

량이 떨어져 힘을 못 쓰게 되는 거랍니다.

근육량. 결국 그게 문제로군요.

Y가 심드렁하게 되받았다.

전 헬스클럽에 등록하려고요. 한동안 산에 다녔는데 갈 때마다 하루를 꼬박 잡아먹더라고요.

그럼 난 산부터 가볼까요? 아령 들 나이는 지난 듯하니.

안동역에 내려 우리는 점심으로 간고등어 백반을 먹었다. 그리고 딱히 줄 사람도 없으면서 선물용 간고등어를 사들고 역으로 돌아와 막연히 상, 하행 시간표를 올려다보며 두서없는 말들을 주고받았다.

안동에 연고가 있는 모양인데 연락을 해보시든지요.

……아는 사람이 하나 있긴 한데, 막상 전화하기가 그렇네요.

누군데요?

별로 얘기하고 싶지 않네요.

그럼 서울로 올라갈까요?

글쎄, 가긴 가야겠지만 그래도 안동까지 왔는데, 하는 생각도 들고. 물론 생선 관련 음식이긴 하지만 간고등어 백반이나 먹자고 여길 왔나 싶기도 하고.

한참을 망설이다 나는 이렇게 말하고 있었다.

그럼, 저 먼저 서울로 올라갈까요?

그런 건 아니구요. 다만 심정이 오락가락해서. 간고등어처럼 속이 여일하면 좋을 텐데.

……

그만 올라가는 게 좋겠네요. 서울서 자꾸 전화도 오고.

괜찮겠어요?

뭐가요?

청량리에 내려서 후회하지 않겠냐고요.

그럴 것까지야 있을라구요. 뭐, 다 그런 거죠.

그럼 표를 끊죠.

안동역은 매표창구가 은행처럼 개방돼 있는 구조였다. 그 때문에 대기실은 강당이나 황량한 무대처럼 보였고 평일 대낮이라 그런지 드나드는 사람조차 드물었다. 삼십대 중반의 매표원 또한 밀랍인형처럼 무표정했기에 우리는 낯선 혹성의 정거장에 내던져진 느낌이 들었다. 마치 진공 상태처럼 사위가 극도로 적막했다. 무인 개찰구를 통과하는데 뒤에서 Y가 중얼거렸다.

여기가 안동역 맞나? 왠지 은하철도 999를 타러 가는 기분이네.

……!

Y와 나는 곧 기차에 올라탔고 우리가 탄 칸에는 단 한 명의 중년 여성만이 책을 읽고 앉아 있었다. 이윽고 기차가 출발하자 우리는 까만 비닐봉지 속에서 캔맥주와 팩소주를 꺼내 마시기 시작했다. 마치 무언가를 이겨내려는 듯 험상궂은 얼굴로.

기차가 제천역을 통과할 때 Y의 주머니에서 휴대폰 벨이 울렸다.

올라간다는데 왜 자꾸 전화질이야!

Y가 대뜸 거친 소리를 내뱉었다. 벨이 계속 울리는데도 Y는 전화를 받지 않았다. 앞좌석에 앉아 있던 여성이 슬그머니 뒤를 돌아보았다.

그만 받지 그래요.

Y가 액정화면을 뚫어지게 내려다보며 말했다.

발신자 미상인데.

그래도 일단 받아야 되지 않겠어요?

여보세요? 네? ……아, 네에. Y가 통화를 하며 나를 돌아보았다.

아, 지금 서울로 올라가는 중입니다. 아침에 가게에 들를까 했는데, 시간이 없어서 급히 떠나왔습니다.

……

네, 그럼요. 다음에 기회가 되면 다시 들르죠. 어젠 정말 즐거웠습니다. 노래를 정말 잘 부르시던데요. 저희 둘 다 감동했습니다. 네, 그렇게 전하죠. 네, 건강하시고요.

휴대폰을 주머니에 집어넣으며 Y가 말했다.

서울 올라가면 대학로에 있는 화장품 가게부터 찾아가라고 전해달라는데요.

그 말뿐이었습니까?

나머지는 얘기하고 싶지 않은데요.

왜요?

나만 알고 있고 싶으니까요.

그러시든지요.

고래가 다시 떠밀려오면 연락할 테니, 그때 둘이 함께 내려오랍니다.

내려갈 겁니까?

글쎄, 막상 그렇게 될까요?

각자 선물용 간고등어를 들고 청량리역에 내리니 밤이었다. 한잔 더 하고 헤어지자고 누가 먼저 말했는지는 기억이 나지 않는다. 아무튼 우리는 E와 H에게 전화를 걸어 인사동 '산타페'에서 만나기로 하고 택시에 올라탔다. 산타페엔 소주가 없어 Y와 E는 보드카를 마셨고 H와 나는 맥주를 마셨다. 그리고 반쯤 마신 보드카를 키핑하고 네 사람은 근처 지하에 있는 '소설'이란 술집으로 자리를 옮겼다. 그곳에는 일군의 문인들이 앉아 있었고 새벽까지 뒤섞여 마시는 동안 돌연 Y가 버럭 화를 내며 모 시인의 멱살을 잡고 자리에서 일어났다. E와 내가 겨우 뜯어말려 Y를 밖으로 데리고 나갔다. 시인과 Y 사이에 무슨 일이 있었는지는 E도 H도 나도 모르고 있었다. E와 H가 Y를 부축해 먼저 택시에 올라탔고 나는 안국역까지 가서야 지하철 운행이 끝난 것을 알았다.

며칠 뒤 나는 헬스클럽에 등록했고 마침 그날 산에서 걸려온 Y의 전화를 받았다. 숨 가쁜 목소리로 그가 말했다.

만물에 영혼이 깃들어 있다는 말이 산에 드니 비로소 실감이 나네요. 곧 다리에 힘이 들어오면 암벽등반을 해볼 생각입니다. 아, 그리고 다음달에 대학로에서 공연이 있는데 보러 올 거죠?

……그러겠다고 나는 말했다.

그후 나는 E와 Y와 H가 관계된 연극을 한 달에 한 번꼴로 보러 다녔다. Y는 서울에서 술을 마시다 가끔 택시를 타고 내가 살고 있는 일산으로 찾아오기도 했다. 그때마다 우리는 원주 빗속의 잠자리 떼와 귀래 달리아밭과 강구항의 고래와 화장품 가게 여자와 제천을 지나는 청량리행 기차 안에서 받은 그녀의 전화 얘기를 하며 추억에 잠기곤 했다.

6

이듬해 여름, E가 내게 전화를 걸어와 Y가 덕유산에서 쓰러져 병원으로 실려갔다는 소식을 전했다. 간암인 것 같다고 했다. 도대체 그게 무슨 소리냐고 반문하려다, 나는 뒤미처 천둥 소리를 들은 듯 입을 다물었다.

그대로 전화를 끊으려다 나는 싸우기라도 하듯 E를 다그쳤다.

그래서요?

강원도 고성에 친구가 사는데, 당분간 거기 가 있고 싶답니다.

……그 친구라는 사람이 의사랍니까? 의사 말을 들어야 하는 거 아녜요?

병원에 있기 싫답니다.

씨발!

네?

나는 제풀에 숨을 헐떡이고 있었다.

의사가 손을 쓰기엔 이미 늦은 모양입니다.

열흘쯤 뒤 Y는 다시 쓰러져 강릉에 있는 병원으로 실려갔고 이어 서울 현대아산병원으로 옮겨왔다. Y가 나를 한번 봤으면 한다고 해서 나는 병원으로 찾아갔다. 무더위가 뱀 떼처럼 기승을 부리던 날이었다. 얄미울 정도로 Y는 담담한 얼굴로 쇠침대에 누워 있었다. 주위를 물리고 난 뒤 그가 말했다.

엊그제 강구에서 전화가 왔습디다. 고래가 떠밀려왔다고.

……그래서요?

곧 둘이 내려가마 했습니다.

나는 시간이 없어 못 내려갈 것 같은데요. 혼자 다녀오세요. 그 편이 낫지 않겠어요?

Y의 얼굴에 의미를 알 수 없는 희미한 미소가 번졌다 사라졌다.

함께 내려가겠다고 했는데, 그럼 어쩌죠?

왜 저와 한마디 상의도 없이 그 여자와 덜컥 약속부터 한 겁니까. 뭐, 하는 수 없죠.

자는 듯 Y는 한참이나 눈을 감고 있었다. 눈을 뜨고 그가 말했다.

밖이 덥죠?

여름이니까요.

여름, 하고 그가 되받아 말했다.

오늘 원주엔 비가 온다네요. 종일 눈앞에 잠자리 떼가 분분하더이다.

……

귀래 달리아밭에 가봤어야 했는데.

……

대학로 화장품 가게엔 가봤나요?

그러느니 차라리 강구로 내려가겠습니다.

그제야 Y는 웃었다.

소주 한잔하고 싶네요. 참이슬로.

이런 날은 차디찬 생맥주가 낫지 않겠어요?

그런가?

더 무슨 말을 하려는 터에 일군의 사람들이 병실 문을 열고 들이닥쳤다. 연극계 후배들과 Y가 학교에서 가르치는 제자들이었

다. 한구석에 떠밀려 서 있다가 나는 Y에게 힘을 내라는 뜻으로
주먹을 불끈 쥐어 보이고는 슬그머니 병실을 빠져나왔다.

그로부터 일주일 뒤에 Y는 세상을 떠났다. 모르핀 주사를 맞
고 편안히 갔다고 E와 H가 내게 전해주었다. 나는 영안실로 찾
아가 분향을 한 다음 문상객들 틈에 끼어 앉아 술을 마시다 밖으
로 빠져나왔다. 무더위 속에 앉아 담배를 피우는 동안 잠깐 눈물
이 나왔던가.

Y의 발인이 있던 날 나는 혼자 인사동 산타페를 찾아갔다. 그
해 여름 Y가 남겨둔 보드카가 생각났던 것이다. 하지만 산타페
는 이미 폐업한 상태였다.

그후 나는 웬만하면 대학로에는 나가지 않았다. 옛날처럼 연
극도 더이상 보러 다니지 않았다. 작년 여름 대학로에서 Y의 추
모연극제가 열렸으나 그때도 가지 않았다. 그러다 올여름에 나
는 불쑥 E에게 전화를 걸어 무작정 만나자고 했다. 자정이 가까
워진 시각이었다. E는 마침 H와 함께 있었고 세 사람은 대학로
에서 만나 택시를 타고 한강 고수부지로 갔다. 그리고 강물이 밝
아올 때까지 소주를 마시며 Y 얘기를 했다. 나는 그제야 Y와 함
께했던 2006년 여름 여행 이야기를 그들에게 들려주었다. 다 듣
고 나서 E가 말했다.

"왠지 한 편의 연극 같네요. 소설로 써보면 어때요? 아마 Y형
도 좋아할 겁니다."

하지만 나는 차마 쓰겠다는 말을 하지 못했다.

그들과 헤어지고 나서 보름쯤 뒤에 나는 책 보따리를 싸들고 원주 토지문화관으로 들어갔다. 그리고 며칠을 끙끙 앓으며 누워 있었다. 그러한 와중에도 나는 비가 올 때마다 우산을 쓰고 저수지로 내려갔다. 엊그제는 혼자 차를 몰고 Y가 세상을 떠나기 전에 며칠간 머물렀던 강원도 고성에도 다녀왔다. 새삼스럽게 Y가 그리웠던 걸까. 아마 그랬던 것 같다.

이곳은 비가 오면 여전히 잠자리 떼가 분분히 날고 여름 들꽃들이 사방에서 피어나고 물론 귀래 달리아밭도 여전히 안녕하시고 제천과도 아주 가깝고 더불어 안동으로 가는 중앙고속도로가 있고 안동까지 가면 강구도 금방일 테고 거기 화장품 가게도 그대로 있을 것이고 고래가 떠밀려오면 그녀는 Y에게 다시 전화를 걸어올 것이다. 왜 내려오지 않느냐고 말이다.

2006년 여름 Y가 머물던 109호실에 앉아 나는 지금 이 글을 쓰고 있다. 상기 옥수수밭엔 비가 거칠게 퍼붓고 있고 2009년 8월 16일 어느덧, 자정 무렵이다. 세상 모든 이들이 저기 언덕 너머에 숨어 있는 달리아밭처럼 뜨거운 마음으로 생을 살아가기를 바라며, 삼가 두 손 모음.

해설 | 신형철(문학평론가)

은어에서 제비까지,
그리고 그 이후

프롤로그

그러므로 은어이거나 그 무슨 꽃이거나 제비이거나 하면서
살아가는 것이다. 이게 아니다 싶어 생을 처음부터 다시 시작할
힘이 있는 젊은 날에는 새 생명을 낳고 죽는 은어처럼 모천으로
회귀할 수도 있다. 그러려고 "그 먼 존재의 시원, 말하자면 내가
원래 있어야만 하는 장소로 돌아가기"(「은어낚시통신」) 시작하
는 것이다. 그러다 산다는 게 여간해서는 제 발밑 땅을 벗어나기
힘든 식물 같아질 때가 되면, 누군가를 만나 사랑하고 그 사랑으
로 누군가를 죽이거나 혹은 살리거나 하면서 사람은 동백을 닮
거나, 그 무언가를 잊고 있었던 게 아니라 사실은 잃고 있었던
것임을 깨닫고는 찔레꽃의 환영을 보거나 하는 것이다. 그러다

또 어느 만큼의 세월이 쌓이면 이번에는 다시 태어나기 위해서가 아니라 영원히 쉬기 위해서 제비가 날아가는 방향을 궁금해하는 때가 온다. ― "누군가 그럽디다. 영원의 나라가 있다고. 우리 모두가 그곳에서 이 세상에 잠시 머물다 가기 위해 찾아온 새들이라고. 나중에 거기 가시거든 생을 거듭하지 말고 부디 오래 머무십시오"(「제비를 기르다」) ― 대개 이렇다고 알고 있다. 아직 살아보지 않은 생을 무슨 수로 꿰뚫었겠나. 나보다 십사오 년 앞서 생을 지나간 어느 소설가의 소설을 따라 읽고서는 하는 말이다. 그리고 보면 내내 그의 소설을 따라 읽어왔다고 말하기보다는 그의 소설이 먼저 지나간 자리를 내 삶이 뒤따라 통과해온 것이라고 말해야 맞다. 나뿐만이 아닐 것이다.*

---

* 「은어낚시통신」(1994), 「상춘곡」(1996), 「찔레꽃 기념관」(2003), 「제비를 기르다」(2006) 등을 염두에 두고 적은 단락이다. 그의 소설들을, 지금 언급한 것을 포함한 그 특유의 주요 상징들을 중심으로 다시 읽어보는 일은 유익할 것이나, 여기는 적당한 자리가 아닌 것 같아 다음 기회로 미룬다. 말이 쉬워 '상징'이지, 하나의 이야기를 이룩하고 그 이야기마저 잊힌 뒤에도 형형하게 남아 때로는 동양적이고 때로는 서양적인 무의식적 울림을 계속 울리는 그의 상징들은, 하나의 이야기를 이룩하고는 그 세부들이 힘없이 풍화돼버리는 소설들이 많은 이 시절에 내게는 무슨 단편소설의 본향처럼 아득할 때가 많다.

은어에서 제비까지 - 윤대녕 소설 20년의 한 스케치

『은어낚시통신』(문학동네, 1994)은 1994년 3월 28일에 1판 1쇄를 찍었다. 1990년에 등단한 신인작가 윤대녕의 첫책이었다. 그리고 1994년은 윤대녕의 해가 되었다. 물론 이견이 있을 수 있다. 대중적 성공 여부를 기준으로 말한다면 1994년은 공지영의 『고등어』와 최영미의 『서른, 잔치는 끝났다』의 해라고 해야 한다. 소위 '후일담 문학'의 성공이 절정에 달한 해였다. 그러나 혁명의 시대인 80년대를 회고하는 그 작품들에는 미네르바 올빼미의 준엄한 사후성찰이 아니라(이를 보기 위해서는 황석영의 『오래된 정원』이 출간된 2000년까지 기다려야만 했다) 해 질 녘의 감상주의가 과도했던 것도 사실이어서, 그해는 후일담 문학에 대한 피로와 환멸이 극에 달한 해이기도 했다. 앞의 두 작품에 쏟아진, 정당한 비판도 없지 않았으나 대개는 졸렬한 인신공격에 가까웠던 함량미달의 부정적 언사들은 그 피로와 환멸의 볼썽사나운 배출이었을 것이다. 그람시의 표현을 빌리자면 '옛것은 죽어가고 있지만 새것은 태어나지 않고 있는' 전환기여서 그런 일도 일어났다. 한국문학에는 새로운 의제가 필요했다. 누군가 와야만 했고 바로 그때 윤대녕이 도착한 것이었다. 비로소 한국문학은 후일담의 시대와 작별하고 '90년대 문학'을 시작할 수 있었다. 바로 그런 의미에서, 1994년은 윤대녕의 해였다.

당시의 열기를 알 길이 없는 2010년의 독자들에게 위와 같은 말들은 수상쩍어 보일 것이다. 이 작가가 열어젖힌 것으로 간주되고 있는 '90년대적인 것'의 정체는 대체 무엇이었나. 한 평론가가 이 작가로부터 문학사의 새로운 단계가 시작되었다고 판단한 취지의 대강은 이렇다. 사회역사적 상상력으로 인간을 바라보는 것이 체질화된 한국문학에서 '인간은 은어다'라고 말하는 생물학적 상상력이 등장했다는 것. 소설이란 무릇 인간을 살고 인간을 쓰는 작업이어서 그것은 특정한 인간학의 원인이자 결과일 수 있다. 그 인간학의 차원에서 발생한 변화를 문학사의 전환점으로 삼는 것은 수긍할 만한 처사다. 그렇다면 이 작가가 '은어'의 인간학으로 추구한 것은 무엇이었나. 15년여 전 그의 인물들은 술에 취해 흐트러지면 "귀소하고 싶어요. 목숨을 걸고! / 영원회귀? 좋지, 거기서 우리는 죽고 우리의 아들딸들이 되어 다시 시작하는 거야!"(「銀魚」)와 같은 식의 대화를 나누었다. 그의 귀소는 "다시 시작"하기 위한 것이었다. "아침이 오기까지 나는 그녀의 손을 잡고 내 살아온 서른 해를 가만가만 벗어던지며, 내가 원래 존재했던 장소로, 지느러미를 끌고 천천히 거슬러 올라가고 있었다." 저 유명한 「은어낚시통신」의 결말부다. 막연하나마 신생(新生)을 도모하려는 의지가 있었기에 이런 결말도 가능했다. 요컨대 '신생을 위한 귀소'가 저 인간학의 모토였다.

물론 얼마간은 추상적이고 다소간은 낭만적이다. 그러나 이

추상성과 낭만성은 그것대로 90년대적인 것의 한 풍경이었다. 구체제가 몰락하고 그 자리를 천박한 신흥 부르주아들이 차지하기 시작했을 때 19세기 유럽의 젊은 예술가들은 '댄디즘'이라는 '정신의 귀족주의' 속으로 빠져들어갔다. 이와 유사하게도 '90년대의 페르소나'라 해도 좋을 윤대녕의 인물들은 80년대의 정치적 이념과 집합적 이상이 쓸려나간 자리에 부박한 포스트모던 문화가 밀려들자 개개인의 내면으로 자발적 망명의 길을 떠난다. 이를 두고 문학의 신화적 자질에 민감한 한 평론가는 "존재의 시원으로의 회귀"를 지향하는 "후기자본주의 시대의 목가"라 평했고(남진우), 문학의 윤리적 자질에 예민한 한 평론가는 80년대를 사로잡은 공동체의 집합적 이상 대신 "개인의 내면적 진실"에 충실할 것을 지향하는, 루소 이래의 "진정성의 윤리(ethics of authenticity)"를 거기서 읽어냈다(황종연). 이는 지금도 여전히 규범적 가치를 인정받는, 당시 윤대녕 소설에 대한 가장 자상한 독법이자 최대치의 평가였다. 이들이 '시원'이나 '내면'의 추상성과 낭만성에 눈 감은 것은 아니다. 다만 그 한계가 윤대녕의 것이라기보다는 그 시대 자체의 것임을 온당하게 전제했을 뿐이다.

　반론을 제기하는 목소리들이 없지 않았으나 대개가 윤대녕 소설의 상징적 가치를 적극적으로 인정한 것은 그런 맥락 때문이기도 했다. 가기는 가야겠으나 어디로 가야 할지 알 수 없는 시대였다. '내면' 혹은 '시원'은 그런 의미에서 '과거의 장소'가 아니라 '미래의 시간'에 더 가까운 것으로 이해되었다. 누구도 지도를 제공하지 못하던 때에 빛나는 새 출발의 이미지 하나를 제공하였으니 그것으로 된 것이었다. 본래 낭만주의는 그 자체로 옳거나 그른 것이 아니라 그것이 놓여 있는 맥락에 따라 진보와 퇴행의 가치를 부여받는다. 말하자면 윤대녕의 그것은 90년대 중반이라는 전환기와 행복하게 만났다. '은어낚시통신'이라는 컬트 집단이 '짐 자무시'와 '티베트'와 '롤랑 바르트' 운운하며 그것이 그들의 '헌법'이라 말할 때, 여기에는 최소한, 1991년을 기점으로 영원한 승리를 선언한 자본주의 모더니티와의 '낭만적 긴장'이 존재했다. 80년대를 향한 향수도 90년대로의 투항도 모두 불만스러웠던 이들에게 윤대녕이 권유하는 귀소와 신생은 매력적이었을 것이다. 그러나 2010년의 젊은 독자들에게 '존재의 시원'이나 '내면적 진실' 따위의 말들은 구닥다리로 느껴질 공산이 크다. 한국사회가 90년대 후반에 큰 변화를 겪었고 그 변화만큼 윤대녕의 초기 소설들이 우리에게 낯설어졌기 때문이다.

그리고 우리는 이태 전에 그의 가장 최근 책인 『제비를 기르다』(창비, 2007)를 읽었다. 많은 사람들이 윤대녕의 변화를 이야기했다. 그도 그럴 것이 13년의 세월이 지난 것이다. 그사이에 적지 않은 일들이 있었다. 90년대 초중반에 경박하게 소비되었던 포스트모더니즘은 1997년의 환란(換亂) 이후 허망하게 스러졌고, 그 이후 10년 동안 한국사회는 전지구적 신자유주의 시스템에 착실히 포섭되어 오늘에 이르렀다. 그 기간 동안 우리는 '이 시스템의 바깥은 없다'는 사실을 조금씩 받아들이기 시작했고 이제는 거의 익숙해져버렸다. 말하자면 우리는 자본주의 모더니티와의 긴장을 상실했다. 윤대녕의 최근 소설들에서도 그것을 확인했다. 시스템과의 낭만적 긴장 대신 '생'이라는 불가항력이 소설을 이끈다. 무언가를 바꾸기에는 너무 늦어버렸다는 체념이 소설 곳곳에 자욱하다. 귀소의 모티프가 있되 그것은 신생을 예감하는 영원회귀의 귀소가 아니라 죽음을 준비하는 수구초심의 귀소다. 서로 다른 두 세계의 교통을 신화적으로 매개하던 동적 상징들('은어', '되새 떼', '유성우' 등)이 자취를 감추고 '고래등(燈)'이나 '못 구멍' 같은 정적 상징들이 다만 처연하다. 흔히 저쪽 세계가 보내오는 암호를 체현했던 여성 캐릭터에도 변화가 생겼다. 남녀를 불문하고 윤대녕의 인물들은 이제 병들어 견디고, 견디며 죽어간다.

그러나 이것을 패배주의나 허무주의라고 할 수는 없을 것이다. 이런 판단을 끌어내고야 마는 것이 저 책의 힘이다. 다른 생 혹은 다른 세계에 대한 꿈이 모래처럼 손가락 사이를 빠져나간 자리를 채우는 것은 생의 실상을 향한 차분하고 결연한 직핍(直逼)인데, 그것이 "생의 회한과 허무"(「고래등」)와 비장하게 직면하여 숭고해질 때 그의 최근 걸작들은 독자의 마음에 한순간 지진을 일으키는 것이었다. 저 책을 통해 그는 초기 소설과는 다른 인간학을 이룩하면서 또 한 번 전성기에 이른 듯 보였다.「제비를 기르다」의 작부 '문희'나「탱자」의 '고모'에게서 느끼게 되는 어떤 압도적인 기품이 그와 같은 직핍과 직면의 숭고함에서 나오고 있었다. 이제 성(聖)과 속(俗)이 분별될 수 있다는 미망을 접은 탓일 것이다. '성'은 없다. 있다면 그것은 '속'의 세계 안에서만 가까스로 있다. 그것을 뜻하는 말들이 이를테면 '정화(淨化)'(「탱자」)이거나 '대정(大定)'(「편백나무숲 쪽으로」)이거나 혹은 '무무(無無)'(「낙타 주머니」)일 것이다. 이런 세계를 '범속한 비극'의 세계라 부를 수 있을 것 같다. 태어나 살다 죽는 일들이 비극의 단서가 되고 있기에 그것은 '범속'한 것이며, 모든 종류의 불가피함에 맞서 인간의 존엄을 지키려는 이들의 서사라는 점에서 그것은 '비극'이다.

초기 윤대녕의 낭만주의가 그 자체로는 옳은 것도 그른 것도 아니었듯이, 이 '범속한 비극'의 세계는 그 자체만으로 평가되어서는 안 될 것이다. 이 비극이 우리 시대에 대한 적절한 문학적 응전이 되고 있는지를 챙겨 물어야 한다. 생의 한 측면에 볼록렌즈를 들이대는 경쾌하고 발랄한 이야기들이 최근에 많아졌지만, 근원적인 가치에 대한 일체의 성찰을 모욕하는 이 시대에 필요한 것은 오히려 더 많은 비극일 수 있다. 비극은 생의 정면과 직면하지 않으면 쓰일 수 없거니와, 직면 없이 어떤 성찰이 가능할 것인가. 이는 무엇보다도, 미지의 여인과의 한 번의 정사로 '저 쪽 세계'로 건너갈 수도 있으리라는 식의 믿음을 가졌던 삼십대 초반의 청년 작가가 이제 앞으로의 삶에서 결정적인 변화는 더 이상 없을 것이라는 사실을 받아들이는 사십대 후반의 중견작가가 되면서 가능해진 일이겠거니와, 소위 90년대에 출발한 문학이 2000년대에 걸어갈 만한 가장 품위 있는 길 중의 하나가 어쩌면 이 어름에 있을 것이다. 그렇게 더 성숙해진 표정과 보폭으로 윤대녕의 소설은 2000년대 후반을 걸어왔다. 은어에서 제비에 이르는 윤대녕 문학 20년에 대해 나는 대강 이런 생각을 갖고 있다. 이제 그의 여섯번째 소설집을 읽은 소감을 적는다.

범속한 구원의 순간들—윤대녕의 최근 소설

근작 일곱 편이 이번 책에 묶였다. 과감하게 말하면 전체가 한 편의 소설이라고 해도 좋을 정도다. 왜 비슷한 얘기만 반복하느냐고 트집 잡힐 만한 만만한 유사성이 아니라, 소설이란 게 달리 무슨 얘기를 할 수 있겠는가 하는 식의 단호한 일관성이다. 생각해보면 너나없이 역사소설을 쓸 때도 이 작가는 동시대의 일상적인 시공간(삼청동이니 일산이니 하는 장소의 뉘앙스와 청명이니 곡우니 하는 절기의 분위기 등)을 거의 떠나본 적이 없지

만, 이번 책에서 그 일상성은 이제 돌이킬 수 없을 정도로 강화
돼 있다. 일상성을 반으로 쪼개는 에피파니의 계기들—윤대녕
의 소설에서 그것은 여행, 환상, 연애 등으로 나타난다—이 거
의 사라져 있다. 여행이라야 기껏 강원도에나 잠깐 다녀오는 식
이고, 비본래적인 삶을 경고하고는 했던 환상적 요소들(인물의
갑작스러운 실종과 홀연한 나타남, 자기분열의 산물인 분신의
등장 등)마저도 보기 어려워졌으며, 일상성에서 진정성으로 가
는 관문 역할을 했던 연애도 이제는 외려 일상성 자체의 완강함
을 증명하는 방식으로 동원된다. 한마디로 "비석 없는 무덤들처
럼 공허한"(148쪽) 시간들이 빈틈없이 빽빽하다. 생이라는 불가
항력에 대한 성찰이 대종을 이룬다는 점에서 전작『제비를 기르
다』를 잇고 있으나, 비극적 위엄마저 소멸된 세계만을 들여놨으
니 전작보다 더하다는 생각이다. 그렇다면 이번 소설집에서는
무엇을 읽어야 할까. 상대적으로 더 뛰어난 네 작품이 책 앞쪽에
배치돼 있다.

먼저「보리」를 읽는다. 24절기 중 봄에 배당돼 있는 여섯 절기
의 다섯번째가 청명(淸明)인데 양력으로는 식목일과 대개 겹친
다. 한 연인이 있어 해마다 청명이 되면 지방 어느 온천에서 만
나 하룻밤을 보내고 헤어지기를 어느덧 6년째다. 아직 청명이
되려면 이틀이 남았는데, 올해는 여인이 먼저 내려와 남자를 기

다린다. 얼마 전 그녀는 유방암을 얻었고 이 불안정한 인연의 행사(行事)도 올해가 마지막이라는 생각을 하면서 지난 세월을 돌이킨다. 7년 전의 청명에, 남자는 봄비가 내리면 고향의 보리밭이 그리워진다며 제 결락을 슬쩍 내비쳤고 여자는 그런 그에게 '어리석고 가난하고 무서운'(25쪽) 자기 생을 의탁해보기로 마음먹었다. 남자는 여자를 '보리'라 부르겠노라 했고, 이듬해부터의 청명은, 생명의 기운을 상징하는 저 절기의 의미와는 아이러니하게 엇갈리는, 아무런 기약도 없는 저 인연의 근거가 된다. 발목을 다친 학이 날아와 몸을 회복하고 돌아간 데서 유래한 온천에서 그들이 만나는 것은 그럴 만한데, 여자는 발목을 다친 학마냥 혼자 걸을 수 없어 목발처럼 남자를 원했던 것이니까. 그러나 재작년에 그는 한 아이의 아빠가 되었고 이제는 나도 병들었으니 그를 놓아주어야겠다고 여자는 생각하는 것인데, 그 결심을 실천하기까지는 칼로 병든 가슴을 도려내는 일 만큼의 안간힘이 필요한 것이어서 그녀는 복숭아나무 아래에 관처럼 몸을 누이는 슬픈 제의를 치르고서야 비로소 그를 보낼 수 있게 된다.

「풀밭 위의 점심」은 대학 시절 만나 서로 우정과 애정 사이를 오가다 끝내 모든 인연이 헝클어져버리고 중년의 나이가 된 세 사람, 나, 연우, 그리고 수연의 인연을 다룬다. 이 인연의 배후에도 어김없이 결락이 존재하는데,[*] 연우는 부친과 절연하다시피한 상태이고, 수연은 여덟 살 때 어머니를 여의고는 이후로도 내

내 고향, 바다, 어머니에 대한 결핍에 시달리는 중이며, 나 역시 홀어머니 밑에서 어렵게 성장한 터다. 이 소설에서 특히 눈여겨 봐야 할 것은 이야기의 배경이 되는 장소들의 상징성이다. 이들의 과거는 수연의 고향인 울산의 반구대 암각화 주변에서 완성되는데, 1년 중 두세 달만 그 모습을 드러내는 암각화는, 대체로 공허한 삶의 시간들 속에서 드물게 찾아온 충만한 한 시기의 배경을 이룬다. 근처 풀밭에서 수연이 돌연 옷을 벗고 두 남자 곁에 앉아 사진을 찍는 장면은 그 충만의 한 응축이거니와, 이 장면은, 사진이 찍히는 순간 화면이 정지되면서 마네의 그림 〈풀밭 위의 점심〉과 서서히 포개지는 영상기법을 떠올리며 읽어도 좋을 것이다. 한편 이들의 현재는 연우의 전시가 열리고 있는 '대안공간'에서의 재회로 구성된다. 작가는 도심 한가운데의 폐허 같은 그곳을 공들여 묘사하면서 "동네 자체가 하나의 거대한 미

---

* 새삼스러운 지적이지만, 윤대녕의 인물들은 어떤 결락 없이는 만나지 못한다. 왜일까. 그렇지 않았다면 그저 우연의 소산이었을 만남인데, 거기에 어떤 결락이 서로를 알아보고 손을 내민 것이라는 맥락을 그려 넣는 순간, 그 만남은 더이상 우연한 것이라고 말할 수만은 없게 된다. 이 작가는 그의 소설에 숱한 우연들을 작동시키지만 또 그만큼의 비의적인 상징들을 동원하여 그 우연이 사실은 인연이라고 거의 교향악적으로 설득한다. 천지간에 우연은 없고 다만 인연이 있을 뿐이라는 (멀게는 동리와 미당의 세계에 닿아 있는) 이 작가의 뿌리 깊은 세계관의 관철이다. 이 점은 특히 「천지간」(『많은 별들이 한곳으로 흘러갔다』)에서 압도적인 미학적 경지를 이끌어냈다.

290

술품"(53쪽)임을 넌지시 지적하는데, 이 '미술품'은 그들의 과거를 상징하는 또 하나의 미술품 〈풀밭 위의 점심〉과 의미 있는 대조를 형성하면서, 현재 그들의 내면에 그 공간과 흡사한 어떤 폐허가 웅크리고 있음을 알게 한다. 짧은 재회가 끝나고 착잡한 나와 현명한 아내의 대화로 이 소설이 마무리될 때 우리는 내면의 폐허는 끝내 없앨 수 없고 다만 대면하고 또 달랠 수 있을 뿐이라는 사실을 되새기게 된다.

「대설주의보」에서 두 사람이 처음 만난 1996년도 결락의 시기였는데, 윤수는 일본에서의 어떤 체험 때문에 '삶의 연속성'(89쪽)을 잃고 허둥대던 때였고 해란은 실연 때문에 무너지듯 눈물을 쏟아내던 때였다. 둘은 인연처럼 만나 강물처럼 평온한 1년을 보낸다. 그러다 허탈한 오해와 얄궂은 상황 탓에 헤어졌고 삶의 행로는 마땅히 갔어야 할 길을 놔두고 탈선한다. 허망한 5년의 세월이 흐르고 어떤 계기로 둘의 관계는 끊어질 듯 다시 드문드문 이어지는데, 불행한 결혼생활의 외중에 해란은 윤수에게 어떤 신호를 보내고 윤수 역시 그 뜻을 모르지 않지만, 10년의 세월을 무너뜨릴 수 없어 어느 쪽도 적극적일 수가 없는 안타까운 상태로 관계는 이어진다. 그러다 해란의 자살 기도를 뒤늦게 전해 들은 윤수는 마침내 어떤 빗장 하나를 풀고는 대설주의보의 길을 뚫고 해란을 만나러 백담사로 달려간다. 이 장면을 읽을 때 독자 역시 간절해지는데, 20분이면 될 거리를 두 시간이나 걸리게 생겼다고 택시기사가 투덜대는 그대로, 대설주의보처럼 그들을 억누른 세월의 무게 때문에 고작 두어 달이면 될 일을 12년 동안이나 헤맨 뒤에야 비로소 한 연인이 원래 자리로 돌아가려 하고 있기 때문이다. 드물게 희망적인 이 소설의 결말은 7년의 관계를 아프게 도려내는 것으로 끝나는 「보리」의 그것과는 사뭇 달라서 이 책을 읽으면서 내내 내려앉는 기분을 잠시 다독거릴 수 있게 된다.

「꿈은 사라지고의 역사」는 두 남자와 한 여자의 엇갈리는 관계를 그리면서 거기에 흘러간 옛 노래의 사무침과 흑백 방화(邦畵)의 정서를 품위 있게 새겨 넣은 작품이다. 이런 이야기를 들어 보라. 한 사내아이가 있어, 생의 공허 때문에 일부러 피를 보고 다니는 삼촌의 영향으로 일찍이 옛 노래 〈꿈은 사라지고〉의 정서를 얻어 갖게 되었고, 대학생이 되어서는 그 노래를 멋들어지게 부르는 여섯 살 연상의 여인 은주와 사랑에 빠지고, 사랑이 시작되려는 찰나, 그 노래에 대해서라면 그보다 더 깊이 들려[憑] 있는 삼촌에게 그녀를 빼앗기고, 그녀의 변심에 항의하기 위해 제 팔뚝에 칼을 꽂았다가는 체념한 뒤 입대하고, 이후 결혼을 해 가정을 꾸리지만 예의 그 〈꿈은 사라지고〉에서 벗어나지 못해 인생이 왜 이리 공허하냐며 수선을 피우다가, 그 옛날 은주를 닮은 정희와 저지르듯 사랑에 빠졌다가 헤어지고, 이제는 숙모가 된 은주를 다시 만나 삼촌이 죄책감 때문에 인생의 후반기를 자해하듯 살았다는 이야기를 전해 듣고…… 와 같은 식의 이야기는 확실히 신파적이라 할 만하다. 그러나 혹자는 이 소설이야말로 '윤대녕만이 쓸 수 있는'이라는 수식어에 가장 걸맞은 작품이라고도 말할 텐데, '신파적인 것'이야말로 온갖 휘장을 걷고 난 뒤에 남는 생의 맨얼굴임을 잘 알고 있는 것에 더해, 정서의 물길을 정교하게 이끄는 기교로 그것을 '문학적인 것'으로까지 끌어올리는 솜씨야말로 이 작가 특유의 것이기 때문이다. 꽤나 담백하게 삶을 꾸려왔다 싶었는데 관계의 어떤 난맥 속에서 문득 정신을 차리고 보니 내가 신파의 한가운데에서 허둥대고 있었다, 라는 식의 체험이 있는 이라면 이 소설과 냉정한 거리를 두기 어려울 것이다.

　지금까지 읽은 네 작품은 서로 제 짝을 갖고 있다. 「보리」와 「대설주의보」를 함께 읽으면 좋을 이유는 이렇다. 우선은, 아내가 있는 한 남자를 사랑하는 여자의 이야기(「보리」), 남편이 있음에도 한 남자를 사랑하는 여자의 이야기(「대설주의보」)여서다. 이 연애들은 (초기 윤대녕의 소설에서와는 달리) 일상성과 진정성 사이의 긴장을 잃고 일상성 내부로 완전히 통합된 채로, 마치 살아 있음을 증명하는 호흡처럼 일이 년 간격을 두고 가느다랗게 이어지고 있는 중이다. '무덤처럼 공허한' 현재가 언제 어디서 시작되어 어떤 길을 거쳐 지금에 이르렀는지를 거의 담담하게 그리다가 돌연 사무치는 어조로 회상하는 구조도 두 소설이 공유한다. 「풀밭 위의 점심」과 「꿈은 사라지고의 역사」를 함께 읽으면 좋을 이유는 이렇다. 앞서 지적한 대로 한 여자와 두 남자가 뒤엉켜 만들어낸 회한의 무늬들이 새겨져 있는 이야기여서 우선 그렇고, 각각 한 점의 그림과 한 곡의 노래가 소설을 받쳐주고 있어서 또한 그렇다. 「풀밭 위의 점심」은 마네의 동명의 그림에서,* 「꿈은 사라지고의 역사」는 영화 〈꿈은 사라지고〉(노필 감독, 1959년)의 동명의 주제가에서 시작되었다.** 그러나 결말의 파문에 대해서 말하자면 함께 묶여야 할 것은 「대설주의보」와 「꿈은 사라지고의 역사」일 것이다. 두 소설의 결말은 이번 소설집에서 가장 아름다운 순간들에 속하고 이 책이 내장하고 있는 최대치의 희망을 보여준다. 길지만 이 부분만큼은 옮겨 적고 싶다.

---

* 기억나시는지. "언어로 그린 한 폭의 인상주의 회화"(김화영)라는 적절한 호평을 받은 「빛의 걸음걸이」(『많은 별들이 한곳으로 흘러갔다』, 생각의나무, 1999)에서 '나'의 여동생의 방에는 모네의 〈인상, 해돋이〉가 걸려 있었으니, 확실히 이 작가의 화풍은 인상파에 가까운 것인 듯하다.

** 기억나시는지. 소설 「상춘곡」(같은 책)의 도입부에서 술집 여주인도 이 노래를 불렀더랬다. 노랫말이 이렇다. "나뭇잎이 푸르던 날엔 뭉게구름 피어나듯 사랑이 일고 끝없이 퍼져나간 젊은 꿈이 아름다워/귀뚜라미 지새 울고 낙엽 흩어지는 가을에/아, 꿈은 사라지고 꿈은 사라지고 그 옛날 아쉬움에 한없이 웁니다." 벅찬 장조 선율이 '귀뚜라미' 운운에서 단조로 꺾였다가 이내 다시 애초의 장조로(그러나 이미 단조의 물기를 머금어버려서 어딘가 쓸쓸해져 있는 채로) 복귀한다. 이 노래의 정조를 소설의 그것과 한번 비교해보시길.

어디까지 왔을까. 계곡을 가로지르는 돌다리 위에서 윤수는 발을 멈추고 캄캄한 눈 속을 노려보았다. 어디쯤일까. 멀리 솜뭉치 같은 부연 빛이 윤수의 눈에 빨려들어왔다. 그새 백담사 가까이 온 것은 아닐 텐데. 실눈을 뜨고 재차 노려보니 그 빛은 이쪽을 향해 느리게 미끄러져 내려오고 있었다.

그것이 전조등 불빛이라는 것을 깨달은 것은 잠시 후였다.

차가 다가올 때까지 윤수는 그 자리에 우두커니 서 있었다.

이윽고 눈을 잔뜩 뒤집어쓴 알브이 차량이 체인을 쩔렁대며 그의 앞에 다가와 커다란 짐승처럼 멈춰 섰다.

운전석에는 젊은 스님이 타고 있었다.

이어 조수석의 문이 열리고 해란이 차에서 내렸다.

—「대설주의보」 (121쪽)

"우리가 삼촌을 사랑한 건 사실이죠?"

숙모는 삼촌과 나의 첫사랑이었다. 어쨌든 그것만큼은 사실이었다. 숙모는 고개를 갸웃했을 뿐 별다른 대꾸는 하지 않았다.

"아니, 삼촌이 우리를 사랑했던 걸까요?"

맥주잔을 들고 가만히 나를 마주 보던 은주가 이윽고 고개를 끄덕이더니, 순간 환하게 웃었다.

—「꿈은 사라지고의 역사」에서 (160쪽)

이런 부분들이 주는 느낌을 감동이니 전율이니 하는 말로 표현하는 것은 그것이 상투적이어서가 아니라 부정확하기 때문에 적절하지 않다. 이것은 차라리 어떤 안도감에 가깝다. 앞에서부터 천천히 쌓아온 어떤 착잡함을 끝에 이르러 어떤 손이 한 번 들었다 놓아주는 식이라고 할까. 「대설주의보」의 끝부분에서 한 문장이 한 줄씩을 차지하면서 저 애틋한 순간의 호흡을 마치 시처럼 고르고 있는 것이나, 「꿈은 사라지고의 역사」의 마지막 부분에서 애초의 질문이 나중의 질문으로 바뀌면서 삼촌의 삶이 패배자의 그것이 아니라 진정으로 삶을 사랑할 줄 안 사람의 그것으로 구원되는 장면, 한동안 '숙모'로 불리던 여인이 '은주'로 지칭되는 순간과 뒤이은 환한 미소 앞에서는 삶이 아무리 험난하고 신산하여도 산다는 것은 끝내 숭고한 일이라는 식의 어떤 벅찬 안도감을 거부하기 어렵다. 이를 두고 생의 불가항력 속에서 드물게 만나는 구원의 한순간이라고 해서 틀린 말일까.* 전작 『제비를 기르다』보다 한층 더 낮게 가라앉아 있는 이야기들 속에

---

* 오즈 야스지로에게 바쳐진 이런 문장들을 여기에 옮겨 적고 싶다. "오즈의 영화 속에서 주인공과 관객을 모두 사로잡는 감정은 행복에 대한 은밀한 공감, 협약 혹은 공모이다. 이는, 그가 그리는 인물들의 삶이 실제로 행복한 것으로 재현되고 있다는 사실을 의미하지 않는다. 때로는 불행이, 불운이, 고통과 이별이 그들을 지배한다. 그러나 그런 운명의 부침을 넘어서는 행복에 대한 잔잔하고 근본적인 믿음이 작품과 감독과 관객을 굳게 연결시키고 있다." 김홍중, 「행복의 예술, 그 희미한 메시아적 힘」, 『마음의 사회학』, 문학동네, 2009, 462쪽.

서 이제는 '범속한 비극'의 세계에서 '범속한 구원'의 순간들을 발견해내느라 윤대녕의 소설은 쓰이고 있는 것 같다. 이번 책에서도 알 수 있듯이 그 구원은 대개 실패하고 아주 드물게 성공할 뿐이지만, 그것은 이 작가가 자신의 세대를 살면서 느끼는 정직한 실감일 것이고 어떤 불가항력에 의해 떠밀리듯 구원으로부터 점점 멀어지고 있는 이 시대의 정직한 현황일 것이다.

그러나 정직하다고 해서 그것으로 된 것일까. 2000년대 이후 급증한 조증(躁症)과 울증(鬱症)의 서사들 속에서 현명한 평온을 유지하는 것으로 충분할까. 이 작가가 '충분하지 않다'고 믿는 게 분명하다는 단서를 우리가 아직 읽지 않은 두 편의 소설에 나타나는 '죄의식'에서 찾을 수 있다. 「오대산 하늘 구경」에서 '나'는 애매한 관계를 유지해오던 연미가 돌연 비구니가 되길 선택하는 순간 "화로처럼 뜨거운 얼굴이 되어 가슴에 심한 부끄러움을"(200쪽) 느낀다. 「도비도에서 생긴 일」에서 두 사내는 '미쓰 강'의 갑작스러운 죽음 앞에서 미처 결백을 챙기지 못한다. 이 소설들에서 여자들이란 남자 편에서 보자면 '삶 그 자체'의 표상들일 것이다. 그녀들(삶)을 사랑하건 증오하건 도대체가 최선을 다해야 할 터인데, 이 남자들은 삶과 거리를 두고 이기적인 무관심으로 시종해오질 않았던가. "도대체 우리는 무슨 일을 하며 나이를 먹어가고 또 사람들과 어떤 관계를 맺으며 살아가는 것일까. 사는 게 모두 어리석고 잔인한 속임수라는 생각이 들었다."(234쪽) 어쩌면 이 죄의식이 그들을 어디론가 데려갈 것이다. 일상성과 진정성의 긴장 속에서 후자 쪽으로 투신하던 인물들이 어느덧 일상성 속으로 완전히 포섭된 삶을 직시하면서 희미한 구원의 순간을 기다리는 쪽으로 변해온 것이 그간 윤대녕 문학의 경로라고 한다면, 이제는 바뀐 세계 속에서 그만큼 바뀐 주체로 서서, 다시 한번 문학만이 넘볼 수 있는 '바깥'을 향해 나아가야 하지 않을까. 결국은 다시 떠나야 할 때가 온 것이다. 그간 그가 이룩해놓은 숱한 상징들이 여전히 휘황하지만, 이제 또 다른 구원의 상징을 찾아서, 그는 어쩌면 다시 은어가 되어야만 하겠다.

에필로그

만나기로 한 이가 30분 정도 늦는다고 한다. 이 30분은 선물이다. 그 선물을 가장 아름답게 받는 방법 가운데 하나를 알고 있다. 아름다운 단편소설 한 편을 읽는 일. 시는 너무 짧고 장편소설은 너무 길다. 자기 문장을 갖고 있는 작가의 좋은 단편을 읽다가 문득 고개를 들면 시간은 음악처럼 흐르고 풍경은 회화처럼 번져갈 것이다. 다 읽고 나면, 기다린 그 사람이 온다. 윤대녕의 책이면 좋을 것이다. 그의 책은 바람의 반대 방향으로 하염

없이 날아가는 새를 닮았다. 사람이 피할 수 없는 운명의 바람이 불고 있어 아프고, 하릴없이 그 바람 맞으며 만나고 헤어지는 사람들이 있어 아리다. 그의 작품들에는 이효석의 「메밀꽃 필 무렵」, 김동리의 「역마」, 이제하의 「나그네는 길에서도 쉬지 않는다」 등의 선례에서 공히 느낄 수 있는 우리 문학 특유의 서정과 애상이 자욱하다. 모국어로만 표현되는 아름다움이 이 세상에 있다는 것은 좀 감격스러운 일이다. 그런 아름다움에 헌신하기 위해 어떤 사람은 평론가가 되기도 한다. 내가 이렇게 된 데에는 1990년 이래의 윤대녕도 책임져야 할 부분이 있을 것이다. 천지간에 상춘곡 가득한 이 시절에 그를 읽는다. 시를 엿보는 소설도 있지만 시를 통과한 소설도 있다는 것을, 남자와 여자는 완전히 만날 수도 완전히 헤어질 수도 없다는 것을 나는 그의 소설에서 배웠다.[*]

---

[*] 여기쯤이 제자리인 것 같아 경향신문(2009년 4월 13일자)에 게재된 글을 다듬어 에필로그로 삼는다.

<h1 style="text-align:center">작가의 말</h1>

단편 「대설주의보」는 2008년 겨울 백담사 '만해마을'에서 쓴 것이다. 내 생에서 모종의 변화가 진행되던 시기였는데, 과연 그 심정을 담았다고 말하고 싶다. 또한 이 소설은 최승호 선생의 오래전 시집 『대설주의보』에서 영감을 받았음이 틀림없다. 책을 내기 전 선생께 전화를 걸어 새 소설집의 제목을 『대설주의보』로 하고 싶다고 하자, 선생은 뭐 괜찮지 않을까? 라며 흔쾌히 허락해주셨다.

「보리」와 「여행, 여름」은 원주 '토지문화관'에서 썼다. 그곳에 머물게 되면 나는 여지없이 비감해지곤 하는데, 아마 박경리 선생 때문이 아닐까? 「보리」는 그분이 돌아가시기 전 여름에, 「여행, 여름」은 작년 여름에 씌어졌음을 밝혀두고 싶다.

「오대산 하늘 구경」과 「꿈은 사라지고의 역사」는 재작년 여름

'월정사'에서 두 달간 여름 방부를 들였을 때, 「도비도에서 생긴 일」은 작년 겨울 속초에 있는 '척산온천'에서 썼음도 훗날까지 스스로 기억해두고 싶다.

나머지 한편 「풀밭 위의 점심」만이 일산 작업실에서 씌어진 것이다. 연전에 나는 문인 집단거주지역인 일산을 떠나 서울 북한산 아래로 이사를 했다. 그리고 지금 나는 '연희문학창작촌'에서 더불어 이 글을 쓰고 있다.

위에서 일일이 밝혔듯 감사를 드릴 사람들이 지나치게 많다. 소설은 다만 혼자 쓰는 게 아니라는 자각이 드는 것도 어쩌면 당연한 일이겠다. 그렇다면 칼날을 입에 문 사내처럼 좀더 일념의 자세로 임해야 하지 않았을까? 어느덧 나는 등단 20년이 되었고 여섯번째 소설집을 내고 있다. 그런데도 늘 앞이 막막한 것은 삶 자체가 막막한 것이기 때문이리라.

나이가 들어가면서 오래 만나온 사람들의 존재가 더더욱 소중하고 그리워진다. 만나서 헤어지는 순간부터 다시 그리워진다. 그럼 뒤를 돌아보게 돼 있다(나는 결코 뒤를 돌아보는 사람이 아니었다). 그런데 중요한 것은 그때 그들도 나를 돌아보고 있다는 사실이다. 그러한 심정으로 계속 쓰면서 살아가고 싶다. 그 순간마다 부젓가락으로 가슴을 후비듯 목울대로 뜨겁게 차오른 생각이다.

지난 20년 동안 내 책을 읽어준 독자들께도 새삼스레 인사를 전하고 싶다. 부디 오래오래 소중히 생을 살아가기를 간절히 바라 마지않음. 총총.

2010년 봄
윤대녕

문학동네 소설집

대설주의보
ⓒ 윤대녕 2010

1판 1쇄 │ 2010년 3월 19일
1판 7쇄 │ 2025년 3월 11일

지은이 윤대녕

책임편집 백다흠 정세랑 │ 독자 모니터 양은희
디자인 엄혜리 유현아 │ 저작권 박지영 형소진 오서영
마케팅 정민호 서지화 한민아 이민경 왕지경 정유진 정경주 김수인 김혜원 김예진
브랜딩 함유지 박민재 김희숙 이송이 김하연 박다솔 조다현 배진성
제작 강신은 김동욱 이순호 │ 제작처 (주)상지사P&B

펴낸곳 (주)문학동네 │ 펴낸이 김소영
출판등록 1993년 10월 22일 제2003-000045호
주소 10881 경기도 파주시 회동길 210
전자우편 editor@munhak.com │ 대표전화 031)955-8888 │ 팩스 031)955-8855
문학동네카페 http://cafe.naver.com/mhdn
인스타그램 @munhakdongne │ 트위터 @munhakdongne
북클럽문학동네 http://bookclubmunhak.com

ISBN   978-89-546-1063-6 03810

* 이 책의 판권은 지은이와 문학동네에 있습니다.
　이 책 내용의 전부 또는 일부를 재사용하려면 반드시 양측의 서면 동의를 받아야 합니다.

잘못된 책은 구입하신 서점에서 교환해드립니다.
기타 교환 문의: 031) 955-2661, 3580

www.munhak.com